남극 펭귄
생포 작전

남극 펭귄 생포 작전

허 관
장편소설

비룡소

차례

1
작전 개시
007

2
**푼타아레나스를
향해**
061

3
**앉아 있으면
지쳐서 죽는다**
105

4
악몽과 희망
147

5
바다 위에서
191

6
**계획대로 끝나는
작전은 드물다**
239

작가의 말
283

1

작전 개시

1

드디어 디데이의 아침이 밝았다.

노인은 5일 전, 그러니까 지난 금요일 모든 작전 준비
를 마쳤다. 작전에 필요한 물품을 일치감치 창고에 있는
지프에 실어 놓고 매일 아침 혹시나 빠트린 건 없나 확
인하고 또 확인했다. 오늘도 평소와 마찬가지로 아침을
먹자마자 계획서를 보면서 점검을 마치고, 소파에 비스
듬히 앉아 벽시계를 보았다. 작전 개시까지 32분 21초
남았다.

눈을 감았다. 잠시 적막이 감도는가 싶더니, 평소엔 흐
리멍덩하던 청각 신경들이 깨어나면서, 온갖 소리가 밀
려왔다. 소리에 실려 온 이미지들이 노인의 머릿속에 떠

다녔다. 천장에서는 쥐들이 가을 운동회를 하는지 이따금 달음박질쳤으며, 마을 입구 은행나무 위에서 직박구리가 단속적으로 지저귀고, 언덕 아래서 불어온 바람에 마당가 배수로에 쌓인 낙엽이 사그락거렸으며, 멀리 바다 건너 욕망으로 활활 불타는 지옥의 아우성이 들리는가 싶더니, 고양이가 무릎 위로 올라왔다.

노인은 신경질적으로 눈을 떴다. 5분도 채 지나지 않은 것 같았는데, 벌써 30여 분이 지났다. 나이가 들수록 시간 감각이 둔해졌다. 그가 상체를 일으키자, 무릎 위에 있던 고양이가 창틀로 펄쩍 뛰어 올라가 여느 때와 마찬가지로 엉덩이만 내보인 채 언덕 아래를 내다봤다.

"감히 짐승 주제에 나하고 밀당을 해. 괘씸한 놈."

노인은 고양이를 곁눈질로 째려보며 웅얼거렸다. 이미 시계의 시침은 거의 10을 가리켰고, 이제 초침이 한 바퀴만 돌면 작전 개시다. 초침이 6을 지나 12를 향해 달려갔다. 노인은 마지막으로 혀를 안쪽으로 밀어 넣어 어금니에 붙어 있는 '천국의 문'을 확인했다. 안전하게 잘 붙어 있다. 드디어 초침이 12를 가리켰다. 노인은 소파에서 벌떡 일어나, 턱을 바짝 끌어당기며 외쳤다.

"남극 펭귄 생포 작전 개시!"

수만의 부하에게 명령을 내리는 장군처럼, 전두엽을 휘돌아 나온 노인의 목소리는 우렁우렁했다. 하지만 노인의 주위엔 아무도 없었다. 창틀에 앉아 있는 고양이가 분명 노인의 외침을 들었을 텐데, 언덕 아랫마을에 시선을 둔 채 꼼짝하지 않았다. 그러거나 말거나 노인은 고양이를 낚아채듯 가슴에 안고 창고로 이어진 문을 열었다. 고양이가 날카로운 발톱으로 노인의 가슴을 할퀴었다. 노인은 안고 있던 고양이를 지프 조수석에 던졌다. 그러고는 운전석에 앉자마자 시동을 켜고, 가속 페달을 힘껏 밟았다. 요란한 소리를 내며 지프가 창고의 나무 벽을 뚫고 나왔다. 4년 동안 작전을 준비하던 나무 창고다. 이제는 필요 없다. 언덕을 노랗게 덮고 있던 민들레꽃이 어느새 지고 씨앗을 단 갓털이 하얗게 부풀어 올랐다. 지프가 언덕 아래로 내달리자, 화들짝 놀란 민들레 갓털이 함박눈처럼 흩날렸다.

언덕을 내려온 지프가 마을 중앙광장으로 들어왔다. 분수대 조형물에 기대앉아 햇볕을 쬐던 아이들의 퀭한 눈빛을 보자 다시금 우울이 밀려왔다. 노인은 우울에서 벗어나고자 남극 펭귄을 떠올렸다. 여느 때와 마찬가지로 지평선과 맞닿은 하얀 눈벌판에 가득한 수만 마리의 오동통한 펭귄 떼가 머릿속을 가득 채웠다. 노인의 입가에 저절로 미소가 지어졌다.

지프는 중앙광장을 반 바퀴 돌아 북쪽으로 이어진 길을 달렸다. 언덕을 넘자 곧바로 출입국관리소가 나타났다. 관리소에는 군인 26명이 근무했다. 검문소 밖에 3명, 검문소 안에 2명, 그리고 나머지 21명은 20여 미터 떨어진 막사에서 교대 근무 대기 중이다. 마침 부소장이 검문소 주변을 서성이다가 지프가 다가오는 걸 보고 차렷 자세를 취하더니 거수경례했다. 노인은 부소장 옆에 지프를 멈추고, 창문을 내렸다.

"영웅 전사님, 어디 가시는지요?"

"오랜만에 여행 좀 다녀오려는데, 무슨 문제라도 있나?"

노인의 카랑카랑한 되물음에 부소장이 움찔했다. 하루가 다르게 살이 오르는 부소장이다. 군복의 앞 단추가 금방이라도 떨어질 듯 팽팽해졌고, 그 틈으로 하얀 속옷이 삐져나왔다. 눈을 동그랗게 뜨고 쳐다보던 부소장이 침을 꿀꺽 삼키더니, 두 손을 단전에 모으고 말했다.

"안녕히 다녀오십시오."

노인은 부소장을 위아래로 한번 훑어보고, 지그시 가속 페달을 밟았다. 지프가 천천히 전진했다. 백미러에 비친 부소장의 뱃살을 보자, 문득 공화국 아이들을 잡아먹은 건 아닌지 하는 생각이 머릿속을 스쳐 지나갔다. 천하의 공화국 군인이? 망측한 생각이다. 노인은 곧바로 고개를 세차게 흔들어 괴기한 생각을 털어 냈다.

출입국관리소를 통과하자마자 연륙교로 접어들었다.

연륙교는 노인의 조국인 서칸쿠공화국과 대륙의 하뚜공화국을 잇는 다리로 길이가 1.5킬로미터가량 된다. 하뚜공화국은 한때 서칸쿠공화국과 형제처럼 지냈다. 그러다가 서칸쿠공화국과 달리 다른 나라의 자본을 받아들였고, 이후로는 예전처럼 교류가 활발하지 않다. 양국의 사이가 멀어졌지만, 하뚜공화국은 워낙 땅덩어리가 넓고 인구도 많아 항공 교통이 발달해서 서칸쿠공화국 영웅 전사들은 해외로 작전을 떠날 때 하뚜공화국 남동쪽에 있는 비롱 국제공항을 주로 이용했다. 노인은 수없이 건너던 연륙교가 오늘따라 새삼스러웠다. 혼자 건너는 건 이번이 처음이기 때문이었다.

연륙교를 건너 15분가량 해안도로를 달렸다. 해협이 점차 좁아지면서 바닷물이 회오리치는 곳에서 해안도로를 빠져나왔다. 지프가 힘겹게 가파른 언덕길을 올라, 정상에서 멈췄다. 노인은 좁은 해협 건너, 서칸쿠공화국의 넓은 들을 바라보았다.

목숨 걸고 전 세계 분쟁 지역으로 향하던 서칸쿠공화국 전사들이 마지막으로 고향 땅을 바라보던 곳이다. 그들은 이곳을 망향의 언덕이라 불렀고, 죽으면 이곳에 묻히는 게 소원이었다.

노인은 언덕 위에서 잠시 생각에 잠겼다가 남쪽 능선

아래로 이어진 비포장도로를 달렸다. 양지바른 곳에서 지프를 세우고 트렁크를 열었다. 노인은 트렁크에 실린 관(棺) 위에 두 손을 올려놓고, 고개를 숙였다.

'공화국의 백성을 위해 나 좀 도와줘.'

노인은 죽은 자에게 이번 작전을 무사히 마치기를 간절히 빌고, 관을 끌어당겼다. 그런데 이게 웬일인가? 관이 꼼짝하지 않았다.

"자네 여기에 묻히고 싶어 했잖아. 자, 움직이라고."

노인의 얼굴이 시뻘겋게 물들었다.

"나보고 어쩌라는 건가!"

몇 번 더 끌어당기더니, 포기한 듯 노인은 관을 끌어안았다. 노인의 어깨가 들썩거렸다.

"하, 할아……버지…… 여기…… 어, 어디……예요?"

노인은 어디선가 들려온 가냘픈 목소리에 얼굴을 소매로 잽싸게 닦았다. 천하의 영웅 전사에게 눈물은 치욕이다.

자음과 모음이 따로따로 흩어져 날아다니듯 심하게 더듬는 목소리에, 노인은 목을 길게 빼서 주변을 두리번거렸다. 아무것도 보이지 않았다.

'이젠 헛소리까지 들리네.'

노인은 속으로 중얼거리며, 다시 관을 끌어당겼다. 관은 여전히 미동도 하지 않았다.

"제가, 도, 도울……게요."

약한 바람에도 곧 흩어질 것만 같은 목소리가 다시 들렸다. 헛소리가 아니었다. 노인은 지프 트렁크 안쪽으로 고개를 디밀었다. 그때 지프 뒷좌석 등받이 위로 흐릿한 얼굴이 천천히 올라왔다. 얼굴을 보자 갑자기 등뼈를 따라 열기가 솟구쳤다. 솟구친 열기가 정수리로 모이는가 싶더니, 얼굴이 확 달아올랐다.

"야, 기생충!"

2

노인은 소년을 보자마자 냅다 소리 질렀다. 그렇지 않아도 새벽부터 작전 준비에 신경이 곤두선 데다가 트렁크 바닥에 달라붙어 움직이지 않는 관과 씨름하느라 심신이 지칠 대로 지쳐 있던 차에, 소년의 흐리멍덩한 얼굴을 보자 그동안 쌓이고 쌓였던 피곤과 슬픔이 순식간에 짜증으로 변해 한꺼번에 폭발했기 때문이었다.

노인이 고함을 치든 말든, 소년은 느릿느릿 의자 등받이를 넘어왔다. 마치 마술사가 주먹 쥔 손에서 끊임없이 빨간 천을 꺼내는 것처럼, 등받이 뒤에서 소년의 오른쪽 팔이, 다음에는 왼쪽 팔, 어깨, 가슴, 엉덩이, 다리가 연이어 모습을 드러냈다. 마지막으로 왼쪽 다리까지 등받

16

이를 넘어오더니 소년은 트렁크 바닥에 양반다리로 털썩 주저앉았다. 그때 문득, 한겨울 굴참나무 가지처럼 빼빼 마른 팔다리지만, 백지장도 맞들면 낫다고, 소년이 도와주면 혹시나 관이 움직이지 않을까 하는 생각이 노인의 머릿속을 스쳐 지나갔다. 노인은 억지 미소를 지으며 소년에게 말했다.

"내가 누군지 알지?"

"여, 영웅…… 전사, 사님이시…… B-115 초, 총괄……관님이시며, 음…… K1이시며…… 아, 그, 그리고 하, 할아버지이십……니다."

소년의 심한 말더듬증에 답답함이 밀려왔지만, 노인은 소년의 말이 끝날 때까지 꾹 참고 기다렸다. 그러다가 할아버지란 말에 순간 노인의 왼쪽 볼이 파르르 떨리는가 싶더니, 맥박이 빨라지며 다시 등줄기를 따라 뜨거운 무언가가 올라왔다.

'할아버지라니?'

노인은 숨을 길게 내쉬며 흥분을 가라앉혔다. 다행히 등줄기를 따라 빠르게 올라오던 화가 아래로 내려가 꼬리뼈를 통해 몸 밖으로 빠져나갔다.

'그래 잠깐이다. 관만 내리면 저런 놈과는 상종할 필요 없다.'

노인은 올해 일흔다섯 살이다. 평범한 남자라면 할아

버지와 잘 어울리는 나이다. 하지만 그는 한 번도 자신이 할아버지라고 생각해 본 적이 없다. 168센티미터의 키에 퇴역하고 몸무게가 75킬로그램으로 급격하게 늘어나긴 했지만, 오랜 기간 단련된 근육 덩어리들이 아직도 살 속에서 꿈틀댔다. 당연히 젊은 장정 서너 명은 거뜬히 때려눕힐 수 있다.

노인은 평생 홀로 살았기에 손자는 둘째치고, 자식조차 없다. 노인은 칸쿠족이다. 칸쿠족은 수천 년간 광야를 떠돌다가, 60여 년 전에 유라시아대륙 동쪽 끝 귀퉁이에 검은 점처럼 박혀 있는 섬에 터전을 잡고 칸쿠국을 세웠다. 사막과 바위만 있는 버려진 섬이라 보리, 밀 등 곡식의 재배는 둘째치고, 잡초조차 보기 힘든 삭막한 땅이었다. 나라를 세우고 3년 정도 지났을 때, 섬의 중앙을 가로지르는 사막을 경계로 동칸쿠와 서칸쿠로 갈라졌다. 동칸쿠는 약육강식의 세계로 생존에 뒤처진 사람들은 머나먼 제국주의에 영혼까지 팔아 '타인의 욕망을 욕망'하는 생지옥으로 변했다. 반면, 서칸쿠는 하뚜공화국의 정치체제를 도입함과 동시에 서칸쿠공화국으로 나라 이름을 바꾸고 과감하게 평등과 공평을 최고의 가치로 삼는 정치제도를 도입해 지금까지 유지 중이다.

인간의 궁극적 목적은 행복하게 살다가 행복하게 죽는 것이다. 인간이 불행한 원인은 단순하다. 남들이 가진 그 무엇이 나에겐 없을 때였다. 사촌이 땅을 사면 배가 아프고, 어느 날 친구의 새 옷을 보면 불행해지는 게 인간의 본능이다. 당연히 모두에게 같은 크기의 땅을 주고, 모두가 같은 옷을 입으면 불행의 싹조차 움트지 못하여, 자연스럽게 행복만 가득한 곳이 된다. 서칸쿠공화국은 이를 실천하여 세계에서 행복지수가 가장 높은 나라가 되었다.

아주 평등하게 모두 굶주린다고 하면서 일부 자본주의자들은 이를 인정하지 않지만, 노인은 별로 신경 쓰지 않았다. 공화국이 추구하는 궁극의 목적을 달성하는 과정에서 일시적으로 발생하는 현상이었기 때문이다.

공화국이 부모고 공화국 백성이 자식인 노인은 자신의 이름조차 오래전에 잊었다. 대부분의 공화국 영웅 전사가 그렇듯이 그도 공화국이 지어 준 코드네임, K1으로 불리길 원한다.

"그래그래. 할아버지보다는 K1이라고 불러 주었으면 좋겠구나. 난 할아버지가 아니거든."

"부, 분명…… 할아버……진데."

소년이 나직하게 웅얼거렸다. 웅얼거리는 목소리조차도 더듬거리는 소년이다.

"아냐! 난 K1이야. 공화국 영웅 전사 K1……."

K1은 버럭 소리를 지르다 말고, 자신의 입을 손으로 틀어막았다. 억지로 입꼬리를 올리고, 최대한 부드럽게

말했다.

"화를 내서 미안하구나. 지금 내가 이 관을 차에서 내려야 하거든. 나 좀 도와줄래?"

K1은 평소와 다른 자신의 나긋나긋한 목소리를 듣자, 닭살이 돋았다. 소년은 K1의 말이 끝나자마자 긴 팔다리를 꾸깃꾸깃 접어 지프 의자 등받이와 관 사이로 몸을 밀어 넣었다. 소년은 의자 등받이에 등을 기대고, 끙 소리를 내며 발로 관을 밀었다.

"으…… 할아버, 지, 가, 같이, 아…….'

소년이 멍하니 서 있는 K1을 보며 짜증 섞인 목소리로 말했다. 그제야 K1은 소년의 끙 소리에 맞춰 관을 끌어당겼다. 소년의 세 번째 끙 소리에 관이 조금 움직이기 시작하더니, 의자와 관 사이에 바짝 웅크렸던 소년의 몸이 절반쯤 펴지는 순간 관이 트렁크 밖으로 떨어졌다. 소년도 트렁크에서 내려왔다.

소년은 우두커니 서서 늦가을 해바라기처럼 관을 내려다봤다. 소년은 먹는 게 모두 키로 가는지, 작년 봄부터 장마철 옥수수처럼 키가 쑥쑥 자랐다. 몸은 늦가을 찬바람에 모든 잎을 떨군 나팔꽃 덩굴처럼 가느다랗고, 어깨는 허리보다 좁았으며, 이두박근보다 손목이 더 굵은 아주 불안정하고 기이한 체형이었다. 키가 자라면 자랄수록 서 있는 자세 또한 어눌했다. 무릎이 앞으로 굽었고, 허리는 각목으로 고정한 것처럼 곧았으며, 어깨는 꾸부정했다. 걸을 때도 앞으로 굽은 무릎은 펴지지 않아서 몸의 무게중심이 뒤로 쏠렸다. 금방이라도 뒤로 넘어질 것 같아, 누구나 소년이 걸어가는 모습을 보고 있으면 마음이 조릿거렸다.

"누, 누구세요……?"

멍하니 서서 관을 내려다보던 소년이 물었다.

"너도 알 거야. 영웅 전사 G3님이시다."

"아. 그, 그래서…… 이, 이곳……에 묻으시는구, 군요."

"네가 그걸 어떻게?"

"하, 학교에서…… 배웠…….."

학교에서 이런 것도 가르치다니? K1은 소년의 말을 듣고 뿌듯했다. 역시 공화국은 그들을 영웅시 했다.

K1은 지프 트렁크 안에 있던 삽과 곡괭이를 밖으로 던졌다.

"인간은 어차피 흙으로 되돌아가는데, 왜들 그리 욕심을 부려 스스로 지옥을 만들까? 죽어서 가지고 갈 수 있는 것도 아닌데 말이야. 안 그래?"

"저, 저는…… 할아버지와…… 새, 생각…… 다릅니다. 이, 인간…… 짐승…… 부, 부조리…… 자유…….."

G3에게 중얼거렸는데, 소년이 대신 대답하듯 떠듬떠

들 뭐라고 지껄였다. 노인은 소년이 뭐라고 하는지 알아들을 수 없었지만, 부조리와 자유만은 확실하게 들렸다.

'역시 기생충다운 말이군. G3만 묻으면 저 기생충을 더는 볼 일도 없어.'

K1은 소년에게 곡괭이를 주고, 땅바닥에 삽으로 가로 1미터, 세로 2미터의 직사각형을 그었다.

"1미터 깊이로 파야 한다."

K1의 말이 끝나자마자 소년은 양 손바닥에 침을 퉤퉤 뱉더니 곡괭이질을 했다. 솔직히 소년이 곡괭이질을 했다기보다는, 곡괭이를 높이 들었다가 중력에 맡겨 버렸다고 해야 옳다. 소년은 곡괭이를 힘껏 내려쳐 땅을 파는 게 아니라, 곡괭이를 머리 위로 들었다가 그냥 놓았기 때문이다. 그래도 다행인 건 땅에 돌이 없고, 흙이 부드러워 중력에 이끌려 힘없이 떨어지는 곡괭이질에도 잘 파였다. 소년이 곡괭이로 흙을 파헤치면, K1은 삽으로 흙을 퍼냈다. 곡괭이를 한 번 들어 떨어트릴 때마다 금방이라도 주저앉을 것처럼 소년의 가느다란 몸이 휘청휘청했지만, 구덩이를 다 팔 때까지 곡괭이질 속도는 처음 그대로 일정했다.

가슴 깊이까지 구덩이를 파고, K1은 삽으로 구덩이 안을 매끈하게 다듬었다. 소년과 같이 관을 질질 끌어 구덩이 안에 넣었다. 전문가의 솜씨처럼 관이 구덩이에 딱 맞았다. K1은 뿌듯한 표정으로 삽으로 흙을 떠서 관 위에 뿌렸다.

"이번 작전 끝내고 나도 갈 거야. 조금만 기다려."

K1은 무덤을 다 메꾸는 동안에도 끝내 눈물 한 방울 흘리지 않았다. 앞으로 밀착시켰던 뒷자석을 원위치로 해 놓고, 트렁크 안을 정리했다. 이제, 마지막으로 할 일이 남았다. K1은 조수석에 누워 있던 고양이를 가슴에 안고, 한 손으로는 사료 봉지를 들었다. 만지기만 해도 그 난리를 피우던 고양이가 웬일로 가만히 있다. 마지막 배려인가. 무덤 위에 고양이를 내려놓고, 사료를 무덤가에 뿌렸다. 고양이는 그리 좋아하던 사료는 먹지 않고, G3 무덤 위에서 뒤돌아 앉아 바다 건너 공화국의 드넓은 들을 바라봤다. G3 때문에 잠시 데리고 있던 고양이다. K1은 썩은 이를 뺐을 때처럼 후련했다.

'뭐든 잘 잡는 놈이니까. 굶어 죽진 않겠지.'

K1은 속으로 웅얼거렸다. 그러고는 고양이와의 미운 정을 털어 내기라도 하듯이 옷에 묻은 고양이 털을 탈탈 털었다. 하지만 아무리 털어도 고양이 털은 계속 남아 있었다. 끝내 포기하고, K1은 지프에 다시 올라 가속 페달을 힘껏 밟았다. 사이드미러로 소년을 봤다. 소년이 멍하니 서서 멀어져 가는 지프를 바라보고 있었다. 고양이는 지프가 굉음을 내며 멀어지든 말든 관심 없는지 미동도

없이 무덤 위에 앉아 있었다. K1은 알고 있었다. 고양이는 이곳이 새로운 고향이 될 거고, 소년은 육신을 이곳에 남긴 채 혼령만 고향으로 돌아가게 될 거라는 걸.

그때였다. 사이드미러에 기이한 모습이 비쳤다. 소년의 얼굴에 깃든 희미한 미소였다.

'저 기분 나쁜 미소는 뭐지? 이젠 정신까지 놓아 버린 건가? 역시 기생충은 어쩔 수 없어.'

3

K1은 망향의 언덕을 내려와 제3번 국도로 진입하면서 시계를 봤다. 11시 15분. 계획보다 25분 빠르다. 길가의 드넓은 들에 가득 피어 있던 해바라기들이 시들시들 고개를 푹 숙이고 있다. 해바라기밭을 지나, 자작나무 숲을 가로질러 흐르는 개천 위 다리를 건널 때였다. 갑자기 불개미 떼가 오른쪽 엄지발가락 사이를 쏘는 것처럼 따끔거렸다. K1은 그제야 생각났다. 남극 펭귄 생포 작전 준비에 정신이 팔려, 오늘 아침에 발가락을 소독하지 않았다는 걸. 차를 멈췄다. 한번 시작되면 참을 수 없는 가려움이다. K1이 양말을 벗고 발가락 사이를 박박 긁자 하얀 각질이 우수수 떨어졌다. 전 세계를 수소문하여 좋다

는 수백 가지의 약을 바르고 먹어 봤지만, 무좀은 좀처럼 낫지 않았다. 그나마 효과를 본 건 굵은소금이었다. 무좀 부위를 굵은소금으로 피가 날 때까지 문지르면 몇 시간은 참을 만했다. 50여 년 동안 질기게 그의 몸에 달라붙어 있는 균이다.

'이놈도 나처럼 지독해졌어.'

무좀에 갈라진 발가락 사이를 보자 공화국 전사로 활동하던 지난 50여 년이 주마등처럼 스쳐 지나갔다. 스무살 때, 시커먼 화산암이 울퉁불퉁 솟은 섬에서 특수 훈련을 받다가 특등 사수로 훈장을 받았을 때(그때, 그는 훈장을 받고 마음 깊이 공화국을 위해 목숨을 바칠 걸 맹세했고, 그 맹세는 지금까지 변함없다) 느꼈던 가슴 뭉클함. 첫 번째 작전을 수행한 카리브해 섬나라에서 G3와 단둘이 제국의 군인 수십 명을 물리치고 청량한 과일 칵테일을 마시며 처음으로 느낀 성취감. 몽골 사막에서 알 수 없는 괴생명체와 한 달 보름간 치열하게 싸워, 끝내는 괴생명체를 몰살시켰던 비밀 작전(그때 보았던 괴생명체의 정체는 아직도 특급 기밀 사항으로 외부에 발설하면 안 된다). 시베리아 수용소 탈출범 검거 작전 시 북극곰의 앞발에 가슴팍이 파여 갈비뼈가 드러난 채 사경을 헤매다가 시베리아 원주민 야쿠트족에게 구출되었던 일. 그리고 그들의 도움을 받는 와중에 만난 야쿠트족 여자에게서 느껐던 기이한 감정(젊었을 때는 절대 사랑이 아니라고 여겼는데, 나이가 들수록 어쩌면 그게 사랑일 수 있다는 쪽으로 기울어졌다. 그렇다면 그게 그의 첫사랑이자 마지막 사랑이었다). 공화국을 배신하고 도망친 주요 인물을 인도네시아까지 쫓아가 사살하고 철수하던 중 맹수와 독충이 우글거리는 정글에서 길을 잃고 45일 동안 표류하다가 안경원숭이의 도움으로 살아난 일. 아프리카 북부 사하라 사막 인근에서 금궤 수송 작전을 할 때 그녀의 팔을 자르고 천 길 낭떠러지로 떨어……. K1은 머리를 세차게 흔들었다. 아무리 방심했다고 해도 그렇지, 왜 지금 그녀가 떠올랐을까?

K1은 불편한 생각을 밀어내고자, 억지로 꽃모자 해파리를 떠올렸다. 그에게 살면서 가장 아름답고 황홀한 경험을 안겨 준, 바다로 작전을 나갈 때면 항상 그를 반겨주던 꽃모자 해파리였다. 특히 제국의 심장으로 야밤에 상륙작전을 펼칠 때, 갑자기 나타나 그들을 호위하던 알록달록한 꽃모자 해파리 무리가 아직도 눈만 감으면 선명하게 떠오른다. 꽃모자 해파리의 기억을 떠올리다 보면 자연스럽게 일각돌고래가 생각났다. 고장 난 핵잠수함 수송 작전 시 빙하 밑에서 만난 일각돌고래의 순한 눈빛과 기나긴 울음소리까지…… 그가 50년 동안 참여한 수많은 작전이 마치 일 분으로 압축한 것처럼 빠르게

스쳐 지나갔다. 순간이 죽음이고 순간이 삶이었던, 살아도 죽어도 너무나 자연스러운 순간순간들. 불과 5년 전만 해도 K1은 자신이 천운을 가진 자라고 여겼다. 그러다가 깨달았다. 공화국 어린이는 물론 온 인류의 굶주림을 해결할 수 있는 남극 펭귄 생포 작전을 위해 과거의 위험천만한 수많은 작전에서도 그가 살아남았다는 걸. 이제, 일생일대의 마지막이면서도 가장 중요한 남극 펭귄 생포 작전만 남았다.

"이번 작전만 성공하면, 공화국은 완벽한 파라다이스가 될 거야."

공화국 국민에게 공평한 삶은 일상이 되었고, 자연스럽게 수천 년간 인류를 불지옥의 구렁텅이로 몰아넣었던 타인을 욕망하는 욕망이 공화국에서는 사라졌다.

K1은 서칸쿠공화국을 세우는 데 힘을 보탠 후 50년간 전 세계 분쟁 지역을 떠돌다가, 5년 전에 퇴역하고 공화국으로 돌아왔다. 공화국의 배려로 K1은 고향인 서칸쿠 북동부에 있는 B-115 지역 감시 총괄직을 맡았다. B-115 감시 총괄직을 한 달 정도 수행했을 때, 완벽한 파라다이스라고 여겼던 공화국에 사소한 문제가 있다는 걸 알았다. 바로 어린아이들의 굶주림이었다. K1이 맡고 있는 B-115 구역은 깊은 산에서 나오는 온갖 먹거리로 그럭저럭 끼니를 이어 갈 수 있었는데, 다른 구역은 봄만

되면 굶주림에 시달렸다. 특히, G3가 감시 총괄직을 맡고 있는 B-114의 주민들은 일 년 내내 굶주림에 시달렸다. 이따금 G3를 만나러 갈 때면, 배고픔을 못 이겨 흙을 먹었는지, 아니면 회충 무리를 배 속에 키우는지는 알 수 없었지만, 선명하게 드러난 갈비뼈 아래로 배만 볼록한 어린아이들이 심심찮게 눈에 띄었다. 아무리 굶주린 호랑이라고 해도 먹다가 식도에 갈비뼈가 박힐까 걱정되어 그냥 지나칠 몰골이었다.

굶주린 어린아이들을 볼 때마다 "자네 공화국의 미래는 뻔해. 아주 평등하게 모두 굶주리는 것이지. 그리고 사흘 굶으면 부모도 못 알아봐."라고 했던 제국주의에 물든 용병의 말이 떠올라 K1의 마음을 무겁게 짓눌렀다. 그래도 위안으로 삼은 건 공화국 사람들이 그리 나약하지 않다는 거였다. 공화국 사람들은 사흘이 아니라 보름을 굶어도 부모에게 효도하고, 나라에 충성하는 건 잊지 않았다. 공화국 어른은 물론, 아이들의 강한 정신력에 K1도 힘을 얻었다. 강인한 정신력만 있으면 배고픔 따위는 아무것도 아니었다.

하지만 G3는 달랐다. 생사를 넘나드는 작전 중에도 한시도 입을 가만히 두지 못하던 G3가 어느 순간 입을 다물더니, 언제부턴가 술을 조금이라도 마시면 저 아이들이 굶주리는 건 내 잘못이라면서 대성통곡했다. 그러다가 어느 날 G3가 해맑은 표정으로 K1을 찾아왔다. K1은 G3의 모습을 보자마자 가슴이 철렁했다.

'그렇게 굶주리는 어린아이들을 보고 자책하더니만, 드디어 정신을 놓았구나. 불쌍한 친구.'

K1은 G3를 보면서 속으로 중얼거렸다. 그때, G3가 품에서 뭔가를 꺼내 K1에게 주었다. 펭귄에 관한 얇은 책이었다. 책을 절반 정도 읽자, K1도 너무나 기쁜 나머지 그 자리에서 미친 사람처럼 고래고래 소릴 질렀다.

오동통한 몸, 느릿느릿한 걸음, 사람을 만나도 도망가지 않는 친화적이고 온화한 성격. 그리고 수만 마리씩 무리 지어 생활하는 펭귄은 굶주림에 허덕이는 공화국 아이들에게 하늘이 내려준 선물이었다. 곧바로 K1과 G3는 죽기 전에 해야 할 대과업인 남극 펭귄 생포 작전을 계획하고, 4년 동안 빈틈없이 준비를 마쳤다. 그런데 엊그제 G3가 갑자기 죽어 버린 것이었다.

"반드시 대업을 완수하겠네."

이럴 때일수록 강한 정신력이 필요하다. K1은 남극 펭귄 생포 작전 계획서를 보면서 잠시 흔들렸던 마음을 다잡고자 운전석 밑으로 손을 뻗었다. 그런데 이게 웬일인가? 아무것도 만져지지 않았다. 운전대를 잡고 있던 손에 땀이 흘러 질퍽해졌다. 갓길에 차를 세우고 허리를 숙여 의자 밑으로 머리를 들이밀었다. 항상 열쇠가 꽂혀 있던 틈에 열쇠가 없다. 심장이 두근거리며 머리가 어질어질했다. 조수석 앞 보관함을 보았다. 그제야 그는 한숨을 길게 내쉬며, 가슴을 쓸어내렸다. 다행히 그곳에 열쇠가 꽂혀 있었다. 아침에 점검을 마치고서 깜빡 잊고 열쇠를 빼지 않았던 거였다. K1은 요즘 부쩍 심해진 건망증을 탓하며 조수석 보관함을 열었다. 그 순간, 간신히 달래놓은 심장이 다시 갈비뼈를 뚫고 나올 것처럼 마구 날뛰었다. 보관함 안은 그 흔한 휴지 한 장 없이 깨끗했다. 운전대를 잡은 왼손이 덜덜 떨렸다. 오른손으로 떨리는 왼손을 움켜잡았다. 정신을 가다듬고 혹시 다른 곳에 둔 건 아닌가, 곰곰이 생각했다. 오늘 아침에 마지막 점검을 할 때에도 분명히 보관함에 계획서가 있었다.

'그렇다면?'

그 순간 망향의 언덕에서 마지막으로 보았던 소년의 기이한 미소와 함께, 소년의 머리가 의자 등받이 위로 올라오던 모습이 떠올랐다. 뿌드득하는 소리가 났다. K1이 자신도 모르게 이를 간 것이다.

K1은 차를 후진하기 위해 백미러를 봤다. 잔뜩 독이 오른 자기의 눈동자와 마주쳤다. 눈썹꼬리가 강풍을 뚫고 날아가는 갈매기 날개처럼 위로 솟구쳤다. 지프의 가속 페달을 꾹 밟았다. 지프가 굉음을 내며 후진하다가, 유턴했다. K1은 두 손으로 운전대를 움켜잡은 채 이를

앙다물면서 웅얼거렸다.

"기생충 이놈이 감히."

4

다행히 소년은 무덤가에 그대로 서 있었다. 지프가 멈추는 소리에 소년이 쳐다봤다. K1은 이목구비가 흐릿한 소년의 얼굴을 보자, 다시 등줄기를 따라 올라온 열기가 머리를 휘감았다.

'음흉하기 짝이 없는 놈이야.'

K1은 속으로 중얼거리며, 만일에 대비하여 운전석 등받이 주머니에 끼워 놓은 곤봉을 집어 들고 성큼성큼 소년에게 다가갔다. 그때였다. 소년의 흐릿한 눈동자가 커지는가 싶더니, 빨랫줄에 걸려 있던 옷이 바람에 날려 바닥으로 떨어지듯 소년이 힘없이 앞으로 고꾸라졌다. 당황한 K1은 그 자리에 멈췄다. 자신의 눈앞에서 벌어진

기이한 상황을 넋 놓고 바라보다가, 무덤 쪽으로 한 발한 발 옮겼다. K1은 무덤 위에 넘어진 소년을 보고 직감했다. 소년이 죽었다는 걸 말이다. 그는 수십 년간 전장을 누비며 수많은 죽음을 보았다. 정신을 잃더라도 숨이 붙어 있으면 근육의 긴장으로 허리와 목, 무릎 등 주요 관절 부위는 바닥과 틈이 생기게 마련인데, 소년의 몸은 죽은 자에게서 전형적으로 보이는 모습, 그러니까 백사장 위로 떠밀려 온 해파리처럼 무덤 위에 찰싹 달라붙어 있었기 때문이다.

K1은 정신을 가다듬고, 죽은 소년 옆에 쪼그려 앉았다. 소년이 죽든 말든 상관없었다. 계획서만 찾으면 된다. 소년의 바지 주머니를 뒤졌다. 아무것도 없었다. 이번엔 상의 안주머니를 확인해 보려고 소년의 몸 깊숙이 손을 집어 넣었다가 화들짝 놀라 뒤로 넘어지면서 엉덩방아를 찧었다. 소년의 심장이 뛰고 있었던 것이다. K1은 엉덩이에 묻은 흙을 털어 내고, 소년의 목동맥에 검지와 중지를 대어 봤다. 주기적으로 동맥이 불끈거렸다. 그제야 마을 사람들이 소년을 마른 좀비라고 부르던 게 생각났다. K1은 소문만 들었지, 소년이 마른 좀비가 되는 건 처음 봤다.

"정말 보면 볼수록 기이한 놈이야."

K1은 웅얼거리며, 소년의 온몸을 샅샅이 뒤졌다. 하지

만 남극 펭귄 생포 작전 계획서는 그 어디에도 없었다. 그렇다면, 소년이 어딘가에 숨겼을 것이다. 문득 소년이 죽으면 계획서를 찾을 수 없다는 생각이 머릿속을 스쳐 지나갔다. K1은 서둘러 소년을 안았다. 가벼웠다. 지프 조수석에 소년을 앉히고, 가장 가까운 병원이 어디에 있는지 잠시 생각했다. 비룡 국제공항 부근의 종합병원이 가장 가까웠다. 어차피 공항으로 가는 길이었다. K1은 망향의 동산을 내려와 공항을 향해 전속력으로 달렸다. 해바라기 밭을 지나 자작나무 숲을 빠져나오자, 도로가 넓어졌다. 왕복 8차선 도로는 한가했다.

"할아……버지, 물……."

지평선과 맞닿은 직선 도로를 한참 달리는데, 조수석에 널브러져 있던 소년이 몸을 꿈틀거리며 나직하게 말했다. K1은 길가에 차를 멈췄다. 푹 숙인 소년의 머리를 받쳐 들고, 생수병을 소년의 입에 대어 주었다. 소년은 작은 생수병을 다 비운 후에야 눈을 뜨더니 주변을 두리번거렸다.

"여, 여기…… 어디……."

K1도 도로만 따라 달렸기에 정확한 위치를 몰랐다. 시계를 봤다. 망향의 언덕을 떠난 지 30여 분이 지났다. K1은 차창 밖을 두리번거리다가, 근방에 보이는 도로 표지판을 발견하고 손짓으로 가리켰다. 도로 표지판에는 공

항까지 80킬로미터라고 적혀 있었다.

"저, 저도 남극…… 가, 같이 갈…… 제발……."

소년이 도로 표지판을 보더니 나직하게 속삭였다. 그 말을 들은 K1의 왼쪽 입꼬리가 저절로 올라갔다. 소년이 남극 펭귄 생포 작전 계획서를 가지고 있는 게 확실했기 때문이다. 운이 나쁘면 다시 기절해 영영 깨어나지 않을 수도 있다. K1은 분노와 미움, 멸시의 마음을 한쪽으로 치워 잠시 봉인해 놓고, 최대한 부드러운 목소리로 말했다.

"그래, 같이 가자."

"저, 정말……이죠?"

"그럼, 너도 알다시피 난 공화국 영웅 전사야. 영웅 전사의 명예를 걸고 약속하마."

"감사하, 합……니다. 아, 아버지…… 말씀이 오, 옳았……."

소년은 무어라 길게 이야기했다. K1은 소년의 더듬거리는 말을 듣고 있자니 답답해서 가슴이 터질 것만 같았다. 그래도 꾹 참고 소년의 말이 끝날 때까지 기다렸다. 소년이 한동안 더듬거리며 한 말은 간단했다.

"감사합니다. 아버지 말씀이 옳았어요. 마을 사람들은 성질 고약한 할아버지라고 욕해도, 아버지는 할아버지를 의리 있고 정이 많은 좋은 분이라고 누누이 말씀하셨거든요. 다만 시대를 잘못 태어났을 뿐이라고요."

시대를 잘못 태어났다니? K1은 소리를 지르려다가 손으로 자신의 입을 틀어막고, 크게 심호흡하며 목젖까지 올라온 화를 억눌렀다.

"남극 펭귄 생포 작전 계획서, 어디 있지?"

K1이 나긋나긋한 목소리로 묻자, 소년이 자기의 머리를 가리켰다.

"아니, 이곳에 있던 종이 뭉치 어디 있냐고?"

K1이 조수석 앞 수납함을 가리키며 되물었다.

"가, 강물…… 떠, 떠…… 강 바람에…… 차, 창문…… 강물…….."

"바람에 날려 강물에 빠졌다고?"

소년이 고개를 끄떡였다.

"야, 그거 없으면 남극 못 가. 네가 남극에 가고 싶어도 못 간다고. 알았어? 이 기생충, 마른 좀비야!"

K1의 볼에 경련이 일었다. 너무나 흥분한 나머지, 귀 뒤 동맥으로 흐르는 혈액 소리가 인근을 지나가는 자동차 소리보다 더 크게 들렸다.

"거, 걱정하……지…… 마, 마세요. 이, 이곳에 다 저, 저장…….."

소년이 자기의 머리를 가리키며 더듬거렸다.

"12쪽이나 되는 걸 다 외웠다고?"

소년이 고개를 끄떡였다. K1은 작전이고 나발이고 더

는 참을 수 없었다.

"감히 나에게 거짓말을 해!"

K1은 소년의 멱살을 잡고 마구 흔들었다. 솜이 빠진 기린 인형처럼 메마른 소년의 몸이 나풀거렸다.

"네가 그걸 외웠다고? 그걸 나보고 믿으라고?"

B-115 감시 총괄직을 맡고 있는 K1은 소년에 대해 잘 알고 있다. 소년은 올해 열일곱 살로, 아버지와 둘이 지내다가 작년에 아버지가 공화국을 배신하고 도망쳤다. 당연히 지금은 혼자 지낸다. 소년은 별명 부자다. 말을 더듬어 친구들은 어버버라고 불렀고, 어두운 밤에는 혼자 대문 밖도 나가지 못하는 소년을 마을 사람들은 겁쟁이라고 했으며, 멀쩡하게 있다가 기절하여 마른 좀비라는 별명도 얻었고(하지만 왜 소년이 갑자기 기절하는지 그 이유는 아무도 몰랐다), K1과 같이 고위직에 있는 사람들은 기생충이라고 불렀다. 소년은 공화국이 아닌 다른 곳에서 태어났으면 진작에 굶어 죽었다. 그러나 공화국은 소년과 같은 무능력자들도 최소한의 삶이 가능하도록 터전을 마련해 주었다. 그곳이 바로 A-112 구역이다. 이들은 노동하지 않고 식량만 축냈기에 기생충이라 불렀다. 소년도 열아홉 살이 되면 A-112 구역으로 들어갈 것이다. 소년도 잠재적 기생충이었기에 K1은 그렇게 불렀던 거였다. 그런 소년이 12쪽 분량의 계획서를 외운다는

건, 거대한 코끼리의 뒷다리를 이쑤시개로 한 번 찔러 죽였다는 말보다 더 황당했다.

K1은 차에서 내렸다. 조수석 문을 열고, 소년을 차 밖으로 끌어냈다. 소년의 깡마른 몸이 헌 옷처럼 펄럭이며 땅바닥에 쓰러졌다. 그때였다. 소년이 뭐라고 떠듬떠듬 말하기 시작했다. K1은 처음에는 소년이 뭐라고 하는지 알아듣지 못했다. 그러다가 8이란 숫자를 듣고, 소년의 입에서 흘러나오는 자음과 모음에 집중했다.

"쿠바…… 카피톨리오…… 광장 골목 일곱 번째…… 건물……. 로메로…… 다이아몬드 여덟 개…… 남아메리카 최남단 푼타아레나스…… 고래 꼬리 동상…… 마젤란해협…… 얼음…… 킹윌슨섬…… 펭귄 암수와 새끼를…… 어창에…… 태평양을 가로질러…… 편서풍……."

소년의 입이 멈출 때까지 K1은 움직이지 못했다. K1은 소년의 머릿속에 계획서가 있다는 건 인정할 수밖에 없었다. 소년은 말을 마치고, K1을 물끄러미 쳐다봤다. K1은 문득 궁금했다. 왜 소년이 남극에 가려고 하는지.

"하, 할아버지가…… 저, 저라면 공화국에…… 사, 살고 싶겠어요?"

소년이 악다구니를 쓰며 되물었다. K1은 소년처럼 어버버, 겁쟁이, 마른 좀비 그리고 기생충으로 사느니, 혀 깨물고 죽는 걸 선택했을 것이다. K1은 자신 있게 대답했다.

"아니!"

순간, K1은 자기도 모르게 흘러나온 말에 후회했다. 하지만 이미 엎질러진 물이었다. 소년이 그를 보며 빙그레 미소 지었다.

"저, 저를 이해해 주, 주시고…… 저에게 이, 이렇게 따뜻하게…… 마, 말씀해 주신 분은…… 아, 아버지 말고는 할아버지가…… 처, 처음이……에요……. 고, 고맙습니다."

5

비룡 국제공항은 평일인데도 사람들로 바글거려 출국
장에 앉을 곳 하나 없었다. 일부 승객은 신문지를 바닥에
깔고, 동그랗게 모여 앉아 알아들을 수 없는 말로 떠들어
댔다. 뒤섞인 목소리들이 소음으로 변했다. K1은 머리가
지끈거렸다. 발을 질질 끌며 걸어가다가, 공항 중앙에 있
는 조각상 앞에 멈췄다. 7년 전만 해도 3미터가량의 대
리석 용이 있던 자리에, 높이가 20미터쯤 되는 크리스털
로 만든 용 조각상이 우뚝했다. 나 좀 봐 달라고 천박하
게 반짝거리는 용 조각상을 보자 그나마 조금 남아 있던
다리의 힘마저 모두 빠져나갔다. 공화국 영웅 전사 누구
나 그렇듯이 K1도 망상의 동물인 용을 싫어했다. 더군다

나 욕망으로 불타는 지옥에서 본 것처럼 반짝거리는 용이라니?

기진맥진한 K1은 바닥에 그냥 주저앉고 싶었다. 그때였다. 용 조각상 아래에 앉아 있던 중년 남녀가 일어났다. 다른 사람이 앉기 전에, K1은 잽싸게 다가가 의자에 털썩 주저앉았다. 소년도 배낭을 가슴에 안은 채 옆에 와서 앉았다.

의자에 엉덩이를 대자, 온몸이 축 늘어졌다. K1은 의자 등받이에 등을 기대고 다리를 쭉 뻗다가, 눈에 스친 익숙한 것에 놀라 상체를 다시 일으켰다. 헛것을 본 건 아닌지 하는 의심에 두 주먹으로 눈을 박박 문지르고 다시 보았다. 검은색 펑퍼짐한 엉덩이, 짧은 목 그리고 검은 점이 박힌 뒤통수. G3 무덤 위에서 그가 가든 말든 도도하고 건방지게 앉아 바다 건너 공화국 들판을 바라보던 괘씸한 고양이의 뒷모습이 분명했다.

"아니, 망향의 언덕에 있어야 할 저게 왜 여기에?"

"계, 계속 하, 할아……버지…… 따라…… 다, 다녔는데, 모, 못 보셨어……요?"

소년이 고개를 갸웃거리며 K1을 바라봤다.

"차는 언제 탄 거야?"

"저, 저도 차, 차에 탄…… 기억이…… 아, 안 나는데, 고양이가…… 언제……."

생각해 보니, 기절한 소년을 그가 안고 차에 올랐다. 당연히 소년도 알 수 없었다.

"야!"

고양이를 향해 K1이 버럭 소리를 질렀다. 사람들이 바글거리는 수영장에서 물속으로 자맥질했을 때처럼 갑자기 주변이 조용해졌다. 지나가던 사람들이 일시에 멈춰 K1을 바라봤기 때문이었다. K1은 민망함에 고개를 뒤로 돌려 용 조각상을 보았다. 잠시 후 다시 물 위로 고개를 내민 것처럼 주변이 소란스러웠다. 그제야 K1은 천천히 정면으로 시선을 돌렸다. 사람들은 제 갈 길로 다시 향했고, 고양이는 등을 보인 채 그대로 앉아 있었다. G3가 떠난 이후로 그가 그렇게 살뜰히 보살펴 주었는데도, 그에게 눈길 한 번 주지 않은 고양이다.

"배은망덕한 놈."

K1은 혼자 중얼거리며 고양이를 힐끔힐끔 쳐다봤다. 생각해 보니 고양이가 따라오든 말든 신경 쓸 필요가 없었다. 어차피 고양이는 비행기를 탈 수 없다. 그제야 K1은 다리를 쭉 뻗고, 몸을 늘어트렸다. 의자 등받이에 뒤통수가 닿자, 졸음이 밀려왔다. 공항 내부의 소음이 아득해졌다. 눈만 감으면 으레 그렇듯이, 남극 펭귄 생포 작전이 머릿속에 떠올랐다.

'쿠바 호세 마르티 국제공항, 카피톨리오의 거대한 돔,

푼타아레나스의 고래 꼬리, 평평한 킹월슨섬에 가득한 펭귄…….'

"맞아!"

K1은 손바닥으로 자기 허벅지를 세차게 내려치며 의자에서 벌떡 일어났다.

'나도 다 기억하고 있었어. 4년 동안 계획을 세우며 수천 번을 봤는데, 기억하지 못한다는 게 더 이상하지.'

K1은 배낭에서 노트와 볼펜을 꺼냈다. 남극 펭귄 생포 작전 계획을 떠올리며, 노트에 적었다.

1. 쿠바 아바나로 간다(그곳에서 로메로를 만나, 다이아몬드 원석 여덟 개를 받는다).

2. 남극과 가장 가까운 항구인 칠레 최남단 푼타아레나스로 이동해 다이아몬드로 최신 배와 음식을 비롯한 장기간 항해에 필요한 물품을 구매한다(※반드시 어창 가득 얼음을 채울 것).

3. 푼타아레나스에서 남극 킹월슨섬까지 배로 이동한다.

4. 킹월슨섬에서 어창 가득 펭귄을 싣는다(펭귄은 순한 동물이니 배에 싣는 일은 식은 죽 먹기보다 쉽다).

5. 남아메리카 연안을 따라 북쪽으로 흐르는……

생각나는 대로 빠르게 적다가 K1은 멈칫했다. 남아메

리카 연안을 따라 북으로 흐르는 해류의 이름이 생각나지 않았기 때문이다. 소년에게 물어보려다가 그만두었다. 어차피 남극에서 남아메리카 방향으로 항해하다 보면 반드시 만나는 해류다. 이름 따위는 중요하지 않았다. K1은 해류의 이름은 비워 둔 채 계속 작전 계획을 적었다.

　○○○ 해류를 따라 무역풍 지대인 남위 30도까지 북상한다(발전기로 어창의 냉동장치를 계속 작동해야 하기에, 해류 또는 바람이 일정하게 부는 곳에서는 무동력으로 항해해야 한다).

　6. 무역풍에 배를 맡긴 채 태평양을 동에서 서로 가로지른다(대양의 동쪽 끝에서 서쪽 끝까지 이동하는 머나먼 여정이다).

　7. 태평양의 서쪽 연안에 도착하면, 배의 엔진을 작동시켜 편서풍 지대인 북위 30도까지 이동한다(항해 기간이 길어야 3개월이지만, 폭풍우와 태풍이 수시로 발생하는 해역이라 가장 위험하다. 그리고 이때쯤, 어창의 얼음이 녹으면 펭귄의 털을 깎아야 한다. 남극보다 온화한 기후에 적응하기 위해서다).

　8. 편서풍 지대로 접어들면 다시 엔진을 끄고, 편서풍에 휩쓸려 가다 보면 서칸쿠공화국에 도착한다.

　9. 털을 깎은 펭귄을 대량 사육한다. 펭귄 튀김, 조림,

탕 등 각종 요리법을 개발한다.

10. 공화국 아이들의 배를 채움은 물론 전 세계에 펭귄을 보급하여, 인류의 오랜 숙제였던 식량 문제를 해결한다.

K1은 자신이 쓴 작전 계획을 찬찬히 다시 읽어 봤다. 어창 얼음, 펭귄 털 깎는 시점 등 모든 게 완벽했다. 킹윌슨섬의 위치만 알면 되었다. 지도만 있으면, 섬의 위치를 알아내는 건 칼로 두부 자르는 것보다 쉽다. 고양이가 앞발로 생쥐를 잡는 것보다 더 빠르게, K1은 소년이 안고 있던 배낭을 낚아챘다. 배낭에 턱을 대고 꾸부정한 자세로 앉아 있던 소년이 팔을 휘저으며 앞으로 고꾸라지는가 싶더니, 간신히 중심을 잡고 K1을 올려다봤다. 그러거나 말거나 K1은 공항 내부를 쓱 둘러보고는 상점들이 모여 있는 곳으로 빠르게 걸어갔다.

K1은 비룡잡화점 바로 옆에 있는 비룡문구점 안으로 들어갔다. 국제공항터미널 문구점답게 각종 세계지도가 있었다. K1은 지도를 펼쳐 남극 인근의 섬들을 훑어보았다. 하지만 그곳에 있는 모든 지도를 살펴봐도 킹윌슨섬은 없었다. 문구점 출입문에 있는 공중전화가 눈에 띄었다. K1은 쿠바에 있는 로메로에게 전화를 걸었다. 로메로는 남극 고래 밀매업자 소탕 작전에 투입된 적이 있어

서 남극 상황을 잘 알고 있었다.

"섬 이름만으로는 찾을 수 없어. 위·경도를 알아야 해."

남극은 오랜 세월 주인 없는 영토였다가, 30여 년 전부터 각국에서 과학 기지를 건설하면서 자기들 멋대로 기지 인근에 있는 무인도에 이름을 붙였다. 당연히 국제적으로 통용되는 지도에는 없었다.

로메로와 통화를 마치자마자 K1은 소년이 앉아 있던 곳으로 돌아왔다. 소년은 보이지 않고, 고양이만 그대로 앉아 있었다. K1은 소년을 찾아 공항을 돌아다녔다. 두어 시간 동안 1층과 2층을 샅샅이 뒤졌지만, 소년을 찾지 못했다. 어느새 오렌지 빛 노을이 터미널의 거대한 창문을 물들였다. K1은 고양이가 앉아 있는 곳으로 다시 돌아왔다. 고양이는 여전히 등을 보인 채 그 자리에 앉아 있었다. 그는 고양이 앞에 쪼그려 앉았다. 고양이는 그를 한 번 힐끔 쳐다보더니 다시 돌아앉았다.

'왜 나를 이리도 미워할까?'

고양이 뒤통수를 주먹으로 한 대 쥐어박고 싶었지만, 참았다. 고양이가 무엇을 그리워하는지 알고 있었기 때문이다. 지금 K1도 G3가 몹시 보고 싶었다.

"기생충 어디 있는지 아니?"

그가 뭐라 하든 말든, 고양이는 움직이지 않았다. 고양이에게 물어본 자신이 한심스러웠다. K1은 터벅터벅 걸어가 의자에 털썩 주저앉았다가 다시 벌떡 일어났다. 익숙한 실루엣이 눈에 띄었기 때문이다. 생김새는 소년이 분명한데, 자세가 낯설었다. 꾸부정하던 허리는 물론, 앞으로 내밀었던 무릎과 항상 몸과 따로 흔들거리던 가느다란 팔을 웬일로 일자로 올곧게 편 채 똑바로 서 있었기 때문이다.

K1은 소년에게 다가갔다. 그때였다. 묘한 냄새가 나는가 싶더니, 불길한 기운이 밀려왔다.

"기생……."

K1은 입 밖으로 나오려는 말을 꾹 삼켰다. 소년을 잘 구슬려 킹월슨섬의 위·경도를 알아내는 게 급선무였기 때문이다. K1은 소년의 이름을 떠올려 봤지만, 여전히 생각나지 않았다.

"네 이름이 뭐였더라. 음…… 오뜨?"

K1은 나직하게 속삭이며 소년의 눈치를 봤다. 반응이 없는 걸 보니 공화국에서 두 번째로 흔한 이름인 오뜨는 아니다.

"그럼, 바이라?"

K1은 흘리듯이 말하고 소년을 무심한 듯 바라봤다. 역시 반응이 없다. 바이라도 아니라면, 공화국에서 세 번째로 많은 이름?

"아, 맞다. 이제 생각났네. 네 이름이 '다와'였지. 미안하구나."

그제야 소년이 그를 쳐다봤다.

"제 이름은 바탈이라구요. 바, 탈."

소년은 자신의 이름을 조금도 더듬지 않고 빠르게 말하더니, 한 번 더 또박또박 음절을 끊어서 말했다. 굵은 주름 속에 숨어 있던 K1의 눈동자가 점점 커졌다. 누구나 바탈이라고 불려도 상관없지만, 소년만은 아니다.

"넌 바탈이 아니야!"

K1은 버럭 소리 질렀다.

6

공화국 남자 대여섯이 모여 있는 곳에서 '바탈'하고 부르면 한둘은 쳐다볼 정도로 바탈은 서칸쿠공화국에서 가장 흔한 남자 이름이다. 하지만 기생충에 말더듬이 그리고 겁쟁이에다가 마른 좀비인 소년의 이름이 바탈이라니? 모두 바탈이라고 불러도, 소년만은 아니다.

"저 바탈 맞아요."

소년의 입에서 날카로운 목소리가 흘러나왔다. K1의 몸이 저절로 떨렸다. 칸쿠족은 단일 민족과 단일 종교 그리고 단일 문화를 수천 년간 지켜 왔다. 칸쿠족에 유일하게 문화적인 영향을 준 나라는 티벳과 몽골이다. 티벳으로부터 인류 최고 지혜로 추앙받는 붓다 사상을 받아들였고, 몽골이 유라시아대륙 대부분을 점령했을 때, 자연스럽게 그들의 정치체제와 문화를 흡수했다. 잔인하기로 명성이 자자한 몽골제국 전사들이, 칸쿠족에게는 우호적으로 대했기 때문이었다. 그때부터 몽골식으로 이름을 짓는 게 유행이 되어 지금까지 이어진다. 바탈은 몽골어로 '영웅'이라는 뜻이다.

서칸쿠공화국 영웅 전사의 절반가량이 바탈이라는 이름을 가졌다. 원래 태어나면서 바탈이라고 지은 사람도 있고, 영웅 전사가 되기 위한 혹독한 훈련이 끝나면 많은 사람이 이름을 바탈로 개명했다. K1도 전사 훈련을 수료하고 이름을 바탈로 개명했다. 자연스럽게, 서로 구별하기 위해 바탈 이름 앞에는 항상 수식어가 붙었다. 왕눈이 바탈, 껀다리 바탈, 짝눈이 바탈, 주먹코 바탈, 짝궁둥이 바탈, 난쟁이 바탈⋯⋯. K1은 대추 바탈이었다. 키는 작지만, 몸이 대추처럼 야무졌기 때문이었다.

"네 이름이 바탈이라고? 네 까짓⋯⋯."

K1은 버럭 소리 지르다가 멈칫했다. 소년의 모습이 뭔가 이상했기 때문이었다. 항상 흐리멍덩하던 눈동자가 반짝거렸고, 희미하던 이목구비는 웬일로 또렷했다. 무엇보다도 늘 불안이 감돌던 눈동자가 신기할 정도로 평온했다. 혹시 정신이 이상해진 건 아닐까?

"야, 너 왜 그래?"

K1의 질문에 바탈은 뭔가 골똘히 생각하는 것처럼 눈알을 위아래로 굴리며 그를 쳐다봤다. K1은 그제야 알았다. 소년의 눈동자가 짙은 회색이라는 걸 말이다.

"무서워서 할아버지 찾으러 다니다가 저 냄새를 맡았어요."

그러고 보니 아까부터 말도 더듬지 않는다.

"너 내가 누군지 아니?"

"공화국 영웅 전사님이시며, B-115 총괄관님이시고, K1이십니다."

정신은 멀쩡한 듯했다.

"근데 할아버지, 저게 뭔가요?"

할아버지란 말에 K1은 입가의 근육이 또다시 바르르 떨렸다. 치밀어 오르는 화를 꾹 눌러 참고, 바탈이 가리키는 곳을 보았다. 커피 전문점이었다. 그제야 그의 마음을 불편하게 했던 것의 정체를 알았다. 커피는 사람의 마음을 홀리는 묘한 물질이다. 서칸쿠공화국에서는 미성년자에게 커피 마시는 걸 금지했다. 바탈이 악마의 눈물인 커피 냄새에 홀린 게 분명했다.

'역시 못된 것은 누가 가르쳐 주지 않아도 척척 알아채는 기생충답군…….'

그때 문득 좋은 생각이 떠올랐다. 커피에 홀려 제정신이 아닌 소년이다. 킹윌슨섬의 위·경도를 알아낼 수 있는 절호의 기회다. K1은 목을 가다듬고 부드러운 목소리로 말했다.

"바탈, 물어볼 게 있는데?"

입안에서 맴돌던 바탈이라는 이름이 어렵게 입 밖으로 나왔다. K1은 자신의 목소리에 소름이 돋았다. 하지만 K1의 말에도 커피 전문점으로 향한 바탈의 시선은 꿈쩍도 하지 않았다.

K1은 바탈을 찾아 두 시간가량 공항을 돌아다닌 터였다. 다리에 돌덩이를 달아 놓은 것처럼 무거웠다. 언제까지 서 있을 수 없었다. K1은 의자가 있는 쪽으로 바탈의 팔을 잡아끌었다. 얼굴은 커피 전문점을 향한 채 바탈이 질질 끌려왔다. 커피 전문점에서 멀어질수록 꼿꼿했던 바탈의 어깨가 다시 오그라들었고, 팔다리는 흐느적거렸으며, 백사장에서 썩어 가는 숭어의 눈처럼 눈동자도 다시 흐리멍덩해졌다.

"너 킹월슨섬의 위·경도 알아?"

바탈을 의자에 앉힌 K1은 숨을 길게 내쉬고, 최대한 차분한 목소리로 조심스럽게 물었다. 바탈이 K1을 쳐다보며 눈을 껌뻑껌뻑했다.

"킹월슨섬 위·경도, 잘 생각해 봐. 계획서 9쪽인가 10쪽인가에 지도 있지. 그 지도 맨 위에 적힌 숫자야."

바탈이 턱을 치켜들고 눈을 반쯤 감았다. K1은 마른

입술에 연신 침을 바르며 바탈의 입만 바라봤다. 잠시 후 바탈이 치켜든 턱을 내리고, 그를 향해 천천히 고개를 돌렸다.

"62…… 13…… 23…… 16…… 66."

바탈이 긴 숫자를 나직하게 읊조렸다. K1은 호주머니에서 메모지와 볼펜을 꺼냈다.

"다시 한번 말해 봐."

그때였다. 바탈의 눈이 점차 커지는가 싶더니, 회색 눈동자의 초점이 그의 뒤로 향했다. 바탈의 눈길을 따라 K1도 뒤를 돌아봤다. 정복을 입은 공항 경찰 네 명이 발맞춰 걸어오고 있었다. 경찰들이 가까이 다가오자, 바탈의 몸이 망향의 언덕에서처럼 의자 위에 축 늘어졌다. 또다시 마른 좀비로 변해 버린 것이다. 두 번째로 보는 모습인데도, K1은 바탈의 기이한 행동이 좀처럼 익숙해지지 않았다.

어차피 오늘 쿠바행 비행기를 타기는 글렀다. K1은 배낭 두 개를 양쪽 어깨에 걸치고, 바탈을 등에 업었다. 택시를 타고 공항에서 가장 가까운 호텔로 들어가 바탈을 침대에 던지고, 배낭 두 개를 바닥에 내팽개쳤다. K1은 씻지도 않고 바탈 옆에 누웠다. 참으로 파란만장한 하루였다. 그는 금방 잠이 들었다.

K1은 욕망의 불바다에서 허우적거리는 악몽에 시달리다가 눈을 떴다. 등이 땀으로 흥건했다. 어디선가 고소한 냄새가 났다. K1은 손바닥으로 얼굴을 문지른 후, 침대 아래로 내려왔다. 커튼 사이로 들어온 햇살이 K1의 발등에 닿았다. 고소한 냄새를 따라갔다. 바탈이 호텔 방 오른쪽 창가 탁자에 팔꿈치를 올려놓고 눈을 게슴츠레 뜬 채 커피를 마시고 있었다. 탁자 위에 앉아 있던 고양이가 K1을 한 번 힐끔 보더니, 창틀로 펄쩍 뛰어 올라가 먼 곳을 바라봤다. K1은 그제야 왜 자신이 악몽을 꾸었는지 알았다. 15년 전 욕망이 불타는 동칸쿠의 모습을 보면서 맡았던 커피 냄새 때문이었다.

　한때, 공화국 특급 영웅 전사 대부분은 동칸쿠 우두머리 제거 작전에 적어도 한두 번은 투입되었다. 당연히 K1도 15년 전 동칸쿠에 몰래 잠입했었다. K1의 지휘하에 일곱 명의 전사가 높고 험쥬한 산등선을 따라, 동칸쿠의 수도가 한눈에 내려다보이는 산봉우리에 도착했다. 때마침 하늘도 그들을 도와 안개가 자욱했었다. 그들은 해가 떨어지기만을 기다리며, 졸음을 쫓아내려고 계속 쓰디쓴 커피를 마셨다. 밤새워 중요한 작전을 수행해야 했기 때문이었다. 해가 지면서 자욱했던 안개가 걷히더니, 그들 앞에 기이한 풍경이 펼쳐졌다. 웅장한 빌딩이 가득한 도시에 형형색색의 불빛들이 가득했다. 캄캄한 서칸쿠공화국의 밤과 다른 욕망의 불빛이었다. 동칸쿠를 불평등의 지옥으로 만든 욕망의 불빛은 마약보다 중독성이 강했다. 작전을 실행하던 도중 결국 네 명의 전사가 변절하고 말았다. K1은 공화국의 작전 규정에 따라 부하 네 명을 그 자리에서 사살하고 철수해야만 했다. 그 이후로 더는 동칸쿠 우두머리 제거 작전에 나서지 않았다. 동칸쿠의 거대한 마천루마다 욕망이 불타는 모습을 보면, 아무리 철저한 사상 교육을 받은 전사들이라 해도 이따금 혼란에 빠져 정신을 차리지 못했기 때문이었다. 그리고 K1은 그날 이후로 커피 냄새를 맡으면 그때 보았던 욕망의 불빛이 떠올라 괴로웠다. K1이 커피를 끊은 이유였다.

"그거 어디서 훔친 거야?"

K1의 다그침에도 바탈은 눈을 가늘게 뜨고 왼쪽 입꼬리를 살짝 올린 채 검지로 오른쪽 책꽂이 비슷한 수납장을 가리켰다. 수납장 옆면에 커피 내리는 절차를 안내하는 그림이 걸려 있었고, 수납장 안에는 커피 원두와 그라인더 그리고 커피포트가 있었다.

"할아버지, 이게 뭐예요?"

그가 화를 내든 말든 바탈의 목소리는 차분했다. K1은 두 주먹을 꽉 쥐고 바탈에게 한 발짝 다가갔다. 오른 주먹으로 바탈의 머리를 내려치려다가, 자기의 가슴을 때렸다. 바탈만이 킹윌슨섬 위·경도를 알고 있다는 게 그제야 생각났기 때문이었다. K1은 한숨을 크게 내쉬며 바탈 앞에 다소곳이 앉았다.

"네가 마시는 건 커피라는 거야. 커피는 잠을 못 자게 한단다. 그래서 예전에는 사람들에게 밤에도 일을 시키려고 커피를 마시게 했지. 그런데 말이야, 사람들이 잠을 자지 않고 일만 하면 어떻게 되겠니?"

"죽겠죠."

"맞아. 그래서 공화국에서는 미성년자에게 커피를 못 마시게 하는 거란다."

바탈이 커피잔을 내려놓으며, 싱긋 웃었다. K1은 바탈이 왜 웃는지는 알지 못했지만, 바탈이 지금 기분이 좋은 것만은 분명하다고 여기며, 탁자 위의 볼펜과 메모지를 바탈 앞에 내밀며 최대한 부드럽고 온화하게 말했다.

"킹윌슨섬 위·경도를 적어 주겠니?"

바탈은 순순히 메모지에 숫자를 적었다. K1은 위치를 표시하고자 침대 머리맡에 있는 보조 탁자 위에 지도를 올려놓았다.

"남위 32도 41분 59……."

혼잣말로 위·경도를 중얼거리며 지도를 보던 K1이 볼펜을 냅다 바닥에 집어 던졌다. 볼펜이 부서지면서 튕겨 나간 스프링이 고양이의 엉덩이에 맞았다. 깜짝 놀란 고양이가 K1을 째려봤다. K1은 피가 엄지발가락에서 정수리까지 솟구치는 기분이었다. 언뜻 봐도 바탈이 적어준 위·경도가 가리키는 곳은 남극이 아닌, 호주 대륙이었기 때문이다.

"이놈이 어디서 거짓말을 해."

K1은 벌떡 일어나, 바탈의 멱살을 잡았다.

"할아버지가 먼저 거짓말했잖아요."

K1은 잡았던 멱살을 놓고 다시 의자에 앉아 자신이 무슨 거짓말을 했는지 곰곰이 생각했다. 바탈에게 거짓말한 게 한둘이 아니었다. 어떤 거짓말에 이리도 화가 났을까.

"내가 무슨 거짓말을 했는데?"

"할아버지가 잠들었던 어젯밤, 커피를 석 잔 마셨는데도 잠만 잘 잤어요."

K1은 그제야 가슴을 쓸어내렸다.

"세상에 수십억 사람이 살지만, 그중에 똑같은 사람은 없단다. 당연히 너처럼 커피를 마시면 오히려 잠을 잘 자는 사람도 있겠지. 아무튼, 미안하구나."

K1의 사과에, 위로 치켜 올라갔던 바탈의 눈꼬리가 아래로 처졌다. K1은 잠시 눈을 지그시 감고 생각을 정리했다. 더는 이 애송이와 실랑이를 벌일 수 없었다. 그러다가, K1은 뭔가 작심한 듯 근엄한 표정으로 바탈을 바

라봤다. 그리고 진심으로 말했다.

"그래. 내 생각에도 너는 공화국에 살면 불행해져. 넌 몸은 허약하지만, 외우는 걸 잘하니까 공화국보다는 하뚜공화국에서 살기 더 수월할 거야. 네가 남극 펭귄 생포 작전 계획서를 다 외웠다면 너도 알고 있을 거야. 내가 쿠바에 도착하면 돈도 필요 없다는 걸 말이야."

K1은 배낭의 이곳저곳에 달린 주머니에서 지폐 뭉치를 꺼내 탁자 위에 올려놓았다.

"내가 가진 이 돈, 너에게 다 줄게. 네가 올해 열일곱 살이지? 아껴 쓰면, 열아홉 살까지 충분히 생활할 수 있을 거야. 열아홉 살이 되면 돈을 벌어서 네가 그렇게 좋아하는 커피도 실컷 마시면서 이 나라에서 행복하게 살아. 서칸쿠공화국으로 되돌아가지 말고, 알았지?"

K1의 말에 바탈이 고개를 푹 숙였다. 바탈의 마음이 흔들리고 있다는 걸 직감했다. K1은 배낭 깊숙이 숨겨둔 비상금까지 꺼냈다.

"더는 지체할 수 없단다. 나는 남극을 향해 지금 당장 떠나야 해. 반드시 따뜻한 여름에 남극에 도착해야 하거든. 자, 킹윌슨섬 위·경도를 여기에 적어 줄래?"

K1은 메모지와 볼펜을 다시 바탈 앞으로 밀었다. 고개를 숙이고 있던 바탈이 얼굴을 들었다. 소년의 눈동자와 마주치자마자 K1은 잽싸게 고개를 돌려 시선을 피했다.

바탈의 눈동자에 담긴 간절함 때문이었다. 하지만 바탈의 목소리는 피하지 못했다.

"할아버지, 저도 남극에 갈 겁니다."

"야, 기생충. 너 남극에 가다가 죽을지도 몰라. 그래도 갈 거야?"

K1의 호통에도 바탈은 그를 뚫어지게 쳐다보며, 격하게 고개를 끄떡였다.

2

푼타아레나스를 향해

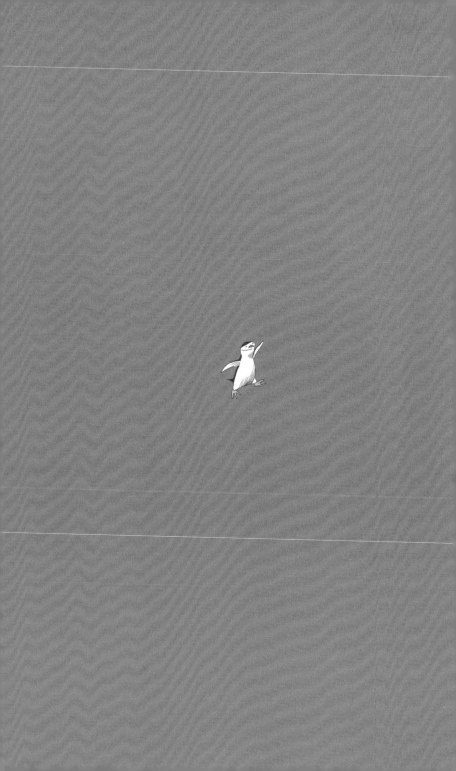

7

곧 쿠바 호세 마르티 국제공항에 착륙할 테니 좌석에 앉아 안전벨트를 매라는 기장의 탁한 목소리에 K1은 눈을 떴다. 잠이 덜 깬 몽롱한 상태로 주변을 둘러봤다. 옆자리에 앉아 있는 바탈은 커피잔을 두 손으로 감싸고, 미소 가득한 얼굴로 그를 쳐다봤다. K1은 반대 방향으로 고개를 획 돌렸다. 그때였다. 갑자기 비행기가 뚝 떨어졌다. 순간 배 속의 오장육부가 출렁거렸다. K1은 본능적으로 괄약근을 힘껏 조였다. 자칫하면 심장이 항문으로 빠져나갈 수도 있다는 생각이 들었기 때문이다. 갑작스러운 기압 차로 귀가 먹먹했고, 머리가 어질어질했다. K1은 양손으로 좌석 팔걸이를 움켜쥔 채 바탈을 쳐다봤다. 커피를 다 마신 바탈은 여전히 미소 띤 얼굴로 비행기의 흔들림을 즐기고 있었다. 드디어, 흔들림이 멈추는가 싶더니 비행기가 선회하면서 고도를 낮췄다. 하얀 뭉게구름 안으로 들어갔던 비행기가 잠시 후 구름 아래로 쑥 빠져나오자, 창문에 빗방울이 달라붙었다. 창밖으로 펼쳐진 검푸른 바다가 한눈에 들어왔다. 바다의 끝에 닿은 육지는 온통 초록으로 물들어 바다와 육지의 경계가 선명했다. 드넓은 바다 위로 가느다란 하얀 띠가 초록의 대지를 향해 천천히 다가가다가 하얗게 부서졌다. 대서양에서 밀려온 파도가 초승달 모양의 쿠바 말레콘 해변 방파제에 부딪혀 부서지는 모습이었다.

'드디어 혁명의 성지에 도착했군.'

말레콘 해변을 보자 K1은 가슴이 뭉클했다.

동체가 덜컥 흔들리며 비행기가 활주로에 착륙했다. 기다렸다는 듯이 기내의 모든 승객이 안도하며 손뼉을 쳤다. 바탈은 머리를 의자 위로 쑥 빼고 두리번거리더니 덩달아 손뼉을 쳤다. 30년 전에도 그랬지만 K1은 좀처럼 적응이 되지 않았다. 미동도 없이 팔짱을 끼고 앉아, 눈을 지그시 감았다. 점차 비행기의 속도가 줄더니, 멈췄다. 그제야 K1은 자리에서 일어났다.

여객 통로를 걸어 나오다가, 창밖으로 시선을 돌렸다. 30년 전과 그대로인 글자가 눈에 띄었다. 오렌지색 벽에 짙은 청색으로 적힌 문구였다.

　온 인류가 나의 조국이다.

　K1은 글이 잘 보이는 곳에 멈췄다. 한꺼번에 나오던 승객들이 갑자기 멈춘 그를 밀쳤지만, K1은 아랑곳하지 않고 글에서 눈을 떼지 않았다. 인류를 욕망의 노예로부터 해방시켜, 끝내는 온 인류가 그들의 조국이 될 것이다. 그 위대한 혁명이 시작된 성지에 도착했다. K1은 가슴에 손을 대고 읊조렸다. 이번 작전을 반드시 성공시켜 미완의 혁명을 완성시키겠다고.
　쿠바 아바나 호세 마르티 국제공항은 실내장식만 바뀌었을 뿐, 골격은 예전 그대로였다. 좁은 복도를 지나 모퉁이를 돌자 입국 심사대가 K1의 시야를 막았다. 함부로 혁명의 성지를 보여 주지 않겠다는 강한 의지가 느껴졌다. 대부분 국제공항 입국 심사대는 그 나라의 첫인상이기에 깔끔하고, 밝고, 개방적이다. 하지만 호세 마르티 국제공항 입국 심사대는 높은 벽으로 막혔다. 혁명의 피가 메말라 굳은 것처럼 검붉은색이라 멀리서 보면 칙칙했다. K1은 노란 대기선 위에 서서 차례를 기다리다가, 입국 심사원의 손짓에 다가갔다.
　"쿠바에 오신 걸 환영합니다."

검은 피부에 붉은 잇몸이 싱그러운 입국 심사원이 그를 반갑게 맞이했다. 그녀는 여권을 펴 보더니 입국 도장을 찍지 않고 그냥 돌려주면서, 그의 뒤에서 기다리는 승객에게 손짓했다. K1은 머뭇거리다가 다음 승객이 다가오는 바람에, 얼떨결에 입국 심사대를 빠져나왔다. 칙칙한 벽을 통과하자 바탈이 먼저 나와 그를 기다리고 있었다. K1은 바탈의 여권을 펼쳐 봤다. 바탈의 여권에도 입국 도장이 없었다. 여권을 쥐고 있던 오른손이 가늘게 떨렸다.

'여권에 입국 도장을 안 찍다니? 무슨 음모가 있는 게 분명해.'

K1은 주변을 둘러봤다. 마침, 카키색 제복을 입은 군인 두 명이 발맞춰 걸어왔다. 쿠바는 혁명의 나라답게 어딜 가나 제복 입은 군인들을 쉽게 만날 수 있다. K1은 군인에게 여권을 내밀며 입국 도장이 왜 안 찍혔는지 단도직입적으로 물었다.

"다 선생님을 위해서입니다."

군인의 말에 K1은 고개를 갸웃거렸다.

"필요하시다면 지금 당장 찍어 드릴 수 있습니다."

K1은 잠시 갈등하다가 자기를 위해서 안 찍었다는 군인의 말을 믿기로 했다. 다른 나라도 아닌 쿠바의 혁명 군인이다.

한 해 한 해가 지날 때마다 체력은 그대로인데, 마음이 쉽게 흔들리며 별일도 아닌 일에 불안이 밀려와 그의 심신을 할퀴었다. 나이가 들수록 주변의 상황에 혹하지 않는 법인데, K1은 반대였다.

호세 마르티 국제공항은 비룡 국제공항보다 훨씬 좁고, 사람들 또한 띄엄띄엄 눈에 띄었다. 군인마저 없다면, 쓸쓸한 공항 풍경이다. K1은 가까운 의자에 앉아, 어깨를 주물렀다. 바탈도 옆에 앉더니, 줄곧 들고 다니던 케이지를 열었다. 케이지 안에서 살아 있는 생명체가 기어 나왔다. 고양이다.

'무식하면 용감하다고, 이놈이 딱 그 짝이야.'

K1은 옆에 앉아 있는 바탈을 힐끔힐끔 쳐다보며 혼자 웅얼거렸다. 겉모습과는 다르게 쇠심줄 같은 고집에, 음흉한 구석까지 있는 소년이었다.

비룡 국제공항에서 K1은 킹윌슨섬의 위·경도를 알아내고자 바탈에게 화를 내보기도 하고 달래도 보다가 생각을 바꿨다. 비록 몸은 삭정이처럼 메말랐지만, 어쨌든 두 발로 걸을 수 있으니 그리 큰 방해가 될 것 같지 않았다. 무엇보다도 가벼운 배낭 정도는 들게 할 수 있고, 간단한 심부름을 시킬 수도 있으니 K1은 위·경도를 알아낼 때까지 바탈의 남극 동행을 허락하기로 했다.

"고양이도 같이 가면 안 될까요?"

K1이 동행을 허락하자마자 바탈도 양심은 있는지, 조심스럽게 물었다. K1은 밝게 웃으며 흔쾌히 승낙했다. 바탈은 아침에 해가 서쪽에서 뜬 건 아닌가 하는 표정으로 K1을 바라보다가, 한 번 더 물었다.

"정말요?"

"그래."

K1은 고개를 끄떡이며 인자한 미소까지 지었다. 하지만 그때 K1이 지은 건 미소가 아니었다. 고양이를 비행기에 태우려고 하는 바탈의 무지에 대한 비웃음이었다. 날카로운 물건도 기내에 반입할 수 없다. 그런데, 살아있는 고양이를 기내에 태운다니?

아무튼, 킹윌슨섬의 위·경도를 알아낼 때까지 바탈과 동행해야만 했다. 먼저 K1은 바탈의 위조 여권을 만들었다. K1과 같이 일하던 동지들도 늙어서 그런지 바탈의 여권을 만드는 데 꼬박 이틀 걸렸다. 예전 같으면 서너 시간이면 해결할 일이었다. 위조 여권을 만들자마자 곧바로 쿠바 항공권을 예매하고, 비룡 국제공항으로 갔다. 그런데 바탈은 어디서 구했는지, 케이지에 고양이를 담아 공항 터미널까지 들고 왔다. 그러거나 말거나 K1은 아무런 말도 하지 않았다. 탑승 수속을 위해 검색대로 향했다. 고양이와 이별하는 바탈이 혹시나 흥분하여 마른 좀비로 변하지 않을까 힐끔힐끔 그를 바라봤다. K1의 예상대로 바탈은 심사원 앞에서 간절한 눈빛으로 화려한 손짓을 하며 뭔가를 설명하고 있었다. 바탈의 표정이 점차 일그러졌다. 멀어서 목소리는 들리지 않았지만, 그는 바탈이 뭐라고 하는지 대충 짐작할 수 있었다. 다른 일이라면 K1이 한마디 거들어 줄 테지만, 고양이를 비행기에 태우려는 황당한 행위였기에 모른 척하고 옆 검색대로 걸어갔다. K1은 탑승 수속을 다 마치고 바탈이 있던 검색대를 보았다. 바탈이 보이지 않았다.

"하, 할아……버……지."

익숙한 목소리에 정면을 보았다. 검색대를 통과한 바탈이 의자에 앉아 손짓하고 있었다. K1은 순간 불안이 엄습했다. 바탈에게 가까이 다가갔다. 케이지 안에 고양이가 웅크리고 있었다.

"고양이를 어떻게?"

K1의 당황한 표정에, 바탈의 해맑은 얼굴에 금방 그늘이 졌다.

"하, 할아버지가…… 허, 허락……."

바탈의 말더듬증이 그의 신경을 자극했다. 그때 비행기 탑승 안내 방송이 흘러나왔다. 일단은 비행기에 올랐다. 비행기가 안전 고도에 올랐을 때 K1은 승무원에게 커피 한 잔을 부탁했다. 바탈은 눈을 지그시 감고 커피 향을 맡자마자 표정이 평온해졌다. K1은 지나가는 투로 바탈에게 물었다. 고양이를 어떻게 태웠는지를 말이다. 바탈은 말도 더듬지 않고 뜨거운 커피를 조심조심 마시면서 차근차근 K1의 궁금증을 풀어 주었다.

K1이 바탈의 위조 여권을 만드는 이틀 동안 바탈은 공항 이곳저곳을 다니면서 고양이에게 필요한 예방접종을 받고, 건강검진 증명서도 발급받았으며, 기내 탑승이 가능한 항공사 규격에 맞는 케이지도 구매하고, 간식도 사서 고양이를 비행기에 태웠다.

"그리고 이것도 샀어요."

바탈이 책을 들어 보이며 해맑게 웃었다. 표지의 커피콩 사진으로 보아 커피 관련한 책이라는 것만 짐작할 수 있을 뿐, 내용은 알 수 없었다. 하뚜공화국 언어로 쓰인 책이었기 때문이다. 책을 들고 있는 바탈을 보다가, 문득 의문이 들었다. 무슨 돈으로 고양이 용품과 책을 샀을까. 그와 동시에 호텔에서 바탈에게 돈을 보여 줬던 일이 떠오르며 불길한 기운이 K1의 온몸을 휘감았다. K1은 배낭의 이곳저곳을 뒤져 숨겨 놓은 돈을 모두 꺼내 일일이 확인했다. 액수가 맞는 것도 같기도 하고, 조금 부족한 것도 같았다. 아무튼 한 가지 확실한 건 바탈에게는 돈이 없다는 것이었다.

"너 무슨 돈으로 그런 것들을 산 거야?"

K1은 고양이 용품을 가리키며 윽박질렀다.

"아버지가 꼭 필요할 때 쓰라고 준 돈으로요."

바탈은 뒷주머니에서 꾸깃꾸깃한 지폐 두 장을 꺼냈다.

"남은 돈은 이게 전부인데, 할아버지 드릴까요?"

얼마나 오랫동안 주머니에 넣고 다니면서 손으로 주물렀으면, 저렇게 손때가 끼었을까. 케케묵은 손때가 덕지덕지 묻어 지폐에 새겨진 사람 얼굴의 눈코입이 흐릿했다. K1은 뻘쭘함에 책으로 시선을 돌렸다.

"너 그거 읽을 수 있어?"

"아뇨."

K1은 바탈이 대충 그림만 보고 금방 책을 덮을 줄 알았다. 그런데 비행을 하는 열한 시간 내내 책을 놓지 않았다. 바탈이 책에서 눈을 뗀 건 승무원에게 커피를 부탁할 때와 화장실 갈 때, 그리고 고양이에게 간식과 밥을 줄 때뿐이었다. 페이지마다 사진이 있다고는 하지만, 읽지 못하는 책에 저렇게 집중할 수 있다는 게 신기했다. 바탈은 책을 보면서 아메리카노 열네 잔을 마셨다. 커피 냄새에, 당연히 K1은 눈만 감으면 욕망의 지옥 불바다 악몽을 꾸었다. 끝내 K1은 휴지로 콧구멍을 막았다. 하지만 이번에는 고양이가 그를 괴롭혔다. 이따금 고양이는 바탈의 품에 안겨 간식을 먹으며 골골거렸다. 이상하게도 나직한 고양이의 골골거리는 소리는 비행기의 소음에 섞이지 않고, K1의 귀에 선명하게 들렸기 때문이

다. 귓구멍까지 막고 난 K1이 그제야 깊은 잠에 빠지려는 순간, 쿠바 아바나에 도착했다는 안내 방송이 들려왔던 거였다.

킹윌슨섬의 위·경도만 알아내면 바탈과 고양이와는 영영 이별이다. 어찌어찌하여 킹윌슨섬까지 같이 간다고 해도, 바탈과 고양이는 그곳에 남아 펭귄과 같이 살아야 할 것이다. 얼어붙는 추위에 남극에서 하룻밤도 지내지 못하겠지만, K1이 신경 쓸 바 아니다. 지금은 일생일대의 막중한 작전인, 남극 펭귄 생포 작전 중이기 때문이다.

8

　　K1은 쿠바 호세 마르티 국제공항 입국장 의자에 앉아 잠시 눈을 붙였다. 웅성거리는 소음에도 고양이 고릉거리는 소리가 K1의 머릿속을 휘젓고 다녔다. K1은 쉬는 걸 포기하고, 바탈을 쳐다봤다. 옆 의자에 앉아 있는 비탈이 고양이의 턱을 만지작거리고 있었다. 눈을 가늘게 뜨고 턱을 치켜든 채 세상 다 가진 듯이 바탈의 허벅지에 늘어져 있던 고양이와 눈이 마주쳤다. 가늘던 고양이의 눈동자가 커지는가 싶더니, 그의 시선을 피해 고양이가 고개를 획 돌렸다.

　　'괘씸한 놈.'

　　K1은 혼잣말을 내뱉으며 의자에서 일어나 물품 보관

함 쪽으로 걸어갔다. 어차피 로메로에게서 다이아몬드만 받아 다시 공항으로 돌아와야 했다. 굳이 배낭을 짊어지고 다닐 필요가 없다. 마침 작은 반려동물도 보관할 수 있게 구멍이 숭숭 뚫린 보관함도 있었다. 배낭에서 다이아몬드를 담을 작은 가방을 꺼낸 후, 물품 보관함에 배낭과 고양이 케이지를 넣었다. 작은 가방을 바탈의 어깨에 걸쳤다. 하지만 어깨가 좁아 곧바로 흘러내렸다. 하는 수 없이 가방끈을 늘려 몸통을 가로지르게 멨다. 케이지에 갇힌 고양이가 눈을 동그랗게 뜨고 바탈을 쳐다봤다.

"금방 올 거야. 조금만 참아."

당황해하는 고양이에게 바탈이 눈을 깜빡이자, 고양이도 바탈을 따라 천천히 눈을 감았다가 떴다. K1은 그 모습이 꼴 보기 싫어 바탈의 팔을 잡고 공항을 빠져나와 택시 정류장 쪽으로 걸어갔다. 바깥으로 나오자마자 소나기가 내렸다. 택시는 없었다. K1은 정류장 담장에 기대서서 쏟아지는 소나기를 바라봤다. 바탈은 바로 옆에 있는 커피자판기 안으로 들어갈 듯이 얼굴을 바짝 들이댄 채 눈을 지그시 감고, 냄새를 맡고 있었다.

"열네 잔을 마시고, 또?"

K1의 질문에 바탈이 고개를 격하게 끄떡였다. K1은 고개를 절레절레 흔들며 자판기에서 커피를 뽑아 주었다. 바탈은 종이컵을 두 손으로 조심스럽게 들어 코에 대

었다. 입가에 옅은 미소가 번졌다. 바탈이 커피를 다 마시자, 택시가 왔다.

"어디로 모실까요?"

택시 기사의 말에 갑자기 K1의 머릿속이 하얘졌다. K1은 검지로 좌석 팔걸이를 톡톡 치면서 하얘진 머릿속에 건물 하나를 떠올렸다. 욕망의 제국 심장에 있는 국회의사당을 본떠 지은 건물이지만, 제국의 그것보다 훨씬 웅장하고 기품 있는 쿠바 아바나의 대표적 건물인데, 건물 형태만 머릿속에 가물거릴 뿐, 이름이 선뜻 떠오르지 않았다.

"카피톨리오. 카, 피, 톨, 리, 오."

그때였다. 옆자리에 앉아 있던 바탈이 K1의 머릿속을 헤집고 다니던 문자들을 붙잡아 일렬로 나열시켜 또박또박 말했다. K1은 자신도 모르게 손바닥으로 이마를 쳤다. 기사는 그제야 활짝 웃으며 택시를 출발시켰다.

조금 달리자 바로 밀림이었다. 길가에 펼쳐진 울창한 적도의 밀림이 소나기에 흠뻑 젖어 싱그러웠다. 20여 분 밀림을 달려 아바나 시내로 접어들었다. 낮은 건물 사이사이로 검고 굵은 선으로 묘사한 체 게바라 얼굴이 보였다. 얼핏 스치는 아바나 사람들의 얼굴엔 행복이 가득했다. 서칸쿠공화국 사람들처럼 거대한 욕망의 제국을 물리치고도, 소박하게 사는 사람들이다. 욕망으로부터 해방된 진정한 자유인의 모습이 이곳에도 있었다.

택시가 우회전하자 멀리 햇살에 반짝이는 카피톨리오 건물의 둥근 돔이 보였다. 편도 6차로의 넓은 도로에는 각양각색의 차들이 가득했다. 택시의 오른쪽에는 차체가 반지르르한 최신형 검은색 벤츠가, 왼쪽엔 녹이 슬어 구멍이 숭숭 뚫린 빨간색 포드 선더버드가 앞서거니 뒤서거니 하면서 택시를 따라왔다. 포드 선더버드는 개구리 눈알처럼 전조등이 위로 튀어나왔고, 차체가 제비 꼬리처럼 날렵한 걸 보니 1960년대 중반에 생산된 모델이 분명했다. 아바나는 과거와 현재 그리고 미래가 공존했다. 중세 유럽의 고풍스러운 건물 사이사이에 쿠바 전통 건물이 자리 잡았으며, 인류의 궁극적 행복을 누리는 자들이 허름한 건물 베란다에 나란히 서서 이방인을 반겼다. 고급과 저급, 가난과 부자, 낡음과 새것의 구분이 사라진 쿠바 아바나다. 서칸쿠공화국처럼 타인의 욕망을 욕망하지 않기에, K1에게는 이곳도 현세의 천국이나 마찬가지였다.

카피톨리오 광장 길 건너에서 택시가 멈췄다. K1과 바탈은 6차선 도로를 건너, 카피톨리오 왼쪽 골목으로 들어갔다. 차이나타운 입구에 우뚝한 문 없는 문은 예전 그대로였다. 다만, 최근에 페인트를 새로 칠했는지 특유의 붉은색 기둥이 유독 선명했다. 기둥과 지붕만 있고 여닫는 문이 없는 '문 없는 문' 안으로 들어갔다. 길 양옆으로 조그마한 상점들이 다닥다닥 붙어 있다. 사람 수보다 상점 수가 더 많은 듯했다. 여자들은 미간에 굵은 주름을 잡은 채 K1과 바탈을 힐끔 쳐다봤고, 웃통을 벗고 통통한 배를 드러낸 중년 남자들은 그들이 지나가든 말든 자기들끼리 큰 소리로 떠들었다. 마치 대판 말싸움이 벌어졌을 때처럼 말들이 서로 엉켜 시끄러웠다.

K1은 콩과 호박을 파는 가게를 지나 정육점 옆 직사각형 2층 건물 앞에 섰다. 살구색이었던 건물을 흰색으로 페인트만 다시 칠했을 뿐 예전 그대로였다. 평일인데도 웬일로 건물 1층 셔터가 내려져 있었다. K1은 셔터를 두드렸다. 아무런 반응이 없다. 그가 온다는 소식을 듣고 가게 문을 닫은 게 확실했다. K1은 좁은 계단을 통해 2층으로 올라가다가 멈칫했다. 희미한 화약 냄새가 났기 때문이었다. 불과 몇 분 전에 터진 화약이 확실했다. K1은 바탈에게 여기서 기다리라고 이른 뒤 다시 조심조심 계단을 올라갔다. 출입문은 30년 전과 다르게 두꺼운 철문에, 손바닥 두 개 정도 넓이의 강화유리 창을 달았다. 혁명의 성지 쿠바 아바나와는 어울리지 않게, 보안에 신경쓴 문이 낯설었다. 문에 몸을 바짝 붙이고 유리창으로 안을 살폈다. 아무도 없다. K1은 살며시 문을 열고 안으로 들어갔다. 문은 잠겨 있지 않았다. 화약 냄새는 화장실

에서 흘러나왔다. K1은 조심스럽게 화장실 문을 열었다. 머리가 피범벅인 로메로가 누워 있었다.

"로메로!"

로메로의 머리를 무릎에 올리고, K1이 소리쳤다.

"샤……이……마…….."

죽은 줄 알았던 로메로가 눈을 반쯤 뜨더니, 힘겹게 말했다. 목소리가 희미했지만 K1은 분명히 알아들을 수 있었다.

"설마?"

"이곳에…… 빨리 도망쳐…… 당신이 오는 걸 다 알고 있었……."

로메로는 끝까지 말을 잇지 못하고 머리를 떨구었다. 그때였다. 익숙한 목소리가 등 뒤에서 들렸다. 악센트가 명확한 영어 발음, 그녀가 확실하다.

"오랜만이군요."

이슬람 전통 복장을 한 여인이 화장실 문밖에 서서 K1을 노려봤다. 히잡으로 머리를 가리고 눈과 입 주변에 잔주름이 늘었지만, 한눈에 알아봤다. 샤이마와 눈이 마주치자 K1은 머릿속이 하얘졌다. 화장실 바닥에 앉아 있던 그는 엉덩이를 질질 끌며 뒤로 물러났다. 하지만 좁은 화장실이었기에 금방 벽에 등이 닿았다. 샤이마가 글록 21 권총으로 K1을 조준한 채 화장실 안으로 들어왔다. 공포가 K1의 심신을 지배했다. K1은 팔다리와 몸통이 점점 굳었다.

"천하의 K1도 세월 앞에서는 어쩔 수 없나 봐요. 왜 바들바들 떨지? 죽음이 두려운가요?"

샤이마가 오른쪽 입꼬리를 살짝 올리며 말했다. 웃음도 아니고 그렇다고 비웃음도 아닌 어정쩡한 표정이 섬뜩했다. 샤이마가 K1의 이마를 향해 총구를 겨눴다. 그때였다. 샤이마가 갑자기 무언가에 맞은 듯 균형을 잃고 휘청거렸다. K1은 때를 놓치지 않고 샤이마의 머리를 팔꿈치로 내려쳤다. 샤이마가 옆으로 넘어졌다. 그 틈에 K1은 화장실 밖으로 뛰쳐나왔다. 문밖에 바탈이 서 있었다. 바탈이 샤이마에게 가방을 휘두른 거였다. 그 순간 총소리가 들렸다. K1은 몸을 바짝 웅크렸다. 다행히 총알은 K1을 빗나가 출입문 강화유리에 맞았다. 강화유리가 잘게 쪼개지면서 사방으로 흩어졌다. 그와 동시에, 샤이마가 화장실에서 뛰쳐나왔다. K1은 문 옆에 있던 화분을 들어 샤이마를 향해 힘껏 던졌다. 화분이 샤이마의 머리에 정통으로 맞았다. 샤이마가 비틀거리더니 벽에 기대고 두 손으로 머리를 감쌌다. K1은 바탈의 손을 잡고 출입문을 빠져나왔다. 빠르게 계단을 뛰어 내려오는데 반짝이는 게 눈에 띄었다. 다이아몬드가 확실했다. K1은 잽싸게 주워 호주머니에 넣었다. 계단을 뛰어 내려와 주변을 둘러봤다. 차이나타운이라 그런지 쿠바 어디에서든 흔하게 눈에 띄던 혁명 군인들이 이곳엔 없었다.

'샤이마가 살아 있다니. 샤이마가.'

K1은 문 없는 문을 빠져나와 오른쪽 가로수 길로 뛰었다. 샤이마로부터 살아남는 방법은 하나뿐이다. 바닷속으로 뛰어드는 것이다. K1에게 질질 끌려오는 바탈은 마치 바람 빠진 풍선 인형처럼 흔들거렸다. 스콜이 지나간 오후의 시원한 날씨를 즐기러 나온 사람들이 길가에 즐비했다. 그들은 이방인에게 무관심한 채 음악에 맞춰 춤을 추고 노래를 불렀다. 드디어 가로수 길 끝에 도착했다. 초승달 모양의 긴 방파제가 있는 말레콘 해변이다. 방파제 위에는 더위를 피해 나온 사람들과 관광객으로 북적거렸다. 어린아이들이 방파제 위에서 바다로 뛰어들었고, 그때마다 관광객들은 아이들에게 동전을 던져 주었다.

K1은 바탈과 함께 방파제 위로 올라갔다. 반투명한 파란 바닷물이 밀려오다가 방파제에 부딪히면서 하얗게 부서졌다. 비행기 창문으로 보았던 말레콘 해변의 파도다. K1은 뒤를 돌아봤다. 머리에 검은 히잡을 두른 샤이마가 사람들을 헤치며 쫓아오는 모습이 보였다. K1은 바탈을 방파제 아래로 밀었다. 바탈은 몇 번 허우적거리더니 바닷속으로 가라앉았다. K1도 지체 없이 바다로 뛰어

들었다.

 천만다행으로 바탈은 기절한 채 천천히 가라앉는 중
이었다. 물에 빠져 발버둥 치는 사람 구한다고 섣불리 다
가갔다가는 죽기 살기로 달라붙어 같이 물귀신이 되기
십상이다. K1은 젊은 시절 오랜 수중 훈련으로 단련되
어 있었다. 기절한 바탈의 머리를 한쪽 팔로 받쳐 든 채,
조류에 몸을 맡겼다. 마침 조류가 아바나 항구 쪽으로
흘러갔다. 항구에 가까워지면서 점차 수로가 좁아졌고,
조류의 흐름도 빨라졌다. 샤이마가 방파제를 따라 그를
계속 쫓아왔다. K1은 한쪽 팔로 바탈의 머리를 받치고,
다른 팔로 물을 휘저어 수로의 반대편 육지로 올라갔다.
K1은 수영하느라 지쳐, 기절한 바탈을 더는 끌고 다닐
수 없었다. 바탈의 따귀를 때렸다. 다행히 바탈은 금방
깨어났다.

 "할아……버……지."

 두통이 있는지 손으로 머리를 감싼 채 바탈이 눈을 떴
다. 반대편 방파제에서 뛰어오던 샤이마가 멈춰 서서 그
들을 한 번 힐끔 보더니, 다시 뛰어갔다. 샤이마의 정면
에서 백여 미터 떨어진 곳에 다리가 있었다. K1은 바탈
을 일으켜 큰길가로 나갔다. 다가오는 택시를 잡아타고
곧바로 공항으로 달렸다.

빠르게 출국 수속을 마치자 그제야 안심이 되었다. 지금 당장 샤이마와 마주친다고 해도 안전한 곳이다. 승객보다 무장 군인이 더 많은 출국장이다. K1은 의자에 앉으면서 한숨을 내쉬었다. 어느새 바탈은 자판기에서 뽑은 커피를 들고 옆에 앉았다.

"전 이곳에 남겠어요."

바탈의 말에, K1은 모든 피로가 싹 가시는 듯했다. K1은 문득 생각했다. 바탈의 얼굴에 천사의 모습이 깃들어 있다고.

K1은 기회다 싶어 바탈에게 바짝 다가가, 그에게 수첩과 볼펜을 내밀었다.

"그래, 네가 생각해 봐도 남극에 가서 죽는 것보다 이곳이 낫지? 쿠바는 아주 살기 좋은 나라란다. 누구나 살고 싶어 하는 곳이지. 난 이곳에 아는 사람들이 많아. 그들에게 너를 잘 보살펴 달라고 부탁할 테니 걱정하지 마. 이제 킹윌슨섬 위·경도를 이곳에 적어 줄래?"

바탈이 눈을 동그랗게 뜨고 한동안 K1을 뚫어지게 쳐다봤다.

"공화국으로 돌아가는 거 아니었어요?"

"영웅 전사에겐 포기란 없다. 남극에 가야지."

"다이아몬드가 없잖아요?"

K1은 로메로 집 계단에서 주운 다이아몬드 원석을 꺼

내 바탈에게 보여 주었다.

"유리 조각 같은데요."

K1은 바탈의 말에 피식 웃었다. 가공하지 않은 다이아몬드 원석은 볼품없기에, 일반 사람들의 눈에는 한낱 두꺼운 유리 조각으로 보이는 게 당연하다.

"가공하지 않아서 그렇단다."

바탈은 여전히 못 믿겠다는 듯이 고개를 갸우뚱했다.

"그게 다이아몬드라고 쳐도, 다이아몬드 하나로는 배를 살 수 없잖아요?"

남극 펭귄 생포 작전 계획을 외우고 있는 바탈이다. 작전에 필요한 다이아몬드는 여덟 개였다. K1과 G3 그리고 로메로는 공화국 영웅 전사 동기로, 약 30년간 같이 전 세계를 누볐다. 그러다가 6년 전 아프리카에서 다이아몬드 수송 작전을 마치고, 로메로는 쿠바로 떠났다. 그들이 그때 어렵게 구한 열두 개의 다이아몬드를 모두 가지고 말이다. 퇴역하고 공화국으로 돌아갈 계획이었던 K1과 G3는 공화국에서 여생을 책임져 주었기에 다이아몬드가 필요 없었다. 대신에, 로메로가 보관하고 있다가 필요하면 언제든지 그들의 몫을 돌려주기로 약속했다. 필요할 일이 없을 거라 생각했지만 마침 남극 펭귄 생포 작전을 수행하게 되었고, 여덟 개의 다이아몬드를 팔아 작전 자금을 마련하려고 로메로에게 연락해 두었던 거였다. 그런데 샤이마가 이를 미리 알고 그를 죽이려 찾아왔다. 이가 없으면 잇몸으로 음식을 씹어야 한다.

"중고는 가능해."

바탈의 양 입꼬리가 천천히 올라가더니, 하얀 앞니가 드러났다. K1은 바탈의 표정 변화에 순간 후회했지만, 이미 늦었다.

"전 할아버지가 공화국으로 돌아가는 줄 알았죠. 할아버지가 남극에 가면 당연히 저도 가야죠."

바탈의 고집을 잘 알고 있기에 K1은 바탈과 더는 실랑이를 벌이지 않았다. 출국장 의자에서 늘어지게 누워 있다가, 두 사람은 칠레의 수도 산티아고행 비행기에 올랐다.

산티아고 국제공항 인근에서 두꺼운 패딩과 장갑, 발목까지 덮는 군화 등 남극에서 필요한 온갖 물품을 샀다. 배낭 하나가 더 늘어 세 개가 되었다. K1은 가장 가벼운 배낭을 등에 메고, 나머지 배낭 두 개를 바탈에게 앞뒤로 메게 했다. 다음 날 일찍 칠레의 최남단 푼타아레나스로 향하는 비행기에 올랐다.

9

푼타아레나스 공항 터미널을 빠져나오자 차가운 공기가 몸을 휘감았다. 공항 앞 둥근 시계탑의 시계가 2시 12분을 가리켰다. 한낮인데도 땅거미가 내린 것처럼 주변은 어둑했다. 두꺼운 희색 구름이 하늘을 덮었기 때문이었다. 시베리아의 추위와는 확연히 다르다. 시베리아는 건조하고 차가운 공기가 날카롭게 옷 속으로 스며들어 찌르지만, 푼타아레나스는 서늘하고 습한 기운이 스멀스멀 스며들었다. K1은 두 팔을 벌리고 눅진하고 서늘한 공기를 깊숙이 들이마셨다. 바탈은 추운지 택시를 기다리는 동안 앞뒤로 다리를 꼬고, 몸을 바짝 오그렸다. K1은 바탈이 등에 멘 배낭 안에서 패딩 점퍼를 꺼내 바탈에게 주었다. 패딩 점퍼를 입은 바탈은 마치 하마의 몸통에 기린의 머리가 달린 것처럼 기이해 보였다. 바탈에게 맞는 옷이 산티아고에 없었다. 하긴, 전 세계 어디에도 바탈에게 맞는 옷은 없을 것이다. 키에 맞추면 이불을 뒤집어쓴 것처럼 헐렁했고, 빼빼한 몸통에 맞추면 배꼽이 드러났다. 남극에서 배꼽을 내놓고 다닐 수는 없으니 어쩔 수 없이 키에 맞춰 옷을 구입했다.

대서양과 태평양을 잇는 마젤란 해협이 한눈에 보이는 언덕 위 호텔에 짐을 풀었다. 마젤란 해협의 태평양 쪽은 검푸르지만, 대서양 쪽은 쪽빛이다. 검푸른 물과 쪽빛 물이 뒤섞이는 경계엔 검은 구름이 낮게 깔려 해협을 가렸다. 짐을 내려놓자마자 K1은 바탈과 함께 호텔 방에서 나왔다. 어느새 바탈의 품에 고양이가 안겨 있었다. 곧 돌아올 텐데 왜 데리고 가냐고 한마디 하려다가 그만두었다. K1은 이제 바탈과 말을 섞는 것도 지치고 귀찮았다.

푼타아레나스 항구는 K1이 왔던 28년 전보다 더 초라해졌다. 해안가에 즐비했던 술집도 다 사라졌고, 바다 멀리 띄엄띄엄 정박해 있던 원양어선들도 보이지 않았다. 다만, 중앙 광장의 고래 꼬리 동상만은 그때 그대로 자리를 지키고 있었다. 거대한 고래가 바닷속으로 자맥질하는 순간, 꼬리만 수면 위로 솟구친 모양의 동상이다.

동상이 있는 광장에서 3시 방향의 골목으로 들어갔다. 샛노란 벽에 군청색 창틀의 건물이 눈에 띄었다. 건물 안으로 들어갔다. 수염이 얼굴의 절반을 가린 거구의 남자가 K1을 반갑게 맞이했다. 남자를 보자마자 K1은 그가 누군지 금방 알아봤다. 큰 덩치와 대머리 그리고 파란 눈동자까지 알베르토를 쏙 빼닮았기 때문이었다.

"자네 알베르토 아들 맞지?"

K1의 말에 알베르토 주니어는 격하게 고개를 끄떡이더니, 아버지는 작년에 돌아가셨다고 묻지도 않았는데 먼저 말을 꺼냈다. K1의 나이 정도 되면 주변에 흔한 게 죽음이다.

"훌륭한 분이셨는데, 일찍 가셨네그려."

K1은 알베르토 주니어에게 형식적인 위로의 말을 건넸다. K1과 알베르토는 한때 혁명군으로 활동했었다. 그들은 마젤란 해협을 지나가는 제국주의 자본가들의 물건을 강탈하고자 약 2년간 이곳에 머물렀다. 작전이 모두 끝나고, 알베르토는 축축하고 서늘한 푼타아레나스의 기후가 마음에 든다고 하면서 이탈리아에 있던 가족을 모두 데리고 왔다. 그 이후로 알베르토는 용병 생활을 그만두었다. 당시 많은 용병들이 아프리카에서 다이아몬드 광산 관련 작전에 참여했었다. 돈도 돈이지만, 다이아몬드를 손쉽게 얻을 수 있었기 때문이었다. 알베르토도 다

이아몬드 광산을 지키는 용병으로 8년간 아프리카에 있었다. 그때 틈틈이 모아 둔 다이아몬드 원석으로 이곳에서 보석상을 차렸다. 그가 배운 것은 총질과 어깨너머로 익힌 다이아몬드 등급을 감별하는 기술밖에 없었기 때문이었다.

K1은 품속에서 다이아몬드 원석을 꺼내 탁자 위에 올려놓았다.

"얼마나 쳐줄 수 있나?"

앞에 앉아 있던 알베르토 주니어가 난감한 표정으로 K1과 바탈을 번갈아 쳐다보았다.

"이거 말이야."

알베르토 주니어가 다이아몬드를 보지 못했다고 여긴 K1은 탁자 위 다이아몬드를 집어 그의 얼굴에 가까이 들이댔다. 알베르토 주니어는 잠시 당황한 표정으로 주변을 두리번거리다가 어색한 미소를 지었다.

"아저씨, 이거 유리 조각입니다."

K1은 알베르토 주니어의 황당한 말에도 온화한 미소를 지었다. 이탈리아와 푼타아레나스에서만 살던 알베르토 주니어가 아프리카의 지저분한 흙탕물에서 건진 볼품없는 다이아몬드 원석을 봤을 리 없다. K1은 주변을 둘러보았다. 마침 보석 감별기가 눈에 띄었다. 받침대가 두꺼운 철판으로 된, 얼핏 보아도 반백 년은 되었을 법한

낡은 것이었다. K1은 알베르토 주니어에게 직접 보여 주고자 보석 감별기 받침대 위에 다이아몬드 원석을 올려놓고, 벽에 걸려 있던 망치를 들어 원석을 내려쳤다.

"안 돼요!"

알베르토 주니어가 소리쳤다. 그러거나 말거나, K1은 검지로 철판 위를 가리키며 인자한 미소를 지은 채 알베르토 주니어를 쳐다봤다. 알베르토 주니어가 입을 삐죽 내밀더니 눈꼬리를 아래로 내려트린 채, 측은한 눈빛으로 그를 보았다. K1은 뭔가 잘못되었다는 걸 직감하고, 그제야 철판 위로 시선을 돌렸다. 이게 웬일인가? 다이아몬드가 잘게 부서진 것이다. K1은 믿을 수 없다는 듯 허리를 숙여 철판 위를 자세히 보았다. 벼룩 똥보다도 작은 유리 가루들이 등불에 반짝였다. 갑자기 넓적다리의 뼈가 사라진 것처럼 K1의 몸이 휘청했다.

그때 바로 옆에 서 있던 바탈이 K1의 손을 잡아 주었다. 바탈 때문에 다행히 넘어지진 않았다. 아버지를 닮아 탈모가 진행된 알베르토 주니어의 넓은 이마에 굵은 주름 세 가닥이 그어졌다. K1은 가게에서 도망치듯 나와 방파제 쪽으로 빠르게 걸어갔다.

가을비처럼 가는 물방울들이 날아와 얼굴을 적셨다. 파도가 방파제에 부딪히면서 잘게 부서진 물거품이 방파제를 넘어왔다. K1은 바다를 멍하니 바라봤다. 문득,

항상 창틀에 앉아 먼 곳을 바라보는 고양이의 심정이 이해되었다. 그때였다. 어디선가 커피 냄새를 맡은 K1이 뒤를 돌아봤다. 바탈이 종이컵을 들고 서 있었다.

"한 모금 드셔 보세요. 마음이 가라앉을 겁니다."

김이 모락모락 나는 커피였다. 커피 냄새를 맡자 K1은 어김없이 속이 매슥거리더니 머리가 어질어질했다.

"어디서 난 거냐?"

"보석 가게 아저씨가 할아버지 드리래요."

"난 공화국 영웅 전사야. 커피는 욕망의 노예나 마시는 마약이라고."

"아 참, 그리고 이것도 가져다드리라고 했어요."

바탈은 손때가 덕지덕지 묻은 지폐가 있는 호주머니에서 깨진 유리 조각을 꺼냈다.

"하도 볼품없어 보여서 가짜인 줄 알았는데, 이 다이아몬드 진짜래요. 미안하다고 하시면서 이 깨진 조각도 꽤 비쌀 거라고 꼭 할아버지 드리라고 했어요."

"그리 비싼 거면 너나 가져! 이젠 쌍으로 나를 무시하네."

바탈의 말에 K1은 화가 치밀었다. 이 세상에서 가장 단단한 물질이 다이아몬드라는 건 상식 중에서도 아주 기초 상식에 속한다. K1은 무작정 걸어갔다. 얼마쯤 걸었을까. 정신을 차리고 보니 배들이 나란히 줄지어 있는 곳을 지나고 있었다. 한때 항구에 가득했던 어선은 가물에 콩 나듯 어쩌다 눈에 띄었고, 해양 연구 선박과 쇄빙선만 즐비했다. K1은 임무만 주어지면 지구 어디라도 침투가 가능했다. 하지만, 남극은 달랐다. 아무리 실전 경험이 풍부해도 남극은 무작정 갈 수 있는 곳이 아니었다.

깊은 상심에 빠진 K1은 정처 없이 터벅터벅 걸었다. 오렌지색의 거대한 쇄빙선 앞을 지날 때 하늘을 맴도는 갈매기 두 마리가 눈에 들어왔다. 갈매기 한 마리가 물고기를 물고 있었고, 다른 갈매기가 이를 빼앗으려고 공중전을 벌이는 중이었다. 한참을 하늘에서 쫓고 쫓기다가, 물고기를 물고 있던 갈매기가 오른쪽으로 선회하면서 낮게 날더니, 뾰족 솟은 배 안테나 뒤로 사라졌다. 뒤쫓던 갈매기는 그제야 추격을 포기하고 배 조타실 지붕에 설치된 풍속계 위에 앉았다. 그때 문득, 익숙한 게 눈에 띄었다. K1은 긴가민가하며 풍속계에 앉아 있는 갈매기를 보면서 뛰어갔다. 갈매기가 앉아 있는 조타실이 조금씩 모습을 드러내더니, 쇄빙선 뒤에 가려졌던 뱃머리가 K1의 눈앞에 불쑥 나타났다. 그의 예상대로 MD-30 모델이었다. MD-30은 약 40년 전만 해도 전 세계에서 가장 많이 생산하던 배였다. 배를 보자마자 그물에 물고기가 달려 올라오듯 기발한 생각이 줄줄이 떠올랐다.

'MD-30을 여기서 만나다니? 지성이면 감천이라고.

그래. 내 간절한 마음을 하늘이 몰라볼 리 없어.'

배로 다가가는 K1의 발걸음이 그 어느 때보다도 가벼웠다. K1은 배가 잘 보이는 곳에 서서, 출항 준비를 하는 선원들을 바라보다가 눈을 감았다. 머릿속에 선명하게 배 구조가 떠올랐다.

전사 훈련 과정 중에 육상은 물론, 해상의 모든 교통수단의 기본 구조와 운전법을 배운다. 왜냐하면 적의 심장부로 침투했다가 탈출할 때 적의 자동차, 배 등을 요긴한 교통수단으로 활용할 수 있기 때문이었다. 실제로 K1은 작전 중에 예닐곱 번 MD-30 모델의 조타석에서 키를 잡은 경험이 있었다. 당연히 지금도 눈 감고도 다룰 수 있다.

K1은 항구를 빠져나와 곧바로 택시를 탔다. 고양이를 안고 있던 바탈이 쫓아오다가 택시가 출발하자 멍하니 서서 택시의 뒤꽁무니만 바라봤다. 호텔 앞에 택시를 대기시키고 방으로 들어가 가방 곳곳에 숨겨 놓은 비상금을 모두 꺼냈다. 다시 택시를 타고 보석 가게로 돌아와 알베르토 주니어에게 칠레 화폐로 환전을 부탁했다.

"아까는 정말 죄송했습니다. 제가 잘 모르고 선생님을 화나게 해서 그만……."

"됐어."

K1은 알베르토 주니어의 말을 싹둑 잘랐다. 그의 눈

치를 보던 알베르토 주니어는 환율 시세를 보더니 곧바로 빳빳한 칠레 화폐로 환전해 주었다. K1이 돈을 들고 항구로 가자 입구에 서 있던 바탈이 그를 보고 뛰어왔다. 그러거나 말거나, K1은 곧바로 한참 출항 준비 중인 MD-30 모델 배 위로 올라갔다. K1은 갑판 위에서 밧줄을 감고 있는 선원에게 선장이 어디 있는지 물었다. 선원은 멀뚱멀뚱 K1만 바라볼 뿐, 아무런 말도 하지 않았다. K1은 지폐 한 장을 선원의 상의 주머니에 꽂아 주었다. 그제야 싱긋 웃더니, 조타실을 가리켰다.

선장은 깡마른 체구에 키는 2미터가량으로 컸다. K1이 선장의 얼굴을 보려면 턱을 위로 치켜들어야 했다. 육십 대 중반쯤으로 보이는 얼굴에 피부는 굴참나무 껍질처럼 메말라 거칠었지만, 눈동자만은 아직 반짝이며 빛났다. 온 생을 바다에서 보낸 전형적인 뱃사람 얼굴이다. 뱃사람들은 말 돌리는 걸 질색한다. K1은 단도직입적으로 말했다. 남극 인근 해수 온도 측정차 배가 필요한데 같이 타고 갈 수 있느냐고. 선장은 K1의 짤막한 몸을 위아래로 훑어보더니 당장 꺼지라고 소리 질렀다. 하지만 K1은 선장에게 한 발짝 더 다가가 나직하게 말했다.

"3천만 페소면 가능하겠소?"

K1의 말에 선장의 눈동자가 흔들렸다. K1은 그 기회를 놓치지 않았다.

"에라 모르겠다. 4천만 페소. 더는 안 돼요. 그리고 천만 페소를 지금 계약금으로 드리겠소."

K1은 그 자리에서 빳빳한 지폐 뭉치를 꺼내 주었다. 그제야 선장은 미간의 굵은 주름이 매끈하게 펴지면서 입꼬리가 살짝 올라갔다. 선장이 더러워진 손을 바지에 쓱쓱 문질러 닦더니, K1에게 손을 내밀었다.

"대신, 조건이 있소. 어창에 얼음을 가득 채워 주시오."

K1의 말에 선장의 표정이 다시 굳어졌다.

"그럼 잡은 물고기는 어떻게 하고요?"

"아, 그건 걱정하지 마시오. 얼음에 온도계를 박아 바다 중간중간에 던질 거요. 당연히 물고기를 잡을 때면 어창은 텅 비겠지."

"만약 그물을 올릴 때까지 어창에 얼음이 남아 있으면 우리가 모두 버리겠습니다."

선장의 말에 K1은 고개를 끄떡였다. 그제야 선장은 누런 이를 드러내며, 호탕하게 웃었다. 선장의 빛나는 눈동자가 주름에 가려 보이지 않았다. 뱃사람은 잘 웃지 않는다. 뱃사람이 웃었다는 건 마음을 열었다는 거다. 고집불통인 뱃사람이 마음을 열면, 간과 쓸개를 모두 꺼내 줄 듯이 의리를 지킨다.

"배를 구경할 수 있을까요?"

K1의 말에 선장은 자청하여 배의 이곳저곳을 안내했

다. K1의 예상대로 29년 전에 진수한 MD-30 모델이었다. 이 모델은 갑판을 기준으로 지상 1층, 지하 2층이 기본 구조다. 지상 1층은 조타실, 지하 1층은 침실과 식당, 부식 창고가 있는 생활공간이고, 지하 2층에는 기관실과 연료를 보관하는 창고 등이 있다. 선원 25명이 석 달간 먹고 마시며 생활할 수 있는 식량과 물품을 모두 실어 놓은 걸 보고 K1은 안심했다. 무엇보다도, 침실 옆에 온갖 비상약과 치료 물품이 비치된 약품 보관실이 마음에 들었다. 의사만 있다면 간단한 수술도 가능한 각종 약과 의료 도구도 있었다.

"배가 믿음직스럽소. 자, 잔금 모두 드리겠소."

K1은 3천만 페소를 선장에게 선뜻 건네주었다. 선장은 호탕하게 웃으며 K1을 지하 식당으로 안내했다. 그가 식탁에 앉자, 선장은 어디선가 철갑상어알과 위스키를 가지고 왔다. 맥주컵에 위스키를 따랐다. K1은 곧바로 잔을 비웠다. 선장도 이에 질세라 단숨에 들이켰다. 하지만 K1은 위스키를 삼키지 않고, 입꼬리로 조금씩 뱉어냈다. 위스키에 윗옷 가슴 부위가 흥건하게 젖었을 때쯤, 술에 취한 선장은 자신의 인생 이야기를 늘어놨다. 인도양이나 대서양이나 태평양이나 바다는 다 똑같다. 파도도 같고, 구름도 같으며, 바람도 같다. 당연히 그곳에서 평생 살아온 인생 이야기도 비슷비슷했다. 선장의 이

야기도 마찬가지였다. K1은 지루한 선장의 이야기를 듣다가, 그의 잔이 비면 채워 주면서 기회만 엿봤다. 드디어 선장이 화장실에 간다며 일어나다가 주춤했다. K1은 기회를 놓치지 않고 선장을 부축해 주었다. 그러는 동안 K1의 입가에는 희심의 미소가 떠올랐다. 그리고 선장이 화장실에서 돌아오자마자, K1은 이만 가 봐야겠다며 계단을 올라왔다. 선장이 비틀거리며, 그의 뒤를 따라왔다.

"커피콩도…… 부탁해요."

바탈의 목소리에 K1은 뒤를 돌아봤다. 바탈이 고양이를 가슴에 안고, 그의 뒤에 서서 커피를 마시고 있었다. 선원들이 많이 지나다니는 곳에 설치된 자판기에서 뽑은 커피였다. K1은 바탈의 음흉한 눈을 보고 직감했다. 바탈이 자신의 계획을 이미 눈치챘다는걸.

"얼마나?"

"100킬로그램이요……."

K1은 무심코 선장에게 커피콩 100킬로그램을 실어 달라고 부탁했다. 술에 취해 흐리멍덩해진 선장이 눈을 동그랗게 뜨더니, 그렇게도 많이 필요하냐며 되물었다. 그제야 K1도 너무 많다는 걸 느꼈다. 다시 바탈에게 물었다. 정말로 100킬로그램이냐고. 바탈이 고개를 끄떡였다. K1은 선장에게 그렇다고 다시 말했다.

"커피콩을 100킬로그램이나?"

선장이 고개를 갸웃거리며 혼잣말했다.

"무리해서 구하려고는 하지 마시오. 없어도 괜찮으니."

K1은 입가에 미소를 머금은 채, 바탈을 곁눈질로 쳐다 봤다. 흙도 아니고, 내일 아침까지 그만한 양의 커피콩을 구하는 건 불가능하다.

"전혀요. 여기서는 커피콩이 물보다 더 싸요. 까짓거 실어 드릴게요. 내일 오전 11시 출항입니다. 그 전에 꼭 탑승하셔야 합니다."

"꼭 밀봉해서 냉동실에 넣어 주시오."

K1은 얼떨결에 바탈의 말을 선장에게 전해 주었다. 그러자 선장은 자신도 커피를 좋아해서 그 정도는 알고 있으니 걱정하지 말라고 했다. K1은 술을 마시는 척 뱉어 냈지만, 약간씩 침과 함께 목구멍으로 넘어간 탓에 온몸에 술기운이 돌았다. 판단력이 흐려질 수 있다. K1은 선장에게 내일 만나자며 손을 흔들고, 바탈과 함께 서둘러 배에서 내리려고 했다. 그 순간, 바탈에게 안겨 있던 고양이가 배 안으로 숨어 버렸다. 다행히 선장은 고양이를 보지 못했다. K1과 바탈은 항구를 빠르게 빠져나왔다.

"배, 배를 훔치려는 거죠?"

바탈이 눈을 가늘게 뜨고 물었다.

"아냐. 작전을 위해 잠시 빌리는 거야."

10

K1은 깜짝 놀라 수화기를 들었다. 모닝콜이었다. 잠깐 눈을 붙인 것 같은데, 벌써 새벽 3시 30분이다. 베개가 땀에 젖은 걸 보니, 또 악몽을 꾸었다. 하지만 모닝콜의 소란스러움에 꿈의 내용은 생각나지 않았다. 침대에서 내려왔다. 뭔가가 발에 밟혔다. 바탈이 비명을 지르며 벌떡 일어났다. K1이 바닥에서 자고 있던 바탈의 손을 밟았던 것이다. 삭정이처럼 메마른 몸에서 나오는 비명치고는 컸다. 잠이 덜 깬 바탈이 밟힌 손을 위아래로 흔들며 그에게 뭐라고 중얼거렸다. 정확히 듣진 못했지만, 듣기 좋은 소리가 아니라는 건 확실했다. K1은 바탈의 머리를 한 대 쥐어박으려다가 욕실로 들어갔다. 서둘러야

했다. 11시에 출항한다고 하지만, 일부 선원들은 미리 와서 준비할 것이다. K1은 대충 눈곱만 씻어 내고, 시원하게 방광을 비웠다.

호텔 방을 나서기 전, K1은 작은 배낭을 어깨에 메고, 큰 배낭 두 개는 바탈에게 주었다. 바탈은 잠이 덜 깬 얼굴로 배낭 두 개를 앞뒤로 메고, 고양이 케이지 안에 호텔 방에 비치돼 있던 커피 그라인더를 넣었다.

"이 도둑놈."

"자, 잠시…… 비, 빌리는…….."

"빌려? 언제 돌려줄 건데?"

"하, 할아버지가 배, 배…… 돌려주, 줄…… 때요."

K1은 말문이 턱 막혔다.

호텔 밖으로 나오자 예약한 택시가 정문에서 기다리고 있었다. 이미 날이 환했다. K1은 깜짝 놀라 얼른 시간을 확인했다. 4시 15분이다. 그제야 백야 현상 때문에 날이 밝다는 걸 깨달았다. 날이 밝은데도 조용한 도시가 마치 종말 이후의 모습 같았다.

텅 빈 도로를 달려 금방 항구에 도착했다. 두 사람은 택시에서 내려 곧바로 배에 올랐다. 다행히 아무도 없었다. K1은 어창을 열어 봤다. 약속대로 얼음이 가득했다. 바탈은 지하로 내려가 부식 창고 냉동고를 열어 보았다. 온갖 고기들로 가득한 거대한 냉동고 출입문 왼쪽에 세워진, 100킬로그램의 베이지 색 커피 자루를 발견하고는 껴안고 볼을 비벼 댔다. K1은 조타실로 들어가 어제 술에 취한 선장에게서 훔친 키로 배의 엔진을 켰다. 새벽의 고요를 뚫고 굉음을 내며 배가 깨어났다. K1은 배를 천천히 후진했다. 배는 하얀 물보라를 일으키며 곧바로 방파제를 빠져나왔다. 마젤란 해협을 벗어날 때까지는 조심해야 했다. K1은 조타 핸들을 잡고, 정면을 유심히 살폈다. 오가는 배가 없어, 다행이었다.

해협을 빠져나오자, 광활한 바다가 눈앞에 펼쳐졌다. K1은 배의 경로를 남극 방향으로 고정하고, 속도를 최대로 올렸다. 이제부터 배는 알아서 남극을 향해 전속력으로 달릴 것이다. K1은 조타실 바닥에 있는 문을 열고 계단을 내려갔다. 기관실 오른쪽에 붙어 있는 직사각형의 검은색 위치 추적 장비를 뜯어 바다에 던졌다. 이젠 칠레해경도 추적할 수 없다. 그제야 K1은 난간에 기대서서 하얗게 부서지는 파도를 바라봤다. 작전 중에 뜻하지 않게 샤이마를 만나 위험에 처하고, 무엇보다도 이번 작전에서 가장 중요한 여덟 개의 다이아몬드를 손에 넣지 못해 최악의 상황에 직면했었지만, 그럭저럭 잘 해결되었다. 이제 킹윌슨섬 위·경도만 알아내면 걱정할 게 없다. 그는 바탈 곁으로 다가갔다.

"자, 이젠 킹 윌슨섬 위·경도를 알려 줘."

K1은 부드럽게 말했다.

"시, 싫어요."

"너 잊어버렸지? 하긴 너 같은 기생충 바보가 그 많은 숫자를 아직도 기억할 리가 없지."

K1의 말에 바탈의 눈꼬리가 위로 치켜 올라갔다.

"62…… 13…… 23…… 81. 에스, 58…… 47…… 16…… 66 더블유. 이, 이래도 제가…… 바보……."

K1은 이럴 때를 대비해 미리 준비한 수첩을 잽싸게 꺼내 숫자를 적었다. 바탈이 말을 더듬어서 숫자를 받아 적는 게 수월했다. 62°13'23.81"S, 58°47'16.66"W를 배의 자동항법장치에 입력했다. 모니터 화면에 섬이 나타났다. K1은 만약에 대비하여 조타실 뒷벽에 붙어 있는 넓은 지도에 킹윌슨섬의 위·경도를 표시했다. 킹윌슨섬은 남극 대륙에서 남아메리카 쪽으로 뻗어 나온 남극반도의 중간 지점에 있었다. 이제는 킹윌슨섬의 위치를 잊을 일이 없다. K1은 바탈을 어깨에 메고, 배 난간으로 성큼성큼 걸어갔다.

"하, 할아버지……."

당황한 바탈이 몸부림쳤다. 그러거나 말거나, K1은 공화국 영웅 전사답게 조금도 망설이지 않고 검푸른 바다 위로 구명보트를 떨어트린 후 바탈을 그 위로 던졌다. 바탈은 구명보트 위에서 한동안 움직이지 않았다. 다행히 파도는 잔잔했다. 하지만 바람이 차가웠다. K1은 침실에서 담요 세 장을 가지고 나와 보트 위로 던지고는 담요가 보트에 떨어지기도 전에 휙 돌아서서 조타실로 돌아와 의자에 앉았다.

홀가분했다. 배에서 꼬르륵 소리가 났다. 식당으로 들어가서 빵과 치즈를 준비했다. 잔에 위스키를 가득 채웠다. 천천히 마셨다.

굶주린 아이들이 통통한 펭귄 다리를 양손에 들고 맛있게 먹는 모습을 떠올리자, 가슴이 뭉클했다. 이제는 순하고 귀여운 펭귄을 배에 싣고 가는 기나긴 여정만 남았다. 처음 바다를 접하는 사람들에게는 바다가 사납게 보일지 모르지만, 바다의 속내를 잘 알면 육지보다 훨씬 안전한 곳이 바다라는 걸 알게 된다. 이제 남극 펭귄 생포 작전 9부 능선을 넘은 것이나 마찬가지다.

밤 10시 5분인데도 아직 날이 환했다. 남극은 공화국과 정반대로 여름이 12월부터 2월까지다. K1은 달력을 보고 오늘이 12월 3일이라는 걸 확인했다. 이맘 때는 23시 30분에 해가 지고 다음 날 2시 50분에 해가 떴다. 해가 천천히 기울자, 주변이 수은처럼 빛을 잃어버렸다. 점차 바람이 차가워졌다. 조타실의 난방 온도를 올렸다. 졸음이 밀려왔다. 그때 문득, 그는 조그마한 구명보트에 혼자 있을 바탈이 떠올랐다. 하지만 작전 중 감상에 빠지면 곧 죽음이다. 더군다나 지금은 일생일대의 가장 중요한 '남극 펭귄 생포 작전' 중이다.

'나는 공화국 영웅 전사고, 그놈은 공화국 반역자 아들이야. 공화국의 식량만 축낼 기생충이지.'

3

앉아 있으면
지쳐서 죽는다

11

샤이마는 배 지하 2층 기관실 옆 창고에 누워 입술을 질근질근 씹으며, 오로지 입술의 통증에만 신경을 집중했다. 물의 공포에서 도망치려던 의식이 밀려온 통증에 주춤했다. 열다섯 살 때 ㄱ 참혹했던 사건 이후로, 몸의 세포들은 물론 영혼까지 물을 두려워했다. 억지로 물에 다가가면 의식이 그녀의 신체를 버리고 도망쳤다.

'지금이라도 배에서 내릴까? 하지만 지금 내리면 복수는 끝이야. 안 돼!'

배 안에서 샤이마는 갈등했다. 팔이 잘린 이후로 그녀는 죽은 거나 매한가지였다. 12년간 오로지 K1에 대한 복수만을 생각하며 살아온 그녀다. 정신을 잃어도 어쩔 수 없다. K1이 이 배를 탔기 때문이다.

'이젠 선택조차 할 수 없어. 저놈과 함께 지옥에 가는 수밖에.'

드디어 배가 출발하자, 샤이마는 속으로 중얼거렸다. 부두를 빠져나간 배가 좌우로 흔들렸다. 비릿한 물비린 내가 짙어졌다.

"피하는 게 능사는 아니야. 아무리 두려운 기억이라고 해도 똑바로 바라보면서 직면해야 해. 아무리 무서워도 적의 눈을 똑바로 바라봐야 하는 것처럼."

K1이 살생하는 법을 알려 줄 때, 적과 눈싸움에서 지면 곧 죽음이라고 하면서 귀에 딱지가 앉도록 자주 들려준 말이다. 하지만 샤이마는 끝내 물의 공포를 준 그때의 기억과 마주하지 못한 채 용병이 되었다. 그러다가 딱한 번 그때의 기억을 온전히 떠올린 적이 있었다. K1의 일행에게 속아 팔이 잘리고 폭포로 떨어졌을 때, 그녀가 급류에 떠내려가면서도 정신을 잃지 않았던 건, 종기를 치료하고자 생살을 도려내는 것처럼 급류의 두려움보다 더 끔찍한 그때의 기억을 떠올렸기 때문이었다. 그녀는 그 이후로 한 번도 그 기억을 온전히 떠올린 적이 없었다. 너무나 끔찍해서 차라리 죽는 게 훨씬 나았다. 지금이야말로, 두려움을 더 큰 두려움으로 다스릴 때다. 그녀는 눈을 질끈 감고, 그때의 기억을 떠올렸다. 곧바로 머

릿속에 붉은 사막이, 사막에 불쑥 솟은 붉은 바위가 어제 본 것처럼 선명해졌다.

샤이마가 열다섯 살 때였다. 울퉁불퉁한 바위산 그림자가 마을의 절반을 뒤덮은 늦은 오후, 그녀는 평소처럼 집 마당에 있는 염소 우리에서 염소젖을 짜고 있었다. 그때, 처음 보는 남자가 그녀의 몸을 우악스럽게 짓누르며 옷을 찢었다. 무장한 반군들이 마을을 지나다가 그들 중 하나가 그녀를 덮친 거였다. 샤이마는 온몸으로 발악했다. 하지만 자신보다 덩치도 크고 힘도 센 군인을 밀쳐낼 수 없었다. 그래도 샤이마는 포기하지 않고 발버둥 치다가 우연히 손에 잡힌 돌로 그의 머리를 찍었다. 그는 비명을 지르며 자기의 머리를 움켜쥐었다. 그의 손가락 사이로 피가 흘러내렸다. 그는 온갖 험한 욕을 한바탕 쏟아 내더니, 동료가 사라진 길을 따라 도망가듯 뛰어갔다. 너무 놀란 샤이마는 한동안 움직이지 못하다가, 남자가 시야에서 사라지자 그제야 겨우 상체를 일으켰다. 그때 샤이마는 보았다. 불결하다는 눈빛으로 그녀를 쳐다보는 할아버지와 아버지 그리고 오빠의 얼굴을 말이다.

곧바로 아버지와 오빠가 샤이마를 집 안으로 끌고 갔다. 샤이마는 아무 일도 없었다고 하소연했지만 소용없었다. 아버지와 오빠는 샤이마의 몸을 양탄자로 돌돌 말더니, 밧줄로 묶었다. 샤이마는 옴짝달싹할 수 없었다. 공포가 엄습했다. 내일 아침이면 아버지와 오빠가 마을 뒤에 있는 정화의 우물에 자신을 빠트릴 거라는 걸 잘 알고 있었기 때문이다. 정화의 우물은 지옥을 거쳐 천국까지 이어질 만큼 깊고, 그 속의 물은 세상의 모든 물보다 144배 더 많다는 전설만 떠돌 뿐, 우물 안 진실을 아는 사람은 아무도 없었다. 우물 안에 빠진 그 누구도 살아서 나온 적이 없었기 때문이다. 샤이마는 마을 사람들 앞에서 행해지는 그 끔찍한 현장을 아버지에게 등 떠밀려 몇 번 보았다. 그때마다 며칠 동안 먹지 못했고, 밤마다 악몽에 시달렸다.

다음 날, 예상대로 샤이마는 양탄자에 싸인 채 오빠와 아버지의 손에 들려 마을 뒤 정화의 우물로 갔다. 마을 사람들은 양탄자 밖으로 나온 샤이마의 머리를 향해 돌을 던졌다. 돌에 맞아 머리에서 피가 흘러내렸다. 정화의 우물 앞에서 아버지가 모인 사람들에게 알라를 욕보인 죄를 벌한다고 하더니, 샤이마에게 죄를 고백하라고 말했다. 그녀는 마지막으로 간절히 기도했다.

"나는 알라 이외에는 신이 없음을 증언하노라. 무함마드가 신의 사자임을 증언하노라."

기도가 끝나자마자 샤이마는 우물 바닥으로 떨어졌다. 전설과는 달리, 우물은 쓰러진 그녀의 머리도 다 잠기지 않을 정도로 얕았다. 샤이마는 고개를 들고 오른쪽으로 몸을 틀었다. 단단한 무언가가 몸을 찔렀다. 어두워서 아무것도 보이지 않았다. 다시 몸을 꿈틀거려 이동했다. 그곳에는 물이 없었다. 샤이마는 그저 기다렸다. 한 시간 정도 지나자, 우물 안이 점차 밝아졌다. 태양이 떠오르면서 우물 깊숙이 햇살이 들어왔기 때문이었다. 주변을 둘러봤다. 우물 안에는 수많은 뼈가 쌓여 있었다. 그녀의 몸을 찌른 건 갈비뼈였다. 아직 부패가 진행 중인 시신에서 지독한 냄새가 났고, 양탄자를 적신 물은 고름처럼 질척거렸다. 샤이마는 자신이 믿는 신에게 계속 기도했다.

"나는 알라 이외에는 신이 없음을 증언하노라. 무함마드가 신의 사자임을 증언하노라."

우물 안에서 신과 악마가 싸웠다. 해가 지고 달이 뜨기를 반복하는 사이에 지독한 냄새를 풍기던 물은 생명수로 변했다. 샤이마는 그 물을 마시며 근근이 버텼다. 어느 날 해가 졌는데, 달이 뜨지 않았다. 그녀는 떠오르지 않은 달이 궁금했다. 우물 밖을 잘 보려고 몸을 비틀었다. 그때였다. 신기하게도 몸이 쉽게 움직였다. 양탄자에 꽁꽁 묶여 있던 몸이 자유로워진 거였다. 굶주림에 몸이 빼빼 말라 가죽과 뼈만 남아 있었기 때문이었다. 샤이마는 양탄자 속에서 어렵지 않게 빠져나왔다. 무릎을 꿇고 엎드렸다. 반쯤 탈골된 유골의 갈비뼈에 코와 이마를

111

대고 '알리 이외의 신이 없음과 무함마드가 알라의 사자임'을 읊조리며 기도했다. 그렇게 수백 번 절을 하자, 점차 정신이 맑아졌다. 샤이마는 직감했다. 알라가 그녀를 돕고 있다는 걸. 샤이마는 우물 벽 작은 틈에 손가락을 끼워 넣으며 한 발 한 발 기어 올라갔다. 몸이 메말라 가벼웠지만 워낙 촘촘히 박힌 돌벽이라 몇 미터 올라가다가 떨어지기를 반복했다. 그러다가 손톱이 모두 빠지고 손가락 끝이 피투성이가 되어서야 겨우 우물 밖으로 빠져나왔다.

우물 밖 공기는 상쾌했다. 마을로 돌아갈 수 없는 샤이마에게 선택지는 하나밖에 없었다. 그 당시 마을 인근에서는 수시로 전투가 벌어졌다. 알라는 위대하다고 여기는 사람들과 첨단 무기로 무장한 타국의 군인들이 끝없는 전쟁을 치르고 있었다. 마을 사람들은 둘 다 싫어했다. 알라는 위대하다고 여기는 이들은 산속에 숨어서 마을 사람들에게 무참하게 폭행과 살생을 일삼았고, 타국의 군인들은 남의 나라 땅에서 총질을 해 댔기 때문이었다. 샤이마도 알라를 믿었지만, 군인들의 진지로 뛰어갔다. 알라가 위대하다고 떠들고 다니는 그자들 중 한 명이 그녀를 참혹하게 만들었기 때문이었다. 그곳에서 그녀는 타국의 군인들에게 제안했다. 그들이 찾고 있는 자들의 은신처를 알려 줄 테니, 이곳을 떠날 때 자신을 데려가 달라고.

샤이마의 제안을 받아들인 군인들이 반군을 어렵지 않게 소탕하고 복귀하던 길이었다. 마을 옆을 지나갈 때 그녀는 우두머리 격인 자의 총을 빌려, 자신의 오빠와 아버지를 사살했다. 총소리를 듣고 몰려든 마을 남자들을 모두 죽였다. 그녀의 어머니가 울부짖으며 총을 빼앗으려 했지만 소용없었다. 그녀가 아버지와 오빠를 향해 총을 발사할 때만 해도 총의 반동에 몸이 기우뚱거렸지만, 마을을 빠져나올 때쯤엔 완벽한 기마 자세로 남자들을 향해 총을 발사했다. 그녀는 그때 직감했다. 자신의 몸속에 전사의 피가 흐르고 있다는걸.

샤이마는 사막에서 나와 군인 우두머리를 따라갔다. 그가 바로 K1이었다. 샤이마는 K1과 같이 생활하면서 틈틈이 살인 훈련을 받았다. 아버지와 오빠 그리고 마을 남자들처럼 알라를 욕되게 하는 그들을 지옥으로 보내기 위해서였다. 그녀는 그때 알게 되었다. 우물에 빠졌던 끔찍한 사건으로 인해 극심한 물 공포증이 생겼다는 걸 말이다. 그럼에도 용병이 되기를 포기하지 않았다.

K1은 그녀에게 늘 말했다. 피하면 피할수록 두려움이 더 커질 거라고, 그러니 그때를 기억하고 기억해서 두려움을 녹여 내라고. 하지만 그녀의 생각은 달랐다. 잊을 수 있는 기억이 있고, 더 덧나는 기억이 있다고. 그때의

기억을 떠올릴 때마다, 그녀는 극심한 공포에 시달렸다.

그러다가, 본격적으로 용병이 되고자 K1의 숙소에서 나와, 처음으로 기초 용병 훈련을 받을 때였다.

"물을 두려워하면 용병이 될 수 없다. 극복해야 한다. 알았나?"

훈련 교관은 샤이마에게 호스로 물을 뿌리며 외쳤다. 그녀는 이를 악물고 버텼다. 그러다가 전등 스위치를 내린 것처럼 정신이 나가 버렸다. 고통을 참지 못한 의식이 신체를 버리고 떠난 첫 경험이었다.

"넌 용병이 될 자격이 없어!"

청천벽력 같은 소리에 그녀는 그 자리에서 무릎 꿇고 울부짖었다.

"무슨 일이라도 하겠으니 제발 이곳에 남게 해 주세요."

"작전 중 정신을 잃으면 혼자만 죽는 게 아니야. 팀원 모두 전멸이지."

교관의 단호한 말에 그녀는 품에서 칼을 꺼내 자기 목을 그었다. 곧바로 정신을 잃었다. 깨어나 보니 병원이었다. 목의 상처는 깊었지만, 다행히 동맥은 건드리지 않았다. 목에 붕대를 감은 채 훈련소로 돌아왔다.

"인간의 동맥은 이곳이야. 작전 중에 이런 실수는 곧 죽음이다. 알겠나?"

교관이 귀밑 경동맥을 손가락으로 누르며 말했다. 끝내 그녀는 훈련소에 남았다. 훈련소의 온갖 잡일을 도맡아 했고, 남은 시간에 자신의 수준에 맞는 훈련에 참여했다. 그렇게 그녀는 사막의 전설이 되었다. 물을 두려워하는 만큼, 물이 없는 사막에서는 그 누구보다도 용감했다.

그러다가 12년 전, 아프리카에서 K1 일당에게 배신당해 팔을 잃고 지옥의 나락으로 떨어지는 바람에 명예 살인을 하는 남자들을 제거하려던 삶의 유일한 목적조차 상실했다. 팔을 잃은 채 용병 생활을 할 수는 없었다. 모든 것을 잃은 샤이마가 지금까지 살아 있는 이유는 오로지 하나, K1에 대한 복수 때문이었다. 팔의 상처가 아물면서부터 K1에 대한 복수를 계획했다. 하지만 K1은 콜롬비아의 카우카주와 하와이 마우이섬에서 주로 작전을 수행했다. 물 공포증이 있는 그녀가 쉽게 갈 수 없는 곳이었다. 그곳은 전 세계에서 가장 많은 비가 내리는 곳이기 때문이었다. 그러다가 5년 전 K1이 현직에서 물러나 서칸쿠공화국으로 돌아갔다. 서칸쿠공화국은 완벽한 통제 체제로 인해 밀입국이 불가능한 세계 유일의 나라다. 샤이마는 K1이 서칸쿠공화국에서 나오기만을 학수고대했다. 그녀의 간절함이 통했는지, K1이 서칸쿠공화국에서 나와 쿠바로 간다는 정보가 입수되었고, 그녀도 사하라 사막에서 곧바로 쿠바로 날아갔던 거였다.

로메로의 집에서 K1과 마주쳤을 때 곧바로 죽었어야 했는데, 그의 늙은 모습을 보자 문득 궁금증이 생긴 게 화근이었다. 아프리카 정글에서 자신에게 왜 그런 끔찍한 짓을 했는지 묻고 싶었다. 증오를 품고 이승을 떠나고 싶진 않았다. 평안한 마음으로 알라의 품에 안기고 싶었다. 어떠한 변명을 늘어놓는다고 해도 K1을 용서할 수 없겠지만, 진실이든 변명이든 아무 말이나 듣고 싶었다. 그렇게 머뭇거리는 사이에 허수아비 같은 소년 때문에 K1을 놓치고 말았다.

그렇다고 포기할 그녀가 아니었다. 말레콘 해변에서 아바나 국제공항까지 K1을 쫓아갔다. 하지만 이미 K1은 출국 수속을 밟은 후였다. 그래도 다행인 건, 그곳에서 K1이 칠레 산티아고로 갔다는 정보를 얻은 거였다. 그녀도 곧바로 산티아고로 날아갔다. 운이 좋게도 그날 산티아고 공항 인근 시장에서 K1을 발견했다. 고양이를 가슴에 안은 소년이 K1의 뒤를 따라다녔다. 사람들로 바글거리는 시장이라, 그곳에서 K1을 죽일 수 없었다. 그녀는 기회를 노리며 그들을 미행했다. K1은 잡화 거리에서 옷을 한 보따리 샀다. 마치 에베레스트라도 등반할 것처럼 하나같이 두꺼운 옷이었다. 잡화 거리에서 나와 K1은 수산 시장 골목으로 들어갔다. 어둑한 골목엔 사람이 거의 없었다. 드디어 K1을 죽일 절호의 기회가 찾아왔다. 로메로의 집에서 한 번 당한 후라, 이제 K1의 변명 따위는 듣고 싶지 않았다. 깔끔하게 복수를 끝낸 뒤 다시 사막으로 가서 죽음과 삶의 경계에서 그렇게 살다가 그렇게 죽기로 하고, 품속에서 권총을 꺼냈다.

그때였다. 무슨 운명의 장난인지 누군가가 그녀의 머리에 두건을 씌우고, 차에 밀어 넣었다. 그 사이 권총을 떨어트리고 말았다. 십여 분을 달려가더니 차가 멈췄다. 누군가가 차에서 내려 그녀의 머리에 씌운 두건을 벗겼다. 그녀는 그제야 상황을 파악했다. 남미에서 일반인보다 더 자주 마주친다는 갱단이었다. 히잡을 쓴 그녀를 중동 부자쯤으로 착각한 강도들이 납치한 거였다. 강도는 모두 일곱 명으로 도시 변두리에서 흔히 볼 수 있는 그렇고 그런 양아치들이었다. 아무리 한쪽 팔이 없다고 해도, 상대가 될 만한 이들이 아니었다.

"죽이진 않을게. 풀어 줘."

샤이마의 말에 강도 한 명이 하얀 이를 드러낸 채, 큰 소리로 웃었다. 하지만 곧 웃음소리는 멈췄다. 그녀는 한 번의 발차기로 강도 두 명을 바닥에 쓰러트렸다. 그제야 나머지 다섯 명은 겁에 질려 커진 동공으로 그녀를 쳐다보며 주춤주춤 뒷걸음쳤다.

"이 차 열쇠 던져."

샤이마는 지붕에 먼지가 소복하게 쌓인 보라색 시트

로엥을 가리키며 말했다. 우두머리 대머리가 그녀에게 열쇠를 던졌다. 그녀는 낡은 시트로엥을 몰고 곧바로 수산 시장으로 향했다. 하지만 K1은 어딘가로 사라진 후였다. 그때 문득 K1이 산티아고 시장에서 구매한 두꺼운 옷이 생각났다. 날씨가 건조하고 더운 산티아고 인근에서는 필요 없는 옷이다. 그렇다면 멀리 갈 것이고, 멀리 가려면 비행기밖에 없다. 그녀는 곧바로 산티아고 공항으로 가서 K1을 기다렸다. 예상대로 K1이 공항에 나타났다. 그런데 지지리 운이 없게도 마침 K1이 타려는 비행기에 칠레 4성 장군이 타는 바람에, 그냥 지켜만 볼 수밖에 없었다. 그 정도 급이면 최소한 일곱 명의 경호원을 대동하고 다닌다는 걸 그 누구보다도 잘 알고 있었다. K1은 칠레 최남단 푼타아레나스로 향하는 비행기에 올랐다. 샤이마도 곧바로 항공권을 구매했지만, 열두 시간 후에 출발하는 항공권이었다.

샤이마가 푼타아레나스 공항 터미널을 빠져나오자 눅진한 물비린내가 밀려왔다. 두통과 함께 속이 매슥거렸다. 휘청거리는 몸을 이끌고 K1을 찾아 푼타아레나스의 이곳저곳을 돌아다녔지만, K1은 보이지 않았다. 마지막으로 항구로 무거운 발길을 옮겼다. 천만다행으로 바람이 잔잔해 파도가 방파제를 넘어오지 않았다. 그래도 물비린내에 속이 울렁거렸다. 헛구역질하면서 부둣가를 거니는데, 익숙한 모습이 눈에 띄었다. 무릎이 앞으로 휘어지고 허리는 뒤로 젖혀져 보기만 해도 불안한, 로메로의 집에서 그녀의 작전을 방해했으며, 산티아고 시장에서 K1을 따라다니던 소년이 확실했다. 그렇다면, 인근에 K1이 있을 것이다. 샤이마는 소년을 몰래 감시하며 K1이 나타나기만을 기다렸다. 그녀의 예상대로 십여 분이 지나자, K1이 택시에서 내리더니 포구에 정박해 있는 배 위로 올라가서 누군가와 오랫동안 대화를 나누었다. 몰래 숨어 대화를 엿듣던 샤이마는 K1이 배를 훔쳐 남극에 가려고 한다는 걸 알게 되었다. 한참 후 K1이 배에서 내리는가 싶더니, 곧바로 택시를 타고 어딘가로 향했다. 샤이마도 택시를 잡고 뒤쫓으려 했지만, K1을 놓치고 말았다. 마음이 다급했다. K1은 내일이면 배를 타고 남극으로 떠나기 때문이었다. 더는 기회가 없을지도 몰랐다. 그녀는 밤새 푼타아레나스의 모든 숙박 시설을 뒤졌다. 하지만 끝내 K1을 찾지 못했다. 하는 수 없이 새벽에 배 안으로 숨어들었다.

샤이마는 그제야 알았다. 자기 삶의 종착점이 지구의 끝 차가운 바다가 될 거라는 걸 말이다. 사막 모래 위에 핀 들꽃을 신기한 듯이 쳐다보는 눈이 큰 아이, 그 아이를 경멸의 눈으로 바라보던 오빠와 아버지, 그녀를 향해 돌을 던지던 마을 사람들 그리고 딸을 향해 울부짖던 어머니의 얼굴이 떠오르자, 눈물이 주르르 흘러내렸다. 샤이마는 흘러내리는 눈물을 그냥 둔 채, 새우처럼 몸을 웅크렸다.

배가 마젤란해협을 빠져나오자 심하게 흔들렸다. 어제부터 아무것도 먹지 않았는데도 위가 출렁거렸다. 입안에 침이 고이는가 싶더니, 식도를 따라 무언가가 올라왔다. 중력을 거스르는 괴이쩍은 느낌에, 샤이마는 허리를 숙인 채 지하 창고에서 나와 계단을 뛰어 올라갔다. 배의 난간을 잡고 허리를 숙였다. 복막과 횡격막이 꿈틀하면서 위장을 쥐어짰다. 하지만 헛구역질만 할 뿐 아무것도 나오지 않았다. 그럼에도 위경련은 멈추지 않았다. 끝내는 시큼한 위산이 역류했다. 노란 위액을 대여섯 번 뱉어내자 그제야 경련이 멈췄다. 기진맥진한 샤이마는 난간 사이에 머리를 내민 채 엎드렸다. 위경련이 멈추자, 물비린내에 또다시 의식이 흐려졌다. 그녀는 허벅지를 꼬집었다. 통증에 도망가려는 의식이 주춤했다.

그때 기이한 물체가 눈에 띄었다. 조타실 지붕 안테나 끝에 달린 붉은 등이 3초에 한 번씩 반짝일 때마다, 검은 밤바다 위에 떠 있는 더 검은 물체가 보였다. 샤이마는 손전등을 켰다. 구명보트 위에 담요를 덮은 누군가가 누워 있었다. 샤이마는 주변을 둘러봤다. 마침, 발아래에 어구를 고정하는 데 쓰이는 나무쐐기가 있었다. 샤이마는 나무쐐기를 보트 위로 던졌다. 탁 떨어지는 소리를 듣고 담요 속에서 뭔가가 꿈지럭거리더니 얼굴을 내밀었다. 고양이를 안고 다니던 소년이었다.

샤이마는 갑판 중앙에 돌돌 말린 밧줄을 풀어 난간 아래로 내렸다. 소년이 밧줄로 자기 허리를 묶었다. 하지만 샤이마는 모든 기운이 빠진 터라 도저히 끌어 올릴 힘이 없었다. 소년을 보았다. 소년의 눈빛을 보자 샤이마는 과거 우물 안에 갇혀 있던 자기 자신이 떠올랐다. 소년의 눈빛이 너무나 간절했다. 소년을 위해 뭐든지 해야 했다. 소용없다는 걸 알면서도, 샤이마는 비틀거리며 일어나 밧줄을 당겼다. 그런데 이게 웬일인가? 소년이 쉽게 끌려 올라왔다. 소년이 악착같이 밧줄을 잡고 올라왔기 때문이었다. 배 위로 끌려 올라온 소년은 옷이 젖어 있었고, 입술은 파랬으며, 몸은 시체보다 더 차가웠다. 소년은 샤이마를 보더니 정신을 놓았다. 샤이마는 소년을 업고 지하 창고로 내려갔다. 소년의 젖은 옷을 벗기고 담요로 덮은 다음, 몸 이곳저곳을 주물러 주었다. 그제야 소년의 입술에 혈색이 도는가 싶더니, 입에서 가느다란 신음이 흘러나왔다.

"엄마……."

소년은 악몽을 꾸는지 계속 뭐라고 중얼거리다가 이

따금 소리를 질렀다. 소년이 뭐라고 중얼거리는지 내용은 알 수 없었지만 간혹 외치는 소리는 그녀의 귀에 선명하게 들렸다. 열흘은 굶주린 새끼 양이 엄마 양을 부르는 듯한 간절한 소리. 다양한 민족, 다양한 문화 속에 다양한 언어가 있지만, 간절히 엄마를 찾는 목소리는 다르지 않았다. 인간만 그런 게 아니었다. 어미를 찾는 포유류 새끼의 외침 또한 별반 다르지 않았다. 생과 사를 넘나드는 소년의 간호에 집중하다 보니, 어느새 샤이마는 물에 대한 공포를 잠시 잊고 있었다.

12

머릿속에서 하얀 점들이 떠다녔다. K1은 눈을 떴다.
침실의 작고 동그란 창문으로 깊숙이 스며든 햇살이 그
의 눈을 찔렀다. 침대에서 일어나 갑판으로 나왔다. 생각
보다 날이 포근했다. 난간에 몸을 기댄 채 바다를 쳐다봤
다. 바탈이 타고 있는 구명보트는 보이지 않았다.

'죽으러 남극까지 따라오다니, 기이한 놈이야.'

잔잔한 바다에 하늘이 푸르렀다. 한동안 보이지 않던
갈매기들이 배 위로 날아다녔다. 갈매기가 있다는 건 육
지가 가깝다는 뜻이다. K1은 뱃머리로 걸어갔다. 바다에
떠 있는 하얀 물체가 햇살을 밀어냈다. 천천히 물체에 다
가갔다. 예상대로 자그마한 빙산이었다. K1은 얼른 조타

실로 들어가, 배의 방향을 오른쪽으로 틀었다. 물 위로 튀어나온 부분은 채 2미터도 안 되는 보잘것없는 얼음덩어리 같지만, 바닷물 아래로 거대한 몸체를 숨기고 있는 빙산이다. 빙산에 부딪히면 아무리 튼튼한 배라고 해도 당해 낼 재간이 없다. 이 시기가 특히 위험하다. 공화국은 겨울이지만, 이곳은 여름이다. 따뜻해진 날씨에 거대한 빙하에서 떨어져 나온 빙산이 많이 떠다녔기 때문이다.

'바탈처럼 음흉한 빙산이야.'

K1은 뒤로 멀어져 가는 빙산을 보며 혼잣말했다. 빙산이 배 뒤로 물러나자, 예상대로 섬이 보였다. 지대가 낮은 서쪽은 현무암처럼 검고, 동쪽으로 갈수록 점차 색이 흐려지면서 지대가 높아졌다. K1은 조타실로 뛰어갔다. 배의 위치를 나타내는 모니터를 보았다. 드디어 킹윌슨 섬에 도착했다. 그때였다. 생의 기운으로 가득한 웅장한 소리가 남극 하늘과 바다를 가득 채웠다. 거대한 무리의 펭귄이 한꺼번에 울어 대는 소리였다.

배의 속력을 줄이고 섬으로 천천히 다가갔다. 모니터에서 경고 메시지가 떴다. 수심이 낮아 더는 접근하지 말라는 경고였다. 닻을 내렸다. K1은 다시 뱃머리 난간 위로 올라갔다. 섬이 눈 덮인 현무암처럼 검게 보였던 건 드넓은 섬에 가득한 펭귄들 때문이었다. 곧바로 K1은 보트로 갈아타고 섬으로 들어갔다. 예상대로 펭귄들이 거대한 무리를 이루고 있었다. 점잖은 검은색 양복을 잘 차려입은 펭귄들이 뒤뚱거리며 걷는 모습에 절로 미소가 지어졌다. 멀리서 보았을 때는 모두 비슷했는데, 무리에 가까이 갈수록 펭귄의 모습과 행동은 제각각이었다. 머리를 숙이고 부리로 날개 깃털을 정리하는 멋쟁이 녀석, 짧은 날개를 활짝 펴고 펄쩍펄쩍 뛰는 귀여운 녀석, 철학자처럼 목을 길게 뻗고 허공을 바라보는 녀석, 꾸벅꾸벅 조는 녀석, 빙판에 엎드려 미끄럼 타는 개구쟁이 녀석들은 K1이 가까이 다가가도 관심 없다는 듯이 자신들의 행위에 집중했다. 예상대로 펭귄은 인간을 피하거나 경계하지 않았다. 그리고 통통했다. K1은 군침이 절로 돌아 연신 침을 삼켰다.

K1이 펭귄 무리의 가장자리에 쪼그려 앉았다. 그제야 근처에 있던 펭귄 몇 마리가 고개를 돌려 그를 쳐다봤다. K1은 펭귄들과 눈높이를 맞추려고 오리걸음으로 펭귄 무리 안으로 들어갔다. K1을 쳐다보던 펭귄들이 고개를 숙였다가 하늘로 치켜들더니 기이한 소리를 질렀다. 마치 그를 격하게 환영하는 것 같았다.

'공화국은 물론, 인류의 굶주림은 이제 끝이야.'

K1은 섬을 가득 메운 펭귄 무리를 보자 가슴이 뭉클했다. 펭귄의 키는 70센티미터가량 되었다. 등, 머리, 꼬리, 날개는 검은색이고 얼굴, 배, 날개 안쪽은 흰색이었

다. 눈은 적갈색이고, 두툼한 털 사이로 보이는 발은 분홍색이었다. 그가 평소에 생각했던 펭귄의 모습과 별반 다르지 않았다. 다만, 특이한 건 턱을 가로지르는 검은 선이 있다는 점이다. 마치 군용 방탄모의 턱 끈을 두른 것 같은 특이한 무늬를 K1은 한참 동안 보았다. K1의 눈에는 이조차도 아기 병정처럼 귀여웠다.

K1은 눈을 감고, B-114 구역에서 보았던 굶주린 어린이들이 오동통한 펭귄 다리를 양손에 들고 뜯어먹는 걸 상상하자 무한한 행복이 밀려왔다. 지난 50여 년이 주마등처럼 스쳐 지나갔다. 그 고단한 세월이 헛되지 않았다. 감정이 복받쳤다. 끝내는, 자신도 모르게 왼쪽 눈에서 눈물이 주르르 흘러내렸다. K1이 눈을 감고 밀려오는 행복을 만끽하고 있는데, 갑자기 주변이 어두워졌다. 어느새 그의 주변에 펭귄들이 몰려들어 해를 가린 거였다. 가까이에 있는 펭귄들은 날개를 뒤로 쭉 빼고, 고개를 들어 그를 쳐다봤다. 귀여웠다. K1은 바로 앞에 있는 펭귄의 머리를 향해 천천히 오른손을 뻗었다. 펭귄과의 첫 접촉이다. 너무 긴장한 나머지, 손끝이 바르르 떨렸다. 그때였다. 펭귄이 펄쩍 뛰어오르더니, 그의 손등을 쪼았다.

"악!"

K1은 얼른 손을 뺐다. 하지만 이미 손등의 살점이 새끼손톱만큼 뜯긴 후였다. 상처에서 흘러나온 피가 동그

랗게 부풀어 오르는가 싶더니, 주르륵 흘러내렸다. 펭귄
들에게 그는 이방인이다. 펭귄을 놀라게 한 것 같아 미
안했다. K1은 상처에 밴드를 붙이고, 펭귄에게 위화감을
주지 않고자 무릎을 꿇고 자세를 더 낮췄다. 그때였다.
겹겹이 감싸고 있던 펭귄들이 하늘로 솟구쳐 오르는가
싶더니, 순식간에 그의 몸을 덮쳤다. 수십 마리의 펭귄에
게 눌려 그는 옴짝달싹하지 못했다. 펭귄들은 부리로 사
정없이 쪼고, 발톱으로 할퀴었다. 날카로운 발톱과 부리
가 두꺼운 패딩을 뚫고 들어왔다. 문득, 아프리카 초원
에서 들개 떼에 공격당해 순식간에 뼈만 남은 채 사라진
동료가 생각났다. K1은 벌떡 일어나 해안가로 뛰었다.
하지만 곧바로 겹겹이 둘러싼 펭귄들에 발이 걸려 넘어
졌다. 순식간에 다시 그의 몸을 덮은 펭귄들이 다리와 허
벅지 그리고 사타구니를 쪼아 대고, 발톱으로 할퀴었다.
패딩이 찢어져 솜털이 바람에 날렸다. K1은 그제야 알았
다. 펭귄이 계획적으로 그를 유인하여 공격했다는 걸 말
이다. 작전 중에 흔히 쓰는 적군 유인 전술에 꼼짝없이
말려들었다. 천하의 영웅 전사가 이런 얄팍한 전술에 당
하다니, 펭귄을 얕잡아 본 걸 후회했다.

　'난 평생 전장에서 산전수전을 다 겪은 공화국 영웅
전사야. 허무하게 당하고만 있을 수 없어.'

　K1은 이를 앙다물고, 다시 일어나 탈출구를 찾고자 주

변을 살폈다. 보트로 향하는 해안가에는 이미 겹겹이 펭귄들이 지키고 있었다. 미리 퇴로까지 막은 영악한 놈들이다. K1은 경계가 허술한 오른쪽으로 뛰었다.

그러자 해안가에 있던 펭귄들이 K1이 움직이는 방향으로 이동했다. K1의 계획대로 보트로 가는 길에 틈이 생겼다. K1은 잽싸게 방향을 틀어, 보트를 향해 전력 질주했다. 동작이 굼뜬 펭귄이다. 펭귄들이 날개를 뒤로 젖히고 빠르게 뛰었지만, K1을 따라오지는 못했다. 펭귄 무리를 따돌린 K1은 얼음 언덕을 조심조심 내려왔다. 그때였다. 그의 옆으로 펭귄들이 미사일처럼 미끄러져 내려갔다. 펭귄들이 얼음 언덕에 몸을 던진 거였다. 얼음 언덕을 절반쯤 내려갔을 때, 언덕 아래는 이미 펭귄들로 바글거렸다. 그렇다고 다시 올라갈 수는 없었다. 무엇보다도 그의 유일한 탈출구인 보트가 바닷가에 있다. 하는 수 없이 K1은 조심조심 미끄러운 얼음 언덕을 내려갔다. 위에서 보았던 것처럼 펭귄 수천 마리가 K1의 앞을 겹겹이 막고 있었다. K1은 패딩 점퍼를 벗어 머리에 덮어쓰고, 펭귄 무리를 향해 돌진했다. 머리를 가려 앞이 보이지 않는 탓에 자꾸 펭귄의 몸에 발이 걸려 넘어졌다. 그때마다 벌떡 일어나 다시 뛰기를 반복했다. 펭귄들은 끈질겼다. K1은 일곱 번째 넘어졌다가, 끝내 일어나지 못했다. 지친 데다가 위에서 누르는 펭귄들이 너무 무거웠기 때문이다. 그래도 그는 포기하지 않고 파도 소리를 향해 앞으로 조금씩 기어갔다. 하지만 급격하게 기운이 빠져나갔다. 팔다리를 움직일 수 없었다.

K1은 점퍼 사이로 눈을 빼꼼 내밀었다. 아프리카 초원에서 사자가 먹다 남긴 얼룩말 사체를 파먹는 독수리 떼처럼 펭귄들이 그의 몸을 덮고 사정없이 쪼아 댔다. K1은 몸을 바짝 웅크린 채 체력을 비축했다. K1이 움직이지 않자, 펭귄들의 공격이 점차 느슨해졌다. K1은 기회를 엿보다가, 마지막 힘을 모아 벌떡 일어났다. 그 순간 펭귄의 부리가 왼쪽 눈동자 안쪽 깊숙이 파고들었다. 눈앞에 수많은 무지개가 떴다가 곧바로 사라졌다. 무지개와 함께 왼쪽 눈동자도 사라졌다. 어질어질했다. K1은 찢어진 패딩으로 머리를 감싼 채 다시 바닥에 엎드렸다.

'어떤 미친놈이, 펭귄보고 순하디순한 동물이라고 했어!'

K1은 전 세계 곳곳에서 수많은 작전을 수행하며 수많은 맹수를 만났다. 그때 만난 사자, 호랑이, 곰, 코브라, 코끼리 등 온갖 동물들보다 펭귄이 더 사납다는 걸 깨달았지만, 이미 늦었다. 패딩 점퍼는 이제 다 찢기고, 펭귄의 부리에 목과 뒤통수 그리고 허리와 등의 살점들이 뚝뚝 떨어져 나갔다. K1은 자신의 최후를 직감했다.

그는 이승보다 저승에 친구들이 더 많다. 그의 평생

동지인 G3도 저승에 있다. 펭귄에 관한 책을 그에게 보여 주면서 기뻐하던 모습이 눈앞에 아른거렸다. G3를 50년간 곁에서 지켜봤지만, 그때처럼 행복해하는 표정은 처음이었다.

"혁명의 마지막 단계인 '온 인류가 평등하게 배불리 먹는 체제 구현'을 다음 세대로 미루지 않아도 돼."

G3는 펭귄에 관한 책을 보여 주고는 어린아이처럼 뛰어다니며 좋아했다. 그 이후로 K1과 G3는 머리를 맞대고, 4년 동안 작전 계획을 수립했다. 의견 충돌 없이 일사천리로 계획을 수립하다가, 예산 확보 방안에 대해 서로 의견이 엇갈렸다.

긴 항해에 필요한 배, 식량, 연료 등 작전에 필요한 예산은 모두 78억이었다. G3는 푸른궁전에서 지원받으려 했고, K1은 쿠바 로메로가 보관하고 있는 다이아몬드를 팔아 충당하자고 했다. 푸른궁전은 서칸쿠공화국을 다스리는 정치 엘리트들이 모여 있는 곳이다. 제국주의자들은 개나 소나 모두 참여할 수 있는 비효율적인 정치를 했다. 하지만 서칸쿠공화국은 소수의 엘리트가 나라를 다스렸다. 정치는 복잡하고, 당연히 고도의 전문 지식이 필요했다. 자연스럽게 전문가 집단이 다스리는 서칸쿠공화국은 모두가 평등한 행복한 나라가 되었고, 정치에 대해 무지한 이들이 다스리는 제국주의 국가들은 욕망의 불바다에서 허우적거렸다.

G3의 주장대로 푸른궁전에서 지원받으면 금상첨화지만, 정치는 태생적으로 선과 악의 경계가 모호해지는 상황이 이따금 발생했다. 정치인들은 권력의 쟁취를 가장 높은 가치로 여겼고, 이를 위해서는 자식을 죽인 자들과 기꺼이 손을 잡는 게 정의라고 여기는 사람들이기 때문이었다. 그렇다고 하여 K1은 푸른궁전 정치인들을 싫어하지 않았다. 오히려 마음속 깊이 존경했다. 인간은 태생적으로 무리를 지어서 생활해야 했고, 무리를 유지하려면 누군가가 다스려야 했으며, 공화국 백성을 위해 비상식이 일상인 정치판으로 스스로 들어간 푸른궁전의 정치인들은 위대한 봉사자가 확실했기 때문이었다.

아무튼, 상식이 통하지 않는 푸른궁전에서 예산을 지원받으려는 G3를 극구 말렸지만, 그는 소신을 굽히지 않았다.

"그럴 일은 없겠지만, 만약에 내가 돌아오지 않으면 자네 계획대로 로메로의 다이아몬드를 팔아서 남극에 가면 되잖아. 안 그래?"

끝내 G3는 자신이 기르던 고양이를 K1에게 맡기고, 푸른궁전으로 갔다. 사흘이 지나도 아무런 소식이 없었다. 그때부터 고양이는 창틀에 앉아 G3를 오매불망 기다렸다. 푸른궁전에서의 무소식은 희소식이 아니었다. K1은 뭔가 잘못되었다는 걸 직감하고, 쿠바의 로메로에게 도움을 청했다. 로메로는 흔쾌히 승낙했다. K1과 G3의 몫을 요구한 것이기에 승낙하고 말 것도 없었지만 말이다. G3는 푸른궁전으로 떠난 지 한 달 보름 후에 빈손으로 돌아왔다. 그것도 겨우 목숨만 부지한 채 말이다.

"그들은 내 말을 무, 무시하…… 솔직히 말하라고 하면서 나를 고문했어……. 펭귄을 잡아 오겠다고 그 큰 돈을 달라는 게 말이 되냐고……. 가, 같이 모의한 자가 누구냐…… 물었지……. 나는 끝까지 자네 이야기는 하지 않았네……. 그러니…… 자네는 작전…… 성공해야 해…… 꼬옥……."

K1이 고개를 끄떡이는 걸 보지 못한 채, G3는 눈을 감았다.

G3의 마지막 모습을 떠올리자, 곧 만날 G3에게 한없이 미안했다. 남극 펭귄 생포 작전이 실패했다고, 펭귄에게 목숨을 잃었다고 하면 G3는 뭐라고 할까?

시끄러운 펭귄들의 울음소리가 점점 희미해진다. K1은 죽음이 머지않았다는 걸 직감했다. 펭귄들이 부리로 연신 K1의 몸을 쪼아 대지만, 통증도 흐릿하다.

K1은 수많은 사람을 죽였고, 수많은 사람이 죽어 가는 모습을 옆에서 지켜봤다. 이 세상에 존재하는 모든 생명

체는 태어나는 순간부터 죽음을 향해 돌진한다. 생의 최종 목적은 죽음이다. 당연히 잘 죽으면 삶은 성공이다. 그도 잘 죽고 싶었다. 무엇보다도, 그의 의지로 G3를 만나고 싶었다.

'공화국 영웅 전사를 죽일 수 있는 건 영웅 전사뿐이야.'

K1은 어금니에 붙어 있는 '천국의 문'을 혀로 더듬었다. 그런데 이게 웬일인가? 혀끝에 느껴져야 할 천국의 문이 없다. 혹시나 하여 반대쪽 어금니를 더듬었다. 그곳에도 없다. 잠시 당황했다가, 정신을 가다듬고 K1은 혀로 입안 곳곳을 더듬었다. 비릿한 피 냄새만 날 뿐, 천국의 문은 입안 그 어디에도 없었다.

'분명히 집을 나설 때 확인했는데.'

작전을 나갈 때면 항상 같이한 '천국의 문'이었다. 작전 중 피치 못할 상황이 발생하면, 마지막까지 공화국 영웅 전사의 명예를 잃지 않은 채 죽을 수 있게 해 주는 최후의 수단이었다. 그런데 그 천국의 문이 사라졌다. 혀를 깨물어 죽을까 하다가, 그만두었다. 혀를 깨물어 과다 출혈로 숨이 멎기 전에, 펭귄에게 먼저 죽을 게 뻔했다. 이렇게 속수무책으로 기다리는 수밖에 없었다.

'이 머나먼 타국에서 펭귄에게 죽다니, 펭귄에게.'

왼쪽 눈에서 피가 흘러내렸고, 오른쪽 눈에서는 눈물

이 흘러내렸다. 피보다도, 짜디짠 눈물에 K1은 삽시간에 무너졌다. 정신이 아득해졌다.

"할아버지……."

드디어 환청까지 들린다. 곧 G3를 만나겠지.

"하, 할아버지!"

'환청이 아닌가?'

좀 더 또렷한 소리에 K1은 머리를 감싼 손을 조심스럽게 풀고, 고개를 살짝 돌려 위를 올려다봤다. 환청이 아니었다. K1을 두껍게 짓누르고 있던 펭귄이 어느새 사라지고 밝은 하늘이 보이는가 싶더니, 익숙한 얼굴이 그를 내려다봤다. 얼굴이 피범벅인 바탈이었다.

"기생충……."

K1은 바탈의 얼굴을 보고 놀라 중얼거렸다. 그때, 바위 위에서 펭귄 두 마리가 바탈의 머리를 향해 뛰어내렸다.

"뒤를 봐!"

바탈이 양손에 들고 있던 나무 막대기를 휘둘렀다. 바탈을 향해 날아오던 펭귄 두 마리가 막대기에 정통으로 맞아 땅바닥으로 고꾸라졌다. 펭귄들은 계속 밀려왔고, 바탈은 양손에 막대기를 들고 마구 휘둘렀다. 그럴 때마다 나뭇가지처럼 마른 몸이 휘청거렸지만, 다행히 넘어지진 않았다. 바탈의 기세에 눌린 펭귄들이 주춤거리더니 뒷걸음쳤다. 광활한 평원에 가득한 물소 떼 속으로 수

사자가 돌진했을 때처럼 펭귄 무리가 양옆으로 갈라졌다. K1은 그 기회를 놓치지 않고 갈라진 틈으로 보트를 향해 뛰었다. 바닷가에 이르자 K1의 뒤를 펭귄들이 우르르 따라왔다. 바탈은 뒷걸음치면서 막대기를 휘둘렀다. 펭귄들이 멈칫거리는 사이에 K1은 간신히 보트 위로 올라왔다. 곧이어 뒷걸음치던 바탈도 보트 위로 올라왔다. 마침, 보트 바닥에 물고기를 기절시킬 때 사용하는 곤봉이 있었다. K1은 곤봉을 집어 들었다. 그때였다. 바탈이 쓰러지더니 G3의 무덤 위와 비룡 국제공항에서처럼 보트 바닥에 해파리처럼 달라붙어 일어나지 않았다. K1은 다가오는 펭귄을 향해 곤봉을 휘둘렀다. 보트는 파도에 밀려 섬에서 멀어졌다. 펭귄들은 해안가에서 멍하니 보트만 바라봤다.

K1은 남은 힘을 끌어모아 배를 향해 노를 저었다. 배에 도착할 때까지 바탈은 움직이지 않았디. K1은 하는 수 없이 바탈을 업고 배 위로 올라갔다. 바탈을 침대에 던져 놓고, 약품 보관실 문을 열었다. 압박붕대로 피가 흘러내리는 눈을 감아 지혈시켰다. 항생제를 먹고 바탈 옆에 누웠다. 혹시나 하고 팔을 뻗어 바탈의 가슴을 만져 봤다. 숨은 쉬고 있었다. 긴장이 풀리자, 펭귄의 부리에 쪼이고 발톱에 찔린 수많은 상처에서 통증이 밀려왔다.

13

K1은 밤새 몸을 뒤척이며 끙끙 앓았다. 그 소리에 잠을 설친 바탈은 누운 채로 침대 아래로 발을 내려놓았다. 그 순간 온몸이 쓰라렸다. 오랫동안 누워 있다가 일어나는 바람에, 펭귄에게 쪼인 상처가 뒤틀렸기 때문이었다. 바탈은 K1의 침대로 엉거주춤 걸어갔다. K1의 얼굴은 엉망진창이었다. 코만 흐릿하게 보일 뿐, 눈과 귀 그리고 입은 보이지 않았다. 눈과 귀는 붕대로 칭칭 감았고, 입술엔 두꺼운 피딱지가 덮여 있었다.

바탈은 절뚝거리며 밖으로 나왔다. 생각보다 날씨는 춥지 않았다. 파도도 잔잔했다. 하지만 남극의 대기 상층은 달랐다. 파란 하늘 높이 차갑고 강한 바람이 할퀴고 지나간 자국인 낚시 구름이 선명했다. 바탈이 낚싯바늘처럼 가느랗고 날카롭게 휘어진 구름을 바라보고 있는데, 어디선가 새 지저귀는 소리가 들렸다. 주변을 두리번거리다가 조타실 지붕 풍속계에 시선이 멈췄다.

풍속계 위에 하얀 제비처럼 몸이 날렵한 새가 앉아 있었다. 목덜미와 머리 부분에 검은 띠가 있으며, 부리와 발이 붉고, 뺨은 흰색이며, 붉은 발에 물갈퀴가 있는 신비감을 자아내는 새였다. 바탈은 새의 곁으로 다가갔다. 새는 바탈을 두려운 눈빛으로 쳐다보다가 날갯짓을 몇 번 하더니 갑판 위로 떨어졌다. 새는 한쪽 날개를 쭉 편 채, 다른 쪽 날개만 파닥거렸다. 오른쪽 날개를 다친 듯했다. 바탈은 조심스럽게 새를 두 손으로 감싸 들었다가 깜짝 놀라 하마터면 새를 바닥에 떨어트릴 뻔했다. 새가 공기처럼 가벼웠기 때문이다. 굶주렸나? 바탈은 새를 갑판 위에 살며시 내려놓고, 부식 창고에서 새가 먹을 만한 게 있나 찾아봤다. 마침, 훈제 돼지고기가 눈에 띄었다. 바탈은 고기를 잘게 썰어서 새에게 주었다. 새는 고기를 한 번 쪼아 먹고, 바탈을 쳐다보며 고개를 끄떡였다. 고맙다는 인사인지 아니면 경계의 행동인지 알 수 없었다.

먹이를 먹는 새를 쳐다보다가, 문득 K1도 어제저녁부터 아무것도 먹지 않았다는 게 생각났다. 바탈은 부식 창고에서 딱딱한 빵 한 덩어리를 들고 식당으로 갔다. 빵을 얇게 썰어 프라이팬에 살짝 데운 다음, 따뜻한 물을 컵에 담아 침실로 들고 갔다. K1은 아무런 말도 없이 빵을 오래오래 씹어 먹었다.

배 아래에 있는 그녀가 좀처럼 보이지 않았다. 그렇다면, 그녀도 굶고 있을 것이다. 바탈은 빵과 물병을 가지고 지하로 가는 계단을 내려가다가 멈칫했다. 주변이 어두컴컴해지자, 고향 곳곳에 살던 귀신들이 금방이라도 눈앞에 나타날 것만 같았기 때문이었다. 그때 고양이가 나타나 바탈의 발목을 건드리며 야옹 하고 소리를 내더니 계단을 앞질러 내려갔다. 그 순간 신기하게도 두려움이 사라졌다. 바탈은 고양이를 따라갔다. 드디어 그녀가 있는 창고에 도착했다. 바탈은 창문 틈에 빵과 물병을 끼워 놓고, 뒤도 돌아보지 않고 계단을 뛰어 올라왔다.

샤이마는 고소한 빵 냄새에 몸을 일으켰다. 물비린내에 속이 울렁거리고, 두통이 밀려왔다. 지금 느끼는 두통은 그녀의 잠재의식이 보내는 경고다. 경고를 무시하면 의식이 몸을 버리고 도망간다는 걸 그 누구보다도 잘 알고 있는 그녀였다. 의식을 붙잡아 두기 위해서는 뭐든 먹어야 했다. 빵을 한입 베어 물고 입안에서 빵이 녹아 사라질 때까지 오랫동안 씹으며, K1을 죽이는 온갖 방법을 떠올렸다. 그제야 자욱한 안개가 가득했던 머릿속이 소금씩 맑아졌다. 빵을 먹었으니까 조금 쉬면 기운이 날 것이다. 샤이마는 자리에 누워 담요를 덮었다.

　얼마나 시간이 지났을까. 뭔가가 담요를 누르는 느낌에 깜짝 놀라 상체를 일으켰다. 담요 위에 있는 고양이와 눈이 마주쳤다. 고양이도 놀란 듯이 눈을 동그랗게 뜨고 그녀를 쳐다봤다. 한동안 노려보던 고양이는 슬그머니 뒤돌아 걸어갔다. 고양이는 창고 왼쪽 귀퉁이에 엉덩이를 보인 채 앉더니, 뒷발로 목을 긁었다. 샤이마는 담요에서 빠져나와 홀린 듯이 고양이에게 다가갔다. 인기척에 고양이가 힐끔 돌아보더니, 천천히 출입문 쪽으로 걸어갔다. 그녀를 적대시하진 않지만 그렇다고 경계심이 완전히 사라진 것도 아니었다. 샤이마는 그 자리에 멈춰 쪼그려 앉았다. 무릎에 턱을 대고 고양이의 행동을 바라봤다. 목을 긁던 고양이가 그녀를 쳐다봤다. 샤이마가 살짝 미소를 지으며 눈을 찡긋했다. 그러자 고양이도 눈을 천천히 감았다가 떴다. 샤이마는 다시 눈을 깜빡였다. 고양이가 눈을 게슴츠레 뜨고 그녀에게 천천히 다가왔다. 샤이마는 턱을 무릎에 댄 채 움직이지 않았다. 고양이가 꼬리로 그녀의 종아리를 살짝 건드렸다. 샤이마가 고양이에게 손을 내밀자 손바닥에 머리를 들이밀며 비비기 시작했다. 샤이마는 고양이를 두 손으로 조심스럽게 들어 가슴에 안았다. 잠시 후 고양이의 가슴 부위가 약하게 떨리는가 싶더니, 고릉고릉 소리를 냈다. 샤이마는 생각했다. 소리와 떨림은 어쩌면 하나가 아닐까. 그때였다. 마치 사막 한가운데에 있을 때처럼 마음이 편안해졌다. 샤이마는 자기 뺨을 고양이의 몸에 대었다. 그때 문득, 어린 시절이 떠올랐다.

참혹한 사건이 일어나기 전 어린 시절엔 그녀에게도 세상이 온통 신비하고 아름다웠으며, 행복한 추억도 제법 있었다. 다만, 그 사건이 그녀의 영혼까지 집어삼키는 바람에 어린 시절 행복했던 추억을 잃어버렸던 거였다. 다행히 잊은 게 아니라 잃어버렸다. 잃어버린 기억은 언젠가는 다시 찾을 수 있었다. 지금처럼.

샤이마는 도도하고 고독한 정체성을 뒤로하고 자신에게 선뜻 다가온 고양이가 한없이 고마웠다. 남극 바다 위에서 운명처럼 만난 기이한 생명체로 인해 오랜 세월 그녀의 마음속에 똬리를 틀고 있던 그 무엇이 천천히 녹아, 발밑으로 빠져나가는 듯했다.

14

언제까지 누워 있을 수는 없었다. K1은 침대에서 일어
났다. 근육이 꿈틀거리자 아물었던 온몸의 상처가 벌어
지면서 통증이 밀려왔다. 그래도 다행인 건, 뼈의 골절이
나 장기 파열 같은 치명상은 없다. 위쪽 눈만 제외하면
모두 시간이 약인 상처였다. K1은 절뚝거리며 계단을 올
라갔다. 조타실 중앙 의자에 앉아 커피를 마시던 바탈이
벌떡 일어나더니, 그를 보고 환하게 웃었다. K1은 커피
냄새를 맡자, 머리가 어지러웠다.

"할아버지."

바탈이 그에게 다가왔다.

"할아버지라고 부르지 말랬지. 난 K1이야."

K1의 호통에도 바탈의 입가 미소가 사라지지 않았다. 자기를 죽이려 했던 사람에게 저리 웃을 수 있는 건 바보만 할 수 있다. 바보 같은 놈이라고 중얼거리며 K1은 밖으로 나왔다. 그의 우울한 마음과는 달리 날이 맑고 화창했다. 잔잔한 물결이 밀어낸 햇살에 눈이 부셨다. K1은 하늘로 시선을 옮기다가 풍속계 위에 앉아 있는 익숙한 새에 시선을 사로잡혔다. 그는 조심스럽게 새에게 다가갔다. 새의 이름보다 먼저 할아버지가 떠올랐다. 열다섯 살 때, 할아버지와 시베리아 늑대 사냥을 갔다가 돌아오는 길에 보았던 북극제비갈매기가 확실했다.

K1은 아버지에 대한 기억이 거의 없다. 바탈이 아버지에게 버림받았다면, K1은 아버지를 버렸다. 더 정확히 말하면, 그가 아버지를 버린 게 아니라 할아버지가 아버지를 버린 거였다. K1 또한, 온갖 망상으로 가득한 아버지보다 땅을 굳건하게 밟고 노동의 신성함을 믿으며 온몸으로 살아가는 할아버지를 더 존경했다. 할아버지도 그런 K1을 살뜰히 챙겼다. 당연히 할아버지와 수많은 추억을 쌓았다. 그중에 가장 인상 깊은 추억은 시베리아에서의 사냥이었다.

그가 열다섯 살이 되던 그해 겨울, 할아버지를 따라 시베리아로 늑대 사냥을 하러 갔었다. 공화국에서 배를 타고 대륙에 도착한 다음 버스로, 기차로, 다시 버스로,

버스에서 내려 반나절을 걸어 목적지인 시베리아에 도착했다. 3박 4일간의 긴 여정이었다. 할아버지와 100일 동안 시베리아 벌판을 누비고 다녔다. 시베리아의 겨울 추위는 날카로웠다. 조금이라도 빈틈이 보이면 추위가 날카로운 송곳으로 변해 옷 속으로 파고들어 살을 찔러 대곤 했다. 매서운 추위에도 토끼와 쥐가 눈 속에서 먹이를 찾았고, 늑대는 그런 토끼와 쥐를 사냥했다. K1은 아직도 눈만 감으면 그때의 시베리아 풍경이 또렷이 떠오른다.

밤하늘에서 쏟아지는 별들, 하얀 눈벌판에서 반사되는 파르스름한 달빛, 길게 울어 대던 늑대, 눈 속을 헤치며 먹이를 찾던 토끼, 토끼를 낚아채는 솔부엉이의 고요한 날갯짓, 사슴들의 코에서 뿜어져 나오던 풍성한 입김과 입가에 낀 하얀 성에.

100일 동안 시베리아 눈벌판을 돌아다녔지만, 끝내 늑대 한 마리도 잡지 못했다. 그러나 더 소중한 것을 얻었다. 공화국이 추구하는 땀과 노동의 숭고함이었다. K1은 그때도 지금과 마찬가지로 또래보다 키가 작았다. 하지만 시베리아 늑대 사냥을 하면서 마음은 하늘을 품을 듯이 훌쩍 자랐다.

"너도 이젠 어른이다."

시베리아에서 마지막 밤에 할아버지가 말했다. 그 이

후부터 가슴속에서 웅장한 무언가가 꿈틀대기 시작했다. 다음 날 아침 일찍 일어나, 짐을 챙겨 공화국으로 향했다. 꽁꽁 얼어붙은 호수 위를 걸어갈 때였다. 한 무리의 하얀 새들이 머리 위로 날아가다가, 한 마리가 호수 위로 뚝 떨어졌다. 할아버지는 그 새를 가슴에 꼭 안더니, 그 새의 이야기를 오래도록 들려주었다. 북극과 남극을 왕래하며 하늘에서 쉬는 새의 이야기를 들으면서 그는 완전한 어른이 되었다.

"그 새는 제 것입니다!"

새를 보면서 할아버지에 대한 기억에 빠져 있는데, 바탈이 눈을 흘기며 불쑥 말했다. 바탈의 버르장머리 없는 행동에, K1은 소리를 질렀다.

"이 새는 땅을 밟고 있는 그 누구도 소유할 수 없어!"

무슨 헛소리를 하나 싶은 표정으로 바탈이 K1을 쳐다봤다. K1은 시베리아 늑대 사냥에서 돌아오던 그때 할아버지에게 들었던 북극제비갈매기에 대한 긴 이야기를 바탈에게 들려주었다.

북극제비갈매기의 수명은 30년가량이다. 1년에 한 번씩 북극과 남극을 오간다. 에너지를 아끼고자 때론 바람에 몸을 맡기고, 먹이를 찾아 이곳저곳을 들르는 것까지 합하면 왕복 이동 거리가 7만 킬로미터가량 된다. 그러니까 북극제비갈매기는 평생 210만 킬로미터쯤 이동한다.

달까지 두 번 왕복하고, 다시 달까지 갈 수 있는 머나먼 거리다. 몸의 길이는 약 40센티미터, 날개를 펴면 80센티미터 정도지만, 몸무게는 125그램으로 보기와는 다르게 아주 가볍다. 살아 있는 기간 대부분 하늘에서 보내는 새다. 이 새의 서식지는 하늘이다. 인간이 잠시 여행하듯이 이 새는 잠시 북극과 남극 땅에 발을 디딜 뿐이다. 이 새는 날아가면서 쉬고, 날아가면서 잠을 자고, 날아가다가 죽는다.

"이 새는 날아야 한다. 이렇게 앉아 있으면 지쳐서 죽는다."

"쉬는데 지쳐서 죽는다고요?"

"이 새는 나는 게 쉬는 거야."

그의 이야기를 듣고 있던 바탈의 눈빛이 점차 북극에서 남극으로 기나긴 여행을 하는 북극제비갈매기처럼 아련해졌다. K1은 북극제비갈매기의 날개를 살폈다. 날개깃 하나가 구부러져 안쪽으로 휘어졌다. K1은 손을 뻗어 휘어진 날개깃을 반듯하게 펴 주었다. 새는 부리로 날개깃을 다듬었다.

"곧 날 수 있을 게야."

K1이 마치 다짐처럼 중얼거렸다.

4

악몽과 희망

15

공화국 영웅 전사에게 포기란 없다. 비록 왼쪽 눈은 잃었지만 오른쪽 눈은 멀쩡하다. K1은 조타실 탁자 위에 지도를 펼쳤다. 펭귄을 너무 얕잡아 봤다. 철두철미한 계획이 필요했다. 모든 작전에서 가장 중요한 건 지형이나. 킹윌슨섬의 지형을 꼼꼼히 살폈다. 킹윌슨 섬의 면적은 12제곱킬로미터이며, 동쪽은 낮고 서쪽으로 갈수록 조금씩 높아지다가, 다시 가파르게 낮아지면서 바다에 잠기는 지형이었다.

"다시 가려고요?"

지도를 골똘히 쳐다보는 K1에게, 바탈이 물었다. K1은 지도에 시선을 고정한 채 고개만 끄떡였다. 그는 바탈과 눈이 마주치는 게 싫었다. 펭귄만 어창에 실으면, 바탈을 보는 것도 끝이다. 한쪽 눈으로도 공화국까지 충분히 갈 수 있다. 그때까지만 참기로 했다. 그리고 어떻게 살아 돌아왔는지 궁금했지만, 묻지 않았다. 구명보트가 바람에 정처 없이 떠돌다가 배를 다시 만난 게 확실했다. 장거리를 항해하다 보면 이따금 바다에 버린 쓰레기를 다시 볼 때가 있었다.

잠시 후 바탈이 쟁반을 들고 계단을 올라왔다. 양송이 수프와 빵을 K1 앞에 놓았다. K1은 지도를 펼쳐 놓고 수프에 빵을 찍어 먹었다. 수프가 부드러운 데다가 맛도 제법이었다. 30여 년 전, 작전 중에 프랑스 랑트 지방에서 먹었던 수프 맛과 비슷했다. 커피 중독자이며 기생충인 바탈에게 이런 요리 솜씨가 있었다니, K1은 혀를 끌끌 차며 고개를 절레절레 흔들었다. 그러자 눈꺼풀로 눈을 거지반 가리고 있던 바탈이 눈을 동그랗게 뜨고 그를 쳐다봤다.

"뭘 봐!"

K1은 자기도 모르게 버럭 소리 질렀다. 그 순간, 입 속에서 뭔가가 튀어나와 지도 위에 떨어졌다. 새끼손톱 절반 크기의 동그란 조각은 '천국의 문'이었다. K1은 천국의 문을 집어 들어 요리조리 살폈다. 그제야 천국의 문이 왜 어금니에서 떨어졌는지 알았다. 천국의 문 안쪽에

붙어 있는 안전 필름을 제거하지 않은 채 그대로 치아에 붙였기 때문이었다. 천국의 문은 콘택트렌즈와 비슷하다. 안전 필름을 제거한 후 표면이 매끈한 어금니에 대고 볼록한 부분을 손가락으로 누르면, 어금니에 밀착되면서 치아의 주성분인 인산칼륨과 천국의 문 표면에 붙어 있는 접착제가 화학반응을 일으켜 어금니와 단단하게 결합되는 원리다. 그런데 공화국을 떠나던 날 아침, 천국의 문을 얇게 감싼 안전 필름을 벗기지 않고 그냥 어금니에 붙였던 거였다.

입안 어딘가에 있다가 갑자기 튀어나온 천국의 문을 보자 K1은 울컥했다. 4년 전부터 부쩍 눈물이 많아졌다. K1은 바탈을 보았다. 눈꼬리 부근까지 흘러나왔던 눈물이 쏙 들어갔다. 천하의 영웅 전사가 기생충 앞에서 눈물을 보일 수 없었기 때문이다. K1은 천국의 문의 안전 필름을 제거하고, 입을 크게 벌렸다. 아직 아물지 않은 입술 상처가 쓰라렸지만, 꾹 참고 천국의 문을 어금니 안쪽에 다시 붙였다. 곧바로 머리카락 타는 냄새가 났다. 인산칼륨과 접착제가 화학반응을 하면서 나는 냄새였다. 십 분 정도 지난 후에 검지를 입안에 넣고 천국의 문을 힘껏 밀어 봤다. 단단하게 달라붙은 천국의 문은 움직이지 않았다. 이제는 떨어질 일이 없을 것이다. 혀끝으로 천국의 문을 쓰다듬자, 다시 기운이 솟았다.

아무리 펭귄이 사납다고 해도 무리에서 흩어지면 한 낱 연약한 새일 뿐이다. 섬의 동쪽은 경사가 완만했고, 서쪽은 경사가 가팔랐다. 펭귄은 걸을 때마다 뒤뚱뒤뚱한다. 분명, 경사가 가파른 곳에서는 잘 걷지 못할 것이다. 이를 증명이라도 하듯이 섬의 서쪽으로 갈수록 검은색이 점차 옅어지다가, 끝 쪽에서는 하얀 설원 위에 검은 점들만 띄엄띄엄 박혀 있었다. 원래 계획대로 사나운 펭귄을 어창 가득 싣고 공화국까지 가는 건 위험천만하다. 최대한 마릿수를 줄여야 한다. 계획서에 펭귄 생태에 관한 내용이 있었는데, 잘 생각나질 않았다. 어쩔 수 없이 옆에 있는 바탈에게 물었다.

"기생충, 펭귄은 한 번에 몇 개의 알을 낳나?"

"두 개요."

"포란 기간은?"

"포란?"

바탈이 고개를 갸웃거렸다.

"알 품는 기간 말이야."

"아, 부화 기간요. 35일입니다."

K1은 메모지와 볼펜을 꺼내 계산했다. 한 쌍의 펭귄이 어림짐작해 봐도 1년에 열 번은 알을 낳고, 모두 부화하면 20마리의 펭귄이 태어난다. 2년이 지나면 200마리, 3년이면 2,000마리, 이렇게 10년이 지나면 천문학적

인 수의 펭귄이 태어날 것이다. 2 아래에 붙은 0의 개수를 K1은 손가락을 구부리며 헤아려 봤다. 2백억인지 2천억인지 헷갈리지만, 어쨌든 전 세계의 굶주리는 어린이들이 배불리 먹고도 남을 양이었다.

"할아버지, 펭귄은 여름에 한 번 알을 낳아요. 그리고 모든 조류는 새끼를 키우는 동안에는 알을 낳지 않지요."

옆에서 지켜보던 바탈이 답답한 듯 말했다. K1은 바탈의 말을 무시했다. 하나는 알고 둘은 모르는 바탈이다. 펭귄이 1년에 한 번 알을 낳는 건 남극의 혹독한 기후 탓이다. 공화국과 같이 따뜻한 기후에서는 사시사철 알을 낳을 수 있다. 그리고 낳자마자 알을 빼앗으면, 곧바로 다시 알을 낳을 것이다. 빼앗은 알을 인공부화시키면 더 효율적이고 안전하게 사육할 수 있다.

곧바로 K1은 남극 펭귄 생포 작전의 일부를 변경했다. 펭귄을 어창 가득 싣는 걸 포기하고, 펭귄 한 쌍와 알 두 개만 싣는 것으로. 펭귄 한 쌍이면 되지만, 혹시 예상치 못한 일이 발생할 것을 대비하여 알 두 개를 가지고 가기로 했다. 이번 작전은 펭귄 무리 속으로 침투하는 게 가장 어려운 과제였다. 그래서 K1은 이번 작전명을 '킹 윌슨섬 침투 작전'으로 정했다.

점심을 먹고 K1은 배를 몰아 섬의 서쪽으로 향했다. 바닷물을 가르며 배가 천천히 움직이자, 어디선가 웅웅

거리는 소리가 들렸다. K1은 조타실에서 나와 뱃머리 난
간에 서서 섬을 바라봤다. 섬에 있는 수십만 마리의 펭귄
이 부리를 하늘로 치켜든 채 목을 길게 빼고 소리를 지
르고 있었다. 적을 몰아냈다고 자축하는 환호성 같았다.
K1은 당장 펭귄 무리를 향해 자동소총을 난사하고 싶었
지만, 그에게는 자동소총은 둘째치고 권총조차 없었다.

"그래, 두고 보자."

K1은 배의 이곳저곳을 돌아다니며 무기로 쓸 만한 걸
찾다가, 보트에서 사용했던 곤봉을 발견했다. 큰 물고기
를 잡을 때 기절시키기 위해 나무로 매끈하게 깎아 만든
곤봉이었다. 만일에 대비하여 K1은 상륙용 보트 옆에 곤
봉을 세워 놓았다.

섬의 서쪽 끝으로 가는 데, 채 십 분도 걸리지 않았다.
예상대로 섬의 반대편은 경사가 가팔랐고, 군데군데 바
위가 솟아 있었다. 펭귄들도 드문드문 있었다. 배의 닻을
내리고, K1은 턱을 바짝 끌어당기며 외쳤다.

"킹윌슨섬 침투 작전 개시."

멍하니 섬을 바라보던 바탈이 깜짝 놀라 벌떡 일어나
더니 주변을 두리번거렸다.

'일생일대의 대과업을 코앞에 두고, 저렇게 얼빠져 있
다니……'

K1은 바탈을 한 번 흘겨보고, 보트를 내릴 적당한 상

륙 지점을 먼저 찾아봤다. 서쪽과 달리 동쪽은 지형이 가파라 보트를 댈 수 있는 곳이 제한적이었다. 그래도 다행인 건, 만으로 좁게 형성된 평평한 해안이 있었다. 그런데 그곳엔 바다표범이 가득했다. K1은 바다표범을 보자마자 예상치 못한 혼란에 빠졌다.

남극 펭귄 생포 작전 계획서에는 웨델 바다표범과 코끼리 바다표범 사진과 함께 주의 사항이 적혀 있었다. 웨델 바다표범은 온순하여 사람이 다가가도 괜찮지만, 코끼리 바다표범은 무척 사나워 접근을 금했다. K1은 계획서에 실린 바다표범의 사진을 머릿속에 떠올리려 했지만, 이미지가 떠오르지 않았다.

"기생충."

바탈이 그를 향해 고개를 돌렸다.

"저거 코끼리야, 웨델이야?"

K1의 질문에, 바탈은 바다표범을 한 번 쳐다보더니 눈동자를 이리저리 굴리며 왼손 검지와 엄지로 턱을 만지작거렸다. 태연자약한 바탈의 행동에 갑자기 부아가 치밀었다. K1은 옆에 세워 둔 곤봉을 들고, 버럭 소리를 질렀다.

"야, 내 말 안 들려?"

그 순간, 바탈이 기절했다.

16

K1은 조타실 바닥에 기절한 바탈을 한동안 바라봤다. 이번에도 백사장에 떠밀려 온 해파리처럼 납작하게 누운 모습이었다. 벌써 네 번째 겪는 상황이라 그리 놀라진 않았다. 그렇다고 이대로 그냥 놔둘 순 없었다. 킹윌슨섬 침투 작전에 반드시 바탈이 필요했다. K1은 바탈을 어깨에 메고 침실로 내려갔다. 바탈을 침대에 누이고, 냉동실 자루에서 커피콩을 한 주먹 꺼내 왔다. K1은 바탈이 신맛보다 고소한 맛을 좋아한다는 걸 알고 있었다. K1은 프라이팬에 원두를 거무스름해질 때까지 오래 볶았다. 원두를 그라인더로 굵게 갈아 거름종이 위에 쏟고, 그 위에 미리 주전자에 데워 놓은 물을 다섯 번 나누어 부었

다. 옅은 밤색 물이 아래로 떨어져 내렸다. 그 모습을 보고 있자니, 남극에서 커피를 내리고 있는 자신이 한심스러웠다.

K1은 잔에 커피를 담아 바탈이 누워 있는 침대맡에 놓았다. 커피 냄새를 맡은 바탈이 깨어났다. 바탈은 눈을 지그시 감고, 코로 길게 숨을 서너 번 들이쉬더니, 잔을 기울였다.

"와, 정말 고소하네요. 제가 지금까지 마셔 본 커피 중에 최고예요."

바탈이 반짝이는 눈빛으로 K1을 보면서 엄지를 추켜세웠다.

"커피 바리스타가 내린 맛 같아요."

"바리스타?"

"커피 전문가를 바리스타라고 해요. 모르셨어요? 아무튼 할아버진 커피 전문가가 확실해요. 맞죠?"

바탈의 말에 K1은 움찔했다. 사실 K1은 열여덟 살 때부터 40여 년간 커피를 입에 달고 살았다. 주요 작전이 대부분 밤에 이루어졌기에, 졸음을 쫓아 주는 커피는 전사에게 생명수나 마찬가지였다. 보름 가까이 쪽잠을 자며 이슬람 과격 단체와 전투를 벌일 수 있었던 것도 모두 커피 덕분이었다. 그러다가 15년 전 동칸쿠 우두머리 암살 작전 이후로 커피 마시는 건 둘째치고, 냄새만 맡아도 속이 울렁거리고 머리가 어지러워, 커피를 끊었다. 동 칸쿠의 끔찍한 '욕망의 불바다'와 처음 대면할 때 커피를 마시고 있었기 때문이었다.

"할아버지, 그 몽둥이 버리세요."

갑자기 들려온 바탈의 겁에 질린 목소리에, K1은 침실 한쪽 귀퉁이에 세워 놓은 곤봉을 바라봤다.

"왜?"

"전 몽둥이만 보면 뇌가 정지하거든요. 아버지가 그러 셨는데 제 뇌에 폭력 차단 회로가 있대요."

그제야 K1은 바탈이 기절하는 원인을 알았다. 그에게 커피 트라우마가 있는 것처럼, 바탈에게는 곤봉 트라우 마가 있었다. G3의 무덤에서 들고 있던 것도 곤봉이었 고, 비룡 국제공항에서 마주친 경찰들도 곤봉을 차고 있 었으며, 펭귄에게 쫓기다 간신히 보트에 올랐을 때도 그 가 곤봉을 들고 있었다. 바탈은 왜 곤봉 트라우마가 생겼 을까?

"그냥 넌 겁쟁이야. 폭력 차단 회로 좋아하네."

"아버지는 폭력을 싫어하는 건 인간으로서 당연히 가 져야 할 마음이라고 하셨어요. 제 생각도 아버지와 같고 요."

바탈의 말에 K1은 말문이 턱 막혔다. 폭력이란 싫고 좋고를 선택할 수 있는 게 아니다. 폭력적인 상대를 만나면 폭력으로 대응해야 한다. 그렇지 않으면 죽는다. 그게 K1이 살아온 방식이었다. K1은 바탈의 손목을 잡고 밖으로 나왔다.

"웨델이야, 코끼리야?"

K1은 해안가에 누워 있는 바다표범을 가리키며 다시 물었다.

"너무 멀어서 잘 모르겠어요. 가까이 가 봐요."

어차피 펭귄을 잡으려면 섬에 들어가야 했다. K1은 두꺼운 패딩 점퍼를 입고, 준비한 배낭 두 개를 앞뒤로 멨다. 앞에 멘 큰 배낭엔 펭귄을 잡아넣고, 뒤에 멘 작은 배낭엔 알을 넣기 위해서다. 바탈도 나머지 한 마리의 펭귄을 잡아넣고자 배낭을 멨다. 바다에 보트를 내려 갈아타고 금방 해안에 도착했다. 해안에는 수백 마리의 바다표범이 있었다.

"웨델 바다표범입니다."

K1은 바탈의 말에 안심하고 섬에 발을 디뎠다. 검은 모래사장에 누워 있는 웨델 바다표범은 거대한 고구마 같았다. 무리로 다가가자 웨델 바다표범이 목을 뒤로 젖히더니 동그란 검은 눈으로 K1을 바라봤다. K1이 성큼성큼 걸어가는데 바탈이 뒤에서 손을 잡아당겼다.

"천천히 다가가세요. 아무리 순하다고 해도 새끼가 있으면 어떤 행동을 할지 몰라요."

K1은 순하다고 여겼던 펭귄에게 당한 걸 떠올리며, 그 자리에 멈췄다. 바닷물이 갈라지듯이 웨델 바다표범들이 꿈틀거리며 좌우로 천천히 이동했다. 바다표범이 만든 길을 따라 조심조심 걸어갔다. 웨델 바다표범들은 동작이 굼뜨고, 눈매는 멍했다. 웨델 바다표범 무리를 빠져나와 언덕 아래에 도착했다. 배 위에서 보았던 것과는 달리 언덕은 그리 가파르지 않았다. 눈과 얼음 사이로 솟아난 검은 바위 옆에 이끼 같은 뭔가가 있었다. 노르스름하지만, 분명 식물이었다. 아무리 여름이라고 하지만, 공화국의 겨울보다 훨씬 춥다. 남극은 차가운 사막이나 마찬가지다.

'이런 척박한 곳에 식물이라니.'

K1은 궁금했다. 어차피 언덕을 올라야 했다. 그는 언덕을 기어 올라갔다. 바탈이 그의 뒤를 따랐다. 바위 옆 양지바른 곳에 자리 잡은 노르스름한 물체에 다가가자 점차 연녹색으로 변했다. 식물이 맞았다. 그것도 혹독한 환경에서 땅에 납작하게 달라붙은 이끼가 아닌, 소나무 새순처럼 솟아난 5에서 10센티미터가량 되는 꽤 큰 식물이었다. 신기한 건 잎끝이 낫 모양으로 구부러졌다.

픽!

남극의 신비한 식물을 바라보는데, 묵직한 무언인가가 K1의 머리를 때렸다. K1은 중심을 잃고 언덕 아래로 구르다가 가까스로 튀어나온 바위를 잡았다. 정신을 차리기도 전에 다시 하얀 물체가 그의 머리를 향해 빠르게 내려오다가, 하늘로 솟구쳤다. K1은 바닥에 납작 엎드려 하늘에서 공격하는 하얀 물체의 정체를 살폈다. 갈매기였다. 바탈이 K1을 향해 미끄러져 내려왔다. 갈매기는 날개를 파닥거리며 그들의 머리 위에서 멈춘 채, 공격할 기회만 노리고 있었다. K1의 머리에서 검붉은 피가 흘러내렸다.

"할아버지…… 피가!"

"괜찮다. 일단은 내려가자."

예상치 못한 갈매기의 공격에, K1은 후퇴했다. 갈매기는 언덕 중간쯤 솟아 있는 바위 위에 앉아 그들을 노려봤다.

"도둑 갈매기예요. 펭귄의 새끼와 알을 훔쳐 먹는 아주 사나운 놈이지요. 바위틈에 둥지가 있어서 저리 사납게 대드는 게 확실합니다."

"그래 봤자 갈매기다."

K1은 파도에 떠밀려 온 기다란 나무 막대기를 들고 바탈을 쳐다보며 물었다.

"이건 괜찮아?"

바탈은 고개를 끄떡였다. K1의 예상대로 바탈은 무기처럼 매끈하게 깎은 형태에만 반응했던 거였다. 막대기

를 들고 다시 언덕을 올라갔다. 도둑 갈매기가 날개를 접
더니 K1의 머리를 향해 내리꽂았다. K1은 막대기를 휘
둘렀다. 하지만 막대기는 갈매기의 근처에도 가지 못한
채 허공을 가로질렀다. K1은 그제야 왼쪽 눈이 안 보여
초점이 흐트러진다는 걸 알았다. 바탈에게 막대기를 던
지자, 바탈이 바로 알아듣고 막대기를 움켜잡았다. 다시
갈매기가 날아왔다. 허리를 숙이고 있던 바탈이 용수철
처럼 튀어 오르더니, 갈매기를 향해 냅다 막대기를 휘둘
렀다. 날개를 맞은 갈매기가 땅바닥에 고꾸라졌다. 갈매
기는 몇 번 파닥거리더니 벌떡 일어나 비틀비틀 날아가,
바다 위에 간신히 내려앉았다. 갈매기는 부리로 깃털을
정리하며, 이따금 경계의 눈빛으로 그들을 보았다. K1은
다시 언덕 위로 올라갔다. 한번 혼쭐난 갈매기는 더는 공
격하지 않았다.

언덕 위에 도착한 K1은 서두르지 않았다. 보기와는 다
르게 사납고 영악한 펭귄들이다. 납작 엎드려 주변을 살
폈다. 예상대로 동쪽보다 경사가 가팔랐고 펭귄들도 드
문드문 있었다. 모두 알을 품고 있었다. 한 마리가 알을
품고 있으면 다른 한 마리가 바다에서 물고기를 잡아다
주었다.

삼십여 분 지켜본 후에 K1은 가장 가까운 둥지를 목
표로 정하고, 바탈에게 작전을 설명했다. 물고기를 잡으

러 나갔던 펭귄이 돌아와서 알을 품고 있는 펭귄에게 물고기를 주는 순간에 덮치는 계획이었다. 드디어 먹이를 구하러 나갔던 펭귄이 둥지를 향해 뒤뚱뒤뚱 걸어왔다. 둥지에 도착한 펭귄은 목을 길게 늘이더니 배 속에서 물고기를 게워 내어 알을 품고 있는 다른 펭귄에게 주었다.

"지금이다!"

K1은 후다닥 뛰어가 순식간에 덩치 큰 펭귄을 덮쳤다. 몸부림치는 펭귄을 배낭에 넣고 지퍼를 닫았다. 바탈도 알을 품고 있던 작은 펭귄을 배낭에 넣고 지퍼를 닫으려는 찰나, 펭귄이 머리를 내밀고 바탈의 가슴을 마구 쪼아 댔다. 바탈은 갑작스러운 공격에 당황하여 두 손을 머리 위로 올리더니 뒷걸음쳤다. 옆에서 이를 지켜보던 K1이 바탈의 가슴에서 발버둥 치는 펭귄의 머리를 배낭 안으로 밀어 넣고, 지퍼를 닫았다.

"빨리 배낭에 알 넣어."

펭귄에게 혼쭐 난 채 멍하니 서 있던 바탈은 K1의 외침에 정신을 차리고 알 두 개를 그의 등에 멘 배낭에 넣었다. 그들은 바닷가 언덕을 향해 뛰었다. 배낭 속에 갇힌 펭귄이 꽥꽥 소리를 질렀다. 그 소리에 펭귄이 무리 지어 쫓아오며 큰 소리로 울어 댔다. K1과 바탈은 언덕 위에서 잠시 머뭇거리다가 아래로 미끄러졌다. 그런데 이게 웬일인가? 이미 언덕 아래에는 펭귄 수천 마리가 두꺼운 벽을 쌓고 그들을 기다리고 있었다. 펭귄이 도움을 요청하는 소리를 듣고 바다로 사냥을 나갔던 다른 펭귄들이 몰려든 것이었다. 바닷물 속에서 펭귄들이 계속 튀어나왔다. K1과 바탈은 언덕을 내려오다가 멈췄다. 그때였다. 어느새 바탈의 배낭 지퍼가 열렸고, 그 사이로 펭귄이 머리를 내밀었다.

"펭귄 잡아!"

K1의 외침에, 바탈은 펭귄을 가슴에 안았다. 배낭에서 빠져나온 펭귄이 바탈의 얼굴을 마구 쪼았다. 바탈은 눈을 감고 언덕을 내려가다가 중심을 잃고 넘어졌다. 다행히 바탈은 펭귄을 놓치지 않았다. 하지만 해안에 빼곡한 펭귄 무리가 눈을 한껏 치켜뜨고 그들을 노려봤다. 펭귄에게 된통 당한 K1은 펭귄 무리를 보자 발걸음이 떨어지지 않았다. 그때, 바탈이 안고 있던 펭귄을 그에게 주더니, 갈매기에게 휘두르던 나무 막대기를 집어 들었다. 바탈은 겹겹이 길을 막고 있는 펭귄 무리를 향해 막대기를 휘둘렀다. 막대기의 원심력에 가느다랗고 긴 바탈의 팔다리가 휘청거렸다. 끝내는 막대기가 헬기 프로펠러처럼 빠르게 돌았다. 펭귄들은 바탈이 휘두르는 막대기를 피해 주춤거리며 양옆으로 물러났다.

K1은 펭귄을 가슴에 안고 바탈이 만든 통로로 조심조심 걸어갔다. 드디어 파도가 일으킨 하얀 물거품이 펭귄

무리 사이로 보였다. 바다를 보자 그의 발걸음이 빨라졌다. 그때였다. 방심한 틈을 타 가슴에 안겨 있던 펭귄이 그의 나머지 눈을 쪼았다. 순식간에 머리 가득 휘황찬란한 수백 개의 무지개가 떴다. 곧이어 눈에서 무엇인가가 흘러내렸다. 보이지는 않지만, 흘러내리는 게 무엇인지 알 수 있었다. 천천히 무지개가 사라지면서 온 세상이 하얘졌다. 그 순간, K1은 직감했다. 앞으로 영원히 앞을 보지 못한다는 걸.

"할아버지! 펭귄 버려요. 이곳을 빠져나가야 해요."

"안 된다."

펭귄만은 절대 포기할 수 없다. 바탈의 말에, K1은 펭귄을 더 꼭 껴안고 그 자리에 주저앉았다. 곧바로 펭귄들이 K1의 등 위로 올라가 목을 쪼았다. K1은 몸을 웅크린 채, 파도 소리를 향해 기어갔다. 하지만 곧바로 펭귄 수십 마리가 그의 몸 위로 올라와 더는 기어길 수 없었다. 그래도 K1은 가슴에 안은 펭귄을 놓지 않았다. 그때였다. 주변이 조용해지는가 싶더니, K1의 몸을 누르던 펭귄들도 순식간에 사라졌다. K1은 엎드린 채 고개만 돌려 주변을 두리번거렸다. 하지만 아무것도 보이지 않았다. 다만, 파도 소리와 바람 소리 그리고 바탈의 목소리만 들릴 뿐이었다.

"할아버지, 일어나요."

바탈의 목소리를 듣고 그는 벌떡 일어났다. 왜 펭귄들이 갑자기 사라졌을까? 궁금했지만, 일단은 이곳을 벗어나는 게 급선무다. 바탈은 K1의 팔을 이끌고 어딘가로 뛰어갔다. 파도가 밀려와 발목을 적셨다.

"거의 다 왔어요. 조금만 힘내세요."

바탈의 말에 K1은 밀려오는 파도를 헤치며 힘껏 달렸다. 무언가가 K1의 무릎에 걸려 앞으로 고꾸라졌다. 그가 넘어진 곳은 다행스럽게도 보트 위였다.

"할아버지 눈에서 피가……."

바탈이 K1의 얼굴을 만지며 말했다.

"난 괜찮다. 빨리 노를 저어라."

밀려오는 파도에 보트가 출렁거렸다. 파도의 높낮이와 형태가 머릿속에 그려졌다. K1은 그제야 펭귄의 생사를 확인했다. 다행히 두 마리 다 살아 있다. 그런데 등이 축축했다.

"알이 깨진 것 같구나."

K1의 말에, 바탈이 그가 등에 메고 있던 배낭을 열었다.

"멀쩡합니다."

바닷물에 젖어 등이 축축했던 거였다. 긴장이 풀리자, K1은 눈에서 통증이 밀려왔다. 하지만 눈의 통증보다 그를 더 괴롭게 하는 건 암흑을 헤매는 듯한 막막함이었다. 그래도 가슴에 안고 있는 펭귄만은 놓지 않았다. 위급한 상황에서 벗어나자 문득 궁금했다. 그의 몸을 누르고 있던 펭귄 무리가 갑자기 사라진 이유가 말이다.

"왜 갑자기 펭귄들이 사라졌지?"

"웨델 바다표범 무리가 덮쳤어요."

웨델 바다표범은 펭귄의 천적이다. 하지만 웨델 바다표범 무리는 50미터쯤 떨어져 있었다. 굼뜬 바다표범이 그렇게 빨리 올 수 없었다.

"느려 터진 바다표범이 어떻게 그렇게 빨리 왔지?"

"육지에서는 느리지만, 물속에서는 미사일처럼 빠르게 움직이던데요."

바다와 인접한 곳에 웨델 바다표범 무리가 누워 있었다. 육지로 기어 오면 반나절은 걸리겠지만, 물속으로는 일 분도 걸리지 않는 거리였다.

"웨델 바다표범이 할아버지와 저를 살렸어요."

바탈은 웨델 바다표범이 위기에 처한 자신을 구해 준 것처럼 말했다. 바탈에게 웨델 바다표범은 영웅이나 마찬가지일 것이다. 하지만 K1은 알고 있었다. 사자가 사슴을 사냥하듯이, 상어가 물범을 잡아먹듯이, 웨델 바다표범도 펭귄을 사냥했을 뿐이라는 걸 말이다.

17

"K1!"

바탈의 손을 잡고 갑판 위로 걸어가던 K1은 멈칫했다. 아무것도 보이지 않았지만, 그를 부르는 목소리의 주인공이 누군지 금방 알아챘다.

"샤이마?"

"천하의 K1이……."

샤이마가 하려던 말을 멈추고 혀를 끌끌 찼다. K1은 그 자리에 털썩 주저앉았다.

K1은 샤이마에게 살생하는 온갖 방법을 가르쳤다. 샤이마는 그에게서 배운 수많은 방법 중에서 하나를 골라 그를 죽일 것이다. 샤이마와의 질긴 인연이 K1의 머릿속

을 스쳐 지나갔다.

K1이 산속에 숨어 있는 무장 반군 소탕 작전을 위해 공화국 전사 열두 명과 함께 아프가니스탄 칸다하르 지역 계곡에 숨어 있을 때, 샤이마가 찾아왔다. 그 당시 샤이마는 소녀였다. 어른도, 그렇다고 아이도 아닌, 겁에 질린 짐승의 눈빛으로 그들을 둘러봤다. 여기저기 다 해진 옷을 입고, 손톱이 깨지고 빠져 엄지를 제외한 여덟 손가락 끝에서 피가 뚝뚝 떨어졌다. 하지만 머리에 두른 히잡만은 멀쩡했다. K1은 그때 샤이마를 보자마자 명예살인 현장에서 도망쳤다는 걸 직감했다. 당시만 해도 그 지역에서는 명예살인이 흔하게 행해졌다. 샤이마는 당돌하게 그들을 만나자마자 제안했다. 그들이 찾고 있는 반군의 근거지를 알려 줄 테니, 이 나라를 떠날 때 자신도 데리고 가 달라고.

그들은 샤이마의 제안을 받아들였다. 덕분에 한 명의 희생자도 없이 손쉽게 반군을 소탕하고 무사히 사막을 빠져나왔다. 이후 샤이마는 유라시아대륙 북동쪽 끝에 있는 K1의 숙소에 머무르며 3년 동안 살생하는 법을 배웠다. 그러다가 열아홉 살 때, 용병이 되고자 K1 곁을 떠났다.

"물을 무서워하면 용병이 될 수 없어."

샤이마에게는 물에 대한 트라우마가 있었다. 용병은커

넝, 용병이 되기 위한 기본 훈련조차 통과할 수 없었다.

"그건 제가 알아서 할게요."

"왜 용병이 되려는 거지?"

"알라의 배신자들을 모두 죽이려고요."

샤이마는 코란 어디에도 여자를 살인하라는 내용은 없었다고, 오히려 코란에는 여성을 보호하라고 쓰여 있는데 이를 따르지 않는 명예살인자들이 알라의 배신자라고 했다.

K1의 예상과 달리 샤이마는 용병 훈련을 무사히 마치고, 물이 가장 적은 사막에서 주로 활동했다. 샤이마는 작전 중에 여자를 함부로 대하는 남자를 보면 총을 난사해 그 자리에서 벌집을 만들어 버렸다. 그녀의 용맹함인지 아니면 잔인함인지는 알 수 없지만, 그녀에 대한 소문은 삽시간에 퍼졌고, 사막 남자들에게 공포의 대상이 되었다. 샤이마가 속한 용병은 자본에 의해 움직이는 집단이었다. 당연히 자본주의와 대척점에 있는 공화국 전사들과 지구 곳곳에서 부딪혔다. 샤이마와의 만남은 피할 수 없었다. 다만 늦게 마주치기를 바랄 뿐.

끝내는 막연한 예감이 현실이 되었다. 샤이마와 헤어진 지 6년쯤 지난 어느 날, 사하라 사막에서 그리 멀지 않은 곳에서 마주치게 되었다. 샤이마는 스물다섯 살이었다. K1은 그 당시 아프리카에서 황금 채굴 현장 보안을 담당하고 있었다. 2년 가까이 모은 황금을 배에 실어 공화국으로 출발시키자마자, 샤이마가 소속된 용병들이 들이닥쳤다. 공화국 전사들은 용병에게 속수무책으로 전멸당했고, K1과 G3만 샤이마의 도움으로 가까스로 살아남았다.

"배의 위치를 알려 주면 평생 부자로 살 수 있습니다. 제가 도울게요."

아무리 표독스럽게 변했어도, 샤이마는 K1의 은혜를 잊지 않았다. K1과 G3는 샤이마에게 순수함이 아직 남아 있다는 걸 직감하고, 그녀를 이용하기로 했다. 정글을 가로질러 가면 황금을 실은 배를 볼 수 있다고 거짓말을 하고, 나무와 풀이 우거진 정글로 그녀를 유인했다. G3가 앞장서서 긴 정글도로 우거진 나무와 풀을 잘라 길을 만들었다. 반나절쯤 정글을 뚫고 가다가 폭포가 쏟아지는 높은 절벽 위에 앉아 잠시 휴식을 취했다. 물에 대한 트라우마가 있는 샤이마는 폭포 소리에 몸을 움츠렸다. 그때 갑자기 G3가 그녀를 향해 정글도를 내려쳤다. 그녀의 오른팔이 싹둑, 잘렸다.

K1도 예상치 못한 갑작스러운 행동이었다. 그가 G3의 손에 들려 있던 칼을 빼앗았을 때는 이미 G3가 샤이마를 절벽 아래로 밀어 버린 후였다.

그들의 애당초 계획은 배가 안전 지역으로 이동할 때

까지 시간을 번 다음에, 샤이마를 따돌리는 거였다. 정글이 익숙한 그들에게는 식은 죽 먹기보다 쉬운 일이었다. 그런데 물 트라우마가 있는 그녀를 급류가 흐르는 계곡 아래로 떨어트린 거였다. 더군다나 한쪽 팔을 자른 채. K1은 그녀가 살아 있을 거라고는 꿈에도 생각지 못했다.

"궁금했어요. 그때 왜 그러셨어요?"

나중에 안 사실이지만, G3는 샤이마에 대한 소문을 듣고 두려워했다. 두려워했기에, 그렇게 잔인하게 죽이려 한 거였다. K1은 그때 G3와 절벽 위에서 죽기 직전까지 주먹다짐하던 일이 떠올랐지만, 그녀 앞에서 그 사실을 말하고 싶지 않았다. 구차한 변명처럼 들릴 수 있었기 때문이었다. 아무리 위급한 상황에 직면해도, 영웅 전사는 변명 따위 하지 않는다.

"네가 사막의 남자들을 처형하고자 하는 것처럼, 나는 공화국을 위해 최선을 다했을 뿐이야."

"난 알라의 존재를 한 번도 의심해 본 적이 없어요. 난 알라의 이름으로 그들을 처형했습니다."

"신은 없어."

"있어요."

"신이 있다면, 내가 왜 지금까지 살아 있는지 설명해 봐!"

K1은 그렇게 모진 삶을 살았으면서도, 여전히 신을 버

리지 못하는 샤이마에게 화가 났다. 신이 있다면, 누구보다도 절실하게 믿었던 그녀를 이런 수렁에 빠트리지 않았을 것이다.

"지금 이곳에서 눈이 먼 당신과 만났다는 게, 바로 신이 존재한다는 증거입니다. 주변을 보세요. 남극의 바다 위에 눈먼 당신과 나뿐입니다. 신이 아니라면 그 누가 이토록 완벽하게 복수할 기회를 만들 수 있을까요? 안 그래요? 지금부터 내가 할 일은 죽음이 한없이 부러웠던 그 참혹한 순간을, 급류에 떠내려가면서 공포에 시달리던 그 끔찍한 순간을, 당신도 고스란히 느끼게 하는 겁니다. 신의 뜻에 따라."

샤이마의 목소리는 떨렸다. 천지를 창조하고 인간의 운명을 결정한다는 신을 믿는 자의 목소리가 아니었다. 샤이마는 겨우 말을 끝내더니, 계단 아래로 내려갔다. 계단을 내려가는 그녀의 발소리가 오래도록 K1의 귀에 맴돌았다.

18

바탈은 두 손으로 K1의 손을 움켜잡았다. 그냥 놔두면, K1이 금방이라도 바람에 흩어져 사라질 것만 같았기 때문이다.

K1의 가슴에 안겨 있던 펭귄은 갑판 위를 서성였고, 배낭에 갇혀 있던 펭귄은 답답한 듯 소리를 질러 댔다. 바탈은 배낭을 열었다. 배낭에서 나온 펭귄은 잠시 두리번거리더니, 갑판 위에 있던 작은 펭귄 쪽으로 뒤뚱뒤뚱 걸어갔다. 어차피 펭귄들은 배에서 벗어날 수 없다. 바탈은 K1의 손을 잡고 조타실 안으로 들어가 그를 의자에 앉혔다. K1의 오른쪽 눈에서 피가 흘러내렸다. 바탈은 임시방편으로 K1의 왼쪽 눈에 감겨 있던 붕대를 풀어,

오른쪽 눈까지 다시 감았다. K1의 팔목이 정강이 부근까지 축 늘어졌고, 당당하게 내밀고 다니던 가슴은 축 처진 어깨에 눌려 안으로 쪼그라들었으며, 허리가 구부러지면서 아랫배가 볼록 튀어나왔다.

"하, 할아버지…… 펭귄…… 어, 어창에 넣을게요……. 이, 이곳에 가, 가만히……."

커피를 마신 지 꽤 시간이 지났다. 바탈은 다시 말을 더듬었다.

축 처져 있던 노인의 뭉툭한 턱이, 펭귄이란 말에 조금씩 움직이는가 싶더니 천천히 고개를 들어 바탈을 올려다봤다. 붕대로 칭칭 감아 눈이 보이지 않았지만, K1이 자신을 보고 있다는 걸, 그리고 펭귄에게 무슨 일이 생기면 그도 곧바로 삶을 포기할 거라는 걸 바탈은 느낄 수 있었다.

바탈은 커피를 내려 마시고 조타실 밖으로 나왔다. 몸이 가벼웠고 머리도 맑아졌다. 펭귄들이 어느새 어창 부근까지 달아났다. 바탈은 얼음이 가득한 어창 문을 열고 펭귄들을 그곳으로 몰았다. 펭귄들은 마치 빙하 위에서 바다로 뛰어들듯이 어창 안으로 몸을 던졌다. 바탈은 갑판 위에 벗어 놓은 배낭을 들고, 어창 아래로 내려가 얼음 위에 알을 꺼내 놓았다. 그러자 펭귄은 곧바로 알을 발 위에 올리고, 털 속에 품었다. 바탈은 조타실로 뛰어갔다. 의자에 멍하니 앉아 있는 K1의 손을 잡고 들뜬 목소리로 말했다.

"할아버지, 펭귄이 알을 품어요. 발등에 알을 올려놓더니, 가슴 털로 포근히 감쌌어요."

K1이 바탈 쪽으로 고개를 돌렸다. 붕대에 스며든 피가 검붉게 변해, K1의 얼굴이 괴이했다. 하지만 바탈은 그 얼굴이 무섭지 않았다. 잠시 후, K1의 왼쪽 눈에서 핏물이 흘러내렸다.

백야로 인해 남극의 하루는 길었다. 바탈은 커피를 마시면 두려움이 사라지고, 무엇보다도 말을 더듬지 않는 게 신기했다. 그렇다고 계속 커피를 마실 수는 없었다. 바탈은 커피 마시는 간격을 늘리며 자신의 상태를 점검했다. 그렇게 해서 커피를 마시고 세 시간이 지나면 말을 더듬기 시작한다는 사실을 알게 되었다. 그 이후로 바탈은 세 시간마다 커피를 마셨다. 그리고 항상 고양이를 가슴에 안고 있는 그녀의 이름도 알게 되었다. K1과 그녀의 알아들을 수 없는 대화를 오래 듣다 보니, 하나의 단어가 그의 머리에 새겨졌다. 샤이마였다. 바탈은 침실에 누워 있는 K1에게 그녀의 이름이 샤이마인지 조심스럽게 물어봤다.

"너 어떻게 알았어?"

K1이 버럭 소리를 지르며, 팔을 휘저었다. 요즘 신경이 고양이 발톱보다 더 날카로워졌다. 바탈은 K1을 피해 얼른 침실에서 나왔다. 줄곧 배 지하에만 머물던 샤이마가 고양이를 가슴에 안고 이따금 갑판 위로 올라왔다. 가슴에 안긴 고양이는 눈을 게슴츠레 뜨고 바탈을 쳐다봤다. 샤이마가 나타난 이후로 고양이는 바탈에게 오지 않았다. 그래도 바탈은 고양이가 밉지 않았다. 배멀미에 항상 고통스러워하던 샤이마의 표정이 고양이를 만난 이후로는 너무나 평온해졌기 때문이다. 바탈은 난간에 기대어 바다를 바라보는 샤이마에게 다가갔다. 샤이마가 바탈을 보고 반갑게 웃었다. 그러거나 말거나, 바탈은 샤이마의 손을 잡고 조타실로 이끌었다. 그러고는 피딱지가 덕지덕지 붙어 있는 K1의 눈을 손가락으로 가리켰다.

샤이마는 갈매기 날개처럼 눈썹을 치켜세우고 바탈을 노려봤다. 유난히 낯선 사람을 경계하며 무서워하던 바탈이었다. 그런데 잔뜩 화가 난 샤이마는 어색하거나 무섭지 않았다. 왜일까? 바탈은 샤이마의 찡그린 얼굴을 바라보다가, 고개를 좌우로 흔들었다. 지금 시급한 건 K1의 치료다. 바탈은 부탁의 뜻으로 여자의 오른쪽 손목을 두 손으로 잡았다. 그때, 그녀의 팔이 쑥 빠졌다. 바탈은 자기 손에 들린 팔을 쳐다보다가, 화들짝 놀라 갑판에 냅다 패대기쳤다. 샤이마가 천천히 허리를 숙여 바닥에 떨어진 팔을 줍더니 자기의 오른팔에 다시 끼웠다. 당황한 바탈은 주춤거리며 뒷걸음쳤다. 샤이마가 바탈을 보며 미소 지었다. 그 미소는 말하고 있었다.

'놀라게 해서 미안해. 괜찮아.'

바탈은 그제야 그녀가 왜 무섭지 않았는지 알았다. 엄마의 미소와 비슷했기 때문이었다. 엄마가 살아 계셨다면, 저런 미소를 지었을 것이다. 바탈도 같이 미소를 지었다. 샤이마가 바탈의 머리를 쓰다듬어 주자, 바탈은 기회다 싶어 불쌍한 표정을 지으며 K1의 눈을 가리켰다. 끝내 샤이마는 모든 것을 포기했다는 듯이 고개를 절레절레 흔들더니, 계단을 내려갔다.

잠시 후, 샤이마는 치료 도구와 약품을 담은 상자를 들고 와서 K1 앞에 앉았다. K1의 얼굴에 감긴 붕대를 풀었다. 눈이 있던 자리는 움푹 들어갔고, 오른쪽에선 계속 피가 흘러내렸다. 샤이마는 눈 주위를 소독하고, 알 수 없는 연고를 덕지덕지 바르더니, 눈동자가 있던 움푹한 곳에 두툼한 솜을 대고 다시 붕대로 감았다. 더는 피가 흐르지 않았다. 샤이마는 펭귄에게 뜯긴 K1의 얼굴과 목 그리고 온몸의 상처를 소독하고 약을 바른 다음 반창고를 붙였다. 반 시간쯤 지나자, K1의 얼굴 대부분이 반창고와 붕대에 가려졌다. 치료를 마친 샤이마는, 조타실 창틀에 앉아 머나먼 곳을 바라보던 고양이를 가슴에 안고 밖으로 나갔다. 그러고는 난간에 기대서서 바다만 바라봤다.

"펭귄이 알을 품고 있다고?"

바탈이 몽롱한 상태로 샤이마를 바라보고 있는데, K1이 물었다.

"네."

K1의 생기 있는 목소리가 반가웠다. 바탈도 힘주어 대답했다.

"어떻게 품고 있던?"

"발 위에 알을 올려놓고, 털로 덮었어요."

"그래, 잘하고 있군."

젖은 이불처럼 앉아 있던 K1이 고개를 들었다. 몸은 여전히 축 늘어진 채 고개만 들었는데도, 바탈은 뛸 듯이 기뻤다. K1은 오랫동안 침묵한 채 골똘히 생각에 빠졌다. 바탈은 그가 무슨 생각을 하는지 어림짐작조차 할 수 없었다. 하지만 오랜 시간 생각한다는 건, 희망을 품은 거라는 것쯤은 바탈도 알고 있었다. 희망만 있다면, 어떠한 어려움도 견딜 수 있다. 겁쟁이, 어버버, 기생충, 마른 좀비라고 모두가 놀려 대도, 아버지를 만난다는 희망 하나로 밤하늘의 별보다 더 많은 수모를 버틴 바탈이었다.

아버지가 그의 곁을 떠날 때, 바탈은 아버지의 소맷자락을 잡고 울었다. 혼자서는 하루도 견딜 수 없을 것 같았기 때문이었다. 그런데 어찌어찌하다 보니 지금까지 버텼다. 그리고 아버지가 마지막으로 남기고 간 말을 그동안 전혀 이해하지 못했는데, 지금은 어렴풋이 알 것도 같았다. 아직은 누구에게도 말할 수 없지만.

"사자에게는 날카로운 이빨이, 토끼에게는 빨리 도망칠 수 있는 뒷다리가, 치타에게는 빠른 발이, 두더지에게는 땅을 잘 파는 능력이 있듯이 모든 생명체는 제각각 탁월한 능력 하나를 지닌 채 이 세상에 나오는 게 자연의 이치니라. 당연히 인간도 마찬가지지. 누구는 몸이 튼튼하고, 누구는 손재주가 좋고, 누구는 새로운 걸 잘 만들고, 그리고 너처럼 글재주 뛰어난 것처럼 제각각 탁월한 능력이 있단다. 그런데 말이야, 공화국은 튼튼한 몸과 손재주가 좋은 사람만 원하지. 그래서 너의 타고난 재능을 맘껏 펼칠 수 있는 곳을 찾아 떠나는 거야."

"그럼 나도 데리고 가요."

"당장은 위험해. 내가 먼저 가서 자리 잡고, 널 꼭 데리러 올게. 알았지?"

바탈은 아버지를 믿었다. 솔직히 믿고 안 믿고는 바탈이 선택할 처지가 아니었다. 그때나 지금이나, 아버지를 의심하는 순간, 바탈의 몸은 물론 의식마저 연기로 변해 사라질 것만 같았기 때문이다.

19

한여름 남극의 낮은 길고, 밤은 짧았다. 배는 움직이지 않았다. K1의 상처엔 딱지가 앉았고, 샤이마는 고양이와 껍딱지처럼 붙어 다니면서 더는 배 밑으로 숨지 않았다. 고양이는 샤이마의 품에서 눈을 게슴츠레 뜨고 골골거렸다.

그렇게 대책 없이 남극 바다 위에서 여섯 번의 짧은 밤을 보내고, 아침을 맞이했을 때였다. 바탈은 여느 때와 마찬가지로 고등어 통조림을 따서 어창에 쏟았다. 펭귄들이 두툼한 고등어 몸통을 한입에 꿀꺽 삼키는 모습을 신기하게 쳐다보는데, 어디선가 참새 지저귀는 소리가 들렸다. 남극에 참새가 있을 리가 없다. 주변을 둘러봤다. 역시 아무것도 보이지 않았다. 어창 안으로 고개를 들이밀어 구석구석 살피던 바탈은 펭귄 다리 사이로 삐져나온 갈색 솜털을 보았다. 알을 까고 나온 새끼 펭귄의 머리였다. 더군다나, 두 마리였다. 바탈은 조타실로 뛰어갔다.

"할아버지, 새끼 펭귄이 태어났어요!"

"두 개 모두?"

"네, 아주 귀여운 새끼 두 마리가 엄마 품에서 나를 쳐다봤어요."

바람 빠진 풍선 인형에 다시 바람을 넣은 것처럼, 축 처졌던 K1의 어깨가 위로 올라오는가 싶더니, 쪼그라들었던 가슴이 벌어지면서 당당하게 앞으로 불쑥 나왔다. 허리가 꼿꼿하게 펴지고, 입가에 옅은 미소까지 지어졌다. 바탈은 오랜만에 보는 K1의 미소가 반가웠다. K1은 한동안 뭔가를 골똘히 생각하더니 말했다.

"네가 내 눈이 되어 주기만 하면, 나는 남극 펭귄 생포 작전을 완수하고, 너는 아버지를 만날 수 있어."

바탈은 아버지란 말에 솔깃했다. 하지만 곧바로 현실을 직시했다. K1이 눈먼 상태로 태평양을 가로질러 머나먼 공화국까지 간다는 것이, 걸어서 달에 가는 것처럼 무모하게 느껴졌다.

"어떻게 공화국까지 가요. 할아버지 말대로 저는 기생

충이고, 할아버지는 눈이 멀었는데요. 무엇보다도, 아버지를 어떻게 만나요?"

바탈의 볼멘소리에, K1의 왼쪽 입꼬리가 살짝 위로 올라갔다.

"공화국까지 가는 건 나에게 맡겨. 그리고 너는 이번 작전만 성공하면 공화국 청년 영웅이 되는 거야. 너도 알다시피 공화국 영웅이 되면 어디든 갈 수 있어. 당연히 아버지를 마음대로 만날 수 있지."

"아버지가 어디 계시는데요?"

"지금은 말할 수 없다. 하지만, 나를 믿어라."

바탈은 K1의 말을 반신반의했다.

"저 혼자 이 큰 배를 몰고 2만 6천 414킬로미터를 간다구요? 절대 불가능해요."

"그래. 거리도 정확하게 기억하고 있구나. 고놈 기특하네."

K1이 손을 뻗어 바탈의 머리를 쓰다듬어 주면서 미소를 지었다. 하지만 K1의 입가에 깃든 미소는 어딘가 모르게 어색했다.

"난 전 세계 132곳에서 전투를 벌였어. 내가 죽인 사람이 수천 명은 될 거야. 지금 내 몸에 박혀 있는 수류탄 파편이 177개이고, 총알에 스친 흉터가 자그마치 154개야. 자, 봐 봐."

K1은 팬티만 남긴 채 모든 옷을 벗었다. 하지만 K1이 말한 찢기고, 뚫리고, 파이고, 화상에 뒤틀린 상처는 보이지 않았다. 샤이마가 온몸에 반창고를 붙이고 붕대로 감았기 때문이었다.

"내 몸에 난 수많은 상처마다 생생한 경험이 새겨져 있단다. 그리고 너도 알다시피, 너의 머릿속엔 소중한 정보가 저장되어 있지. 남극 펭귄 생포 작전 계획서. 평생 내 몸에 새긴 경험과 네 머릿속 계획서만 있으면, 공화국까지 가는 건 식은 죽 먹기보다 쉬워."

"정말로 아버지를 만날 수 있는 거죠?"

"정말이지. 난 공화국 영웅 전사야. 영웅 전사의 명예를 걸고 약속하마."

바탈은 K1의 말이 거짓이라고 해도 손해날 건 없을 것 같았다. 남극에서는 죽음을 기다리는 것 이외에 별다른 할 일이 없다. 하지만 K1의 말대로 하면 아버지를 만날 수 있는 희망이 있다. 이리저리 아무리 따져 봐도 살아서 공화국까지 갈 가능성은 0에 가까워 보였지만, 바탈은 이성적 판단보다 희박하지만 희망을 선택하기로 했다.

본격적으로 K1으로부터 배 다루는 법을 배웠다. K1은 먼저 배의 기본 구조와 각 부분의 기능을 꼼꼼히 설명해 주었다. 특히, 조타 핸들과 배의 진행 방향을 나타내는 모니터 보는 방법을 집중적으로 알려 주었다.

배를 다루는 건 생각보다 쉬웠다. 3일 동안 배 운전법을 익혔다. 오늘은 바탈 혼자 조타 핸들을 잡고 킹윌슨섬 주변을 세 바퀴 돌았다. 배를 가속했다가 속도를 줄이고, 오른쪽으로 방향을 틀었다가 왼쪽으로 급선회하기를 반복했다. 거대한 배가 원하는 방향과 속도로 움직이자, 바탈은 그동안 한 번도 경험하지 못한 성취감과 짜릿함을 느꼈다.

"제법이군. 내일 아침 공화국을 향해 출발한다. 일찍 자자."

바탈은 K1을 부축해 침실로 내려갔다. 침대에 누웠지만 아버지와 다시 만날 수 있다는 생각에 마음이 설레 쉽게 잠이 오지 않았다. 공화국을 떠나던 그날이 생각났다.

마을 사람들을 싫어하는 바탈에게 K1의 나무 창고는 소중한 아지트였다. K1의 집은 마을과 동떨어진 언덕 위에 있었고, K1의 성격이 워낙 까탈스럽고 툭하면 화를 잘 내서 마을 사람들이 언덕 위로 올라올 엄두도 내지 못했기 때문이었다. 바탈이 나무 창고를 처음 발견한 건 1년 6개월 전, 그러니까 아버지가 공화국을 떠나고 약 두어 달가량 지났을 때였다. 아버지가 사라지자, 낯선 사람들이 와서 바탈을 데리고 갔다. 그들은 바탈에게 아버지가 어디에 있는지, 왜 공화국을 떠났는지 등을 물어보았다. 아는 게 없는 바탈은 아무 말도 하지 못했다. 그렇게 가둬 놓고 이것저것 묻더니, 58일 후에 바탈을 풀어 주었다.

아버지가 없는 집은 쓸쓸했다. 무작정 거닐다가 바탈이 정신을 차리고 보니 K1의 집 옆에 있는 나무 창고 앞이었다. 바탈은 나무 창고를 보자마자 호기심이 생겼다. 산골 마을에서는 보기 힘든 이중문(밖은 철문이고 안쪽은 나무 문)으로 되어 있었기 때문이었다. 창고 안에 뭔가 신비한 것이 보관되어 있는 게 확실하다고 여긴 바탈은 조금 벌어진 철문 사이를 살펴보다가, 혹시나 하며 그 안으로 몸을 넣어 봤다. 그런데 이게 웬일인가? 몸이 철문 안으로 쏙 들어갔다. 원래도 마른 몸이었는데, 조사를 받다 보니 몸이 더 빼빼해진 거였다. 바탈을 더 당황스럽게 한 건 철문을 통과하자마자 보인 열쇠였다. 철문 사이로 들어가자, 사각 나무 문틀 위에 열쇠가 나 보란 듯이 올려져 있었다. 키가 작은 집주인이 나름 고심하여 열쇠를 숨긴 듯한데, 아이러니하게도 바탈의 눈높이와 일치했기에 열쇠가 쉽게 눈에 띄었던 것이다. 바탈은 나무 문을 열고 안으로 들어가자마자, 창고 안을 샅샅이 뒤졌다. 그런데 기대와는 달리 나무 창고 안에서 지프 한 대 이외에는 별다른 것을 발견하지 못했다. 그러다가 깨달았다. 그곳이 아주 조용하다는 걸.

　바탈은 창고 인근 숲에 숨어 며칠 동안 동태를 살폈다. 마침, 방학이라 아무도 자신을 찾는 사람이 없었다. 아침에는 항상 불이 켜져 있다가, 오후 2시 이후에는 아무도 들락거리지 않았다. 그리고 토요일에는 아무도 출입하지 않았다. 자연스럽게 평일 2시 이후부터, 그리고 토요일은 온종일 창고에 있는 지프 의자에 앉아 아버지가 그에게 준 책을 몰래 숨겨 와서 읽었다. 공화국에서 읽지 못하게 하는 책이라, 읽고 싶어도 읽지 못한 채 지붕 깊숙이 숨겨 놓았던 책이었다.

　개학 이후에도 학교에서 돌아오면 책을 보면서 창고의 지프 안에서 살다시피 했다. 지프는 앞좌석에 운전석과 조수석이 있고, 뒷좌석에 나란히 세 명이 탈 수 있는 5인승이었다. 때론 운전석에서, 어느 때는 뒷좌석에 누워서 책을 보았다. 책을 읽고 있으면 모든 근심이 사라져서 좋았다.

　"이야기를 짓는 건 아주 특별한 능력이란다. 너는 장차 인간의 불안한 마음을 달래 줄 훌륭한 이야기꾼이 될 거야."

　아버지의 말씀처럼 바탈도 언젠가는 글을 쓰는 상상을 했다. 그때마다, 뭉게구름 위에 누워 있는 것처럼 기분이 황홀했다. 그러던 어느 날이었다. 지프 안에서 책을 읽다가 잠이 들었다. 얼마쯤 시간이 지났을까. 나무 벽 사이에서 들려온 휘파람 소리에 깜짝 놀라 벌떡 일어났다. 회오리바람이 나무 창고를 휩쓸고 지나간 거였다. 얼굴을 덮고 있던 책이 떨어져 운전석 밑으로 들어갔다. 의자 밑으로 고개를 디밀어 책을 꺼내는 와중에 의자 아래에 붙어 있는 열쇠를 발견했다. 바탈은 뛸 듯이 기뻤다. 뭔가 비밀을 간직한 열쇠라고 확신했기 때문이었다. 바탈은 이곳저곳에 열쇠를 꽂아 보다가 조수석 물품 보관함 열쇠라는 걸 알았다. 물품 보관함을 열었다. 바탈의 예상대로 그곳엔 흥미를 자극하는 게 숨겨져 있었다. 남극 펭귄 생포 작전 계획서였다. 바탈은 계획서를 보면서 자기 나름대로 이야기를 지어 나갔다. 이야기는 매일 조금씩 길어졌다.

공화국을 떠나던 그날은 토요일이었다. 바탈은 아침에 일어나자마자 창고로 갔다. 그날따라 지프 트렁크에 기다란 나무상자가 실려 있었다. 나무상자를 싣고자 뒷좌석이 앞으로 바짝 당겨졌고, 못 보던 배낭들과 농기구가 트렁크 한쪽에 있었다. 그가 항상 누워 책을 보던 뒷좌석 등받이가 앞으로 기울어져 있었다. 바탈은 기울이진 등받이를 세우고 의자에 누웠다. 그리고 다시 등받이를 기울이자 너무나 아늑했다. 바탈은 평소처럼 뒷자리에 누워서 남극 펭귄 생포 작전 계획서를 읽으며 상상했다. 아버지와 광활한 눈벌판을 걷기도 하고, 눈벌판에서 펭귄들과 뒹구는 상상을 하다가 잠이 들었다. 꿈속에서 부드럽고 폭신한 펭귄 가슴을 베고 누워 있는데, 갑자기 펭귄이 벌떡 일어났다. 바탈의 머리가 딱딱한 얼음에 부딪히는가 싶더니 지진이 난 것처럼 온몸이 흔들렸다. 광활한 눈벌판에 가득했던 펭귄들이 일제히 바닷속으로 다이빙했다. 곧이어, 눈벌판이 파도처럼 출렁거렸다. 바탈은 눈을 떴다. 그제야 자기가 지프 뒷좌석에 누워 잠들었고, 등받이가 기울어서, K1이 그를 보지 못했다는 걸 깨달았다. 어느새 나무 창고를 뚫고 나온 지프가 언덕 아래로 내달리는 중이었다.

바탈은 두 팔로 머리를 감싸고, 몸을 바짝 웅크렸다. 잠시 후 야생마처럼 날뛰던 지프가 온순해졌다. 지프가 언덕을 내려와 포장도로에 진입했기 때문이었다. 바탈은 정신을 차리고, 지프에서 뛰어내릴 기회만 엿보았디. 드디어 지프가 속도를 늦췄다. 바탈은 고개를 들어 차창을 빼꼼 내다보았다. 출입국관리소 군인들이 보였다. 바탈은 얼른 자세를 낮췄다. 자신이 구역을 이탈한 것이 저들에게 발각되면 그 끔찍하기로 소문이 자자한 교화소에 잡혀 들어간다는 사실을 누구보다도 잘 알고 있었다. 다행히 지프는 다시 움직였다. 그때 어디선가 못으로 나무를 박박 긁는 소리가 바탈의 신경을 자극했다. 바탈은 소리에 집중했다. 소리는 조수석 밑에서 들려왔다. 바탈은 소리의 정체가 궁금해서 의자 틈 사이로 고개를 넣고 보았다. 고양이가 발톱으로 서류 뭉치를 박박 긁고 있었다. 바탈이 잠결에 떨어트린 남극 펭귄 생포 작전 계획서였다. 고양이 앞발톱에 갈기갈기 찢어진 종이는 조금 열려 있던 창문 밖으로 날아가 버렸다. 그 순간, 바탈은 남극 펭귄 생포 작전 이야기를 완성하고 싶은 강한 열망에 사로잡혔다.

5

바다 위에서

20

"북북동으로 조타 핸들을 돌려, 음······."

K1이 머뭇거리자, 바탈이 소리 질렀다.

"훔볼트 해류!"

그제야 K1의 머릿속에 가물거리던 해류의 이름이 생각났다.

"훔볼트 해류가 흐르는 곳까지 전속력으로 달려라."

바탈은 K1에게 배운 대로 조타 핸들을 돌려 모니터 화면의 파란 화살표가 북북동을 향하게 했다. 드디어, 공화국을 향한 머나먼 항해가 시작되었다.

"북북동으로 맞췄습니다."

"속도를 최대로 올려라."

바탈은 가속 레버를 끝까지 올렸다. 배가 파도를 넘으며 빠르게 미끄러져 갔다.

"수시로 모니터를 확인하거라. 현재 위치를 알리는 점이 파란색 선을 이탈하면 조타 핸들을 돌려 원상태로 맞춰라. 알겠나?"

"네!"

바탈은 큰 소리로 대답했다. 모니터에 표시된 파란색 선은 배가 가야 할 경로고, 붉은색 선은 배가 지나온 경로였다.

"현재 어창의 온도는?"

"영하 5.6도입니다."

"영하 4도 이상으로 올라가면 안 된다. 알았나?"

"네!"

"현재 연료는?"

"33입니다."

연료의 양을 표시하는 게이지는 모니터 왼쪽 위에서 두 번째에 있다. 눈금을 따라 둥글게 1부터 35까지 숫자가 새겨졌고, 바늘은 33을 가리켰다.

"이제부터는 부지런히 물고기를 잡아야 한다."

부식 창고에 가장 많이 쌓여 있는 게 생선 통조림이다. 하지만 K1은 펭귄에게 싱싱한 물고기만 주라고 했다. 바탈은 K1이 알려 준 대로, 배의 어창 옆 창고에 있는 낚싯대와 뜰채를 가지고 나왔다. 부식 창고에 있는 베이컨을 잘게 썰어 낚싯바늘에 꿰었다. 바다를 향해 힘껏 낚싯대를 휘둘렀다. 낚싯줄이 좌르르 풀리면서 낚싯바늘이 바다 저 멀리 떨어졌다. 손바닥보다 작은 물고기들이 계속 낚였다. 세 시간도 안 되었는데, 오십여 마리를 잡았다. 펭귄 두 마리가 며칠은 충분히 먹고도 남을 만한 양이었다.

어창에 있는 펭귄에게 물고기 열 마리를 주었다. 배가 고팠는지 물고기를 주자마자 순식간에 먹어 치웠다. 열 마리를 더 주었다. 그마저도 순식간에 사라졌다. 삼십여 마리가 들어 있는 양동이를 통째로 어창에 부었다. 또다시 금세 먹어 치우더니 고개를 들어 바탈을 쳐다보며 물고기를 더 달라는 듯이 꿱꿱 소리까지 질렀다. 바탈은 다시 두 시간 동안 양동이 가득 물고기를 잡아서, 이번에는 양동이째 들이부었다.

"실컷 먹어라."

그런데 이게 웬일인가. 펭귄 두 마리는 그 많은 물고기를 또 처음처럼 먹어 치웠다. 자기 덩치보다 더 많은 양을 먹는 펭귄이 기괴했다. 바탈은 조타실에 멍하니 앉아 있는 K1에게 달려갔다.

"펭귄이 물고기를 엄청나게 먹어요. 벌써 두 양동이 가득 먹었어요."

바탈의 말에 K1의 눈썹이 갈매기 날개처럼 휘어지더니, 미간에 굵은 주름이 잡혔다. 바탈은 K1이 자기 말을 믿지 않는다는 걸 직감했다.

"정말이라니까요."

바탈의 말에 K1은 못마땅한 듯 끙 소리를 내며, 뭐라고 하려다가 입을 다물었다. 하긴, 바탈도 보지 않았다면 믿지 못했을 것이다. 그렇게 생각하자 자기를 의심하는 K1이 밉지 않았다.

K1은 고개를 갸웃거렸다. 바탈이 육체적으로나 정신적으로나 부족하긴 하지만, 펭귄의 먹는 양으로 거짓말할 성격은 아니다. 그렇다고 자신의 덩치보다 더 많은 물고기를 먹는다는 바탈의 말도 전적으로 믿을 수 없다. 펭귄이 외계 생명체라면 모를까. 그럼 혹시 펭귄이 외계인? 여기까지 생각하다가 머리를 세차게 흔들었다. 눈이 멀자 쓸데없는 생각이 많아졌다.

남극에서 멀어질수록 기나긴 낮이 점차 짧아지더니, 비릿한 식물성 플랑크톤 냄새가 밀려왔다. 드디어 훔볼트 해류에 도착했다. K1은 바탈에게 배의 엔진을 끄라고 지시했다. 엔진이 꺼진 배는 조용했다. 얼굴에 스치는 바람이 한결 따뜻해졌다. 풍속은 초속 3에서 4미터가량으로 약했고, 차가운 훔볼트 해류 위로 따뜻한 대기가 스치

면서 안개가 자주 꼈다. 안개가 K1의 얼굴을 스쳐 지나
갈 때마다 눈썹에 이슬이 맺혔다.

K1은 시력을 잃고 암흑의 절망감에 시달렸다. 수시로
떠오르는 죽은 자들의 눈동자, 순간이나마 사랑했던 사
람의 얼굴 등 온갖 망상이 암흑을 채웠다. 그러다가 보름
쯤 지나자, 눈으로 볼 때보다 더 많은 주변 정보를 얻을
수 있다는 걸 알았다. 눈으로 보고 다닐 때는 그냥 지나
치던 물건들도 눈이 먼 이후로는 손끝이나 발에 약간 스
치기라도 하면 물건의 세밀한 형태가 머릿속에 그려졌
다. 후각도 민감해졌다. 부식 창고에서 어떤 음식이 상했
는지 가장 먼저 알아채는 건 항상 K1이었다. 그리고 바
탈이 하루에 커피 열한 잔과 애호박 크기의 빵 일곱 개
를 먹어 치운다는 것도 눈먼 후에 알았다.

무엇보다도 눈이 멀자, 청각은 광활한 우주까지 넘나
들었다. 모든 존재는 고유의 소리를 냈다. 잔잔한 물결이
뱃전에 부딪히는 소리, 풍속계 돌아가는 소리, 바람이 조
타실을 휘감는 소리, 북극제비갈매기의 날갯짓 소리는
물론, 평소에는 듣지 못하던 멀리서 밀려오는 너울 소리,
돌고래끼리 대화하는 소리, 고양이가 갑판 위로 걸어가
는 소리, 고요한 밤에는 이따금 공허한 우주의 한숨까지
들리는 듯했다. 바다의 밤 소리와 낮 소리가 다르다는 것
도 시력을 잃은 후에 알았다. 바다의 낮은 가볍고, 밤은

묵직한 소리로 가득했다. 흐린 날과 맑은 날의 소리도 달랐다. 흐린 날 소리는 낮고 넓게 퍼졌고, 맑은 날 소리는 위로 솟구쳤다.

오늘도 조타실 앞 의자에 앉아 온몸의 신경세포들을 일깨우던 K1은 샤이마가 다가오는 것을 느꼈다. K1은 고양이의 골골거리는 소리를 들을 때마다 샤이마가 그를 죽이지 않을 수도 있다는 생각을 하다가, 머리를 세차게 흔들어 생각을 떨쳐 냈다. 눈먼 자의 감성에서 나온 망상이기 때문이었다. 샤이마는 샤이마다. 잠시 고양이에게 홀려 자기의 본래 모습을 잊었을 뿐이다. 예전에 G3가 고양이에게 홀렸던 것처럼. 고양이는 인간의 마음을 훔치는 요괴다. 두 눈을 잃고 나니 K1에게 가장 두려운 존재는 샤이마였다. 하지만 점차 다른 감각이 살아나면서 샤이마에 대한 두려움도 사라졌다. 시력을 잃은 이후로 샤이마가 그를 경계하지 않아서 샤이마를 다루는 게 더 쉬워졌기 때문이었다. 그렇다고 언제까지 배 안에 같이 있을 수는 없다. 샤이마가 늑대라면 그는 호랑이다. 언제 늑대의 본능을 드러낼지 모른다. K1은 샤이마를 죽이고 싶지 않았다. 샤이마도 평등한 공화국을 직접 두 눈으로 보면 생각이 달라질 거다. 샤이마가 평등한 공화국의 품에서 행복한 삶을 살기를 바랐다. 그러기 위해서는 일단은 샤이마를 안전한 곳에 가둬야 한다. 그냥 놔두면,

어쩔 수 없이 둘 중 하나는 죽어야 하기 때문이다.

　이제 한낮엔 더위가 기승을 부렸다. 샤이마가 고양이를 안고 배 위에 한참 나와 있다가 다시 지하 창고로 내려갔다. 바탈은 그 모습을 보는 것만으로도 기분이 좋았다. 그녀를 보면 엄마가 떠올랐기 때문이다. 바탈은 신기했다. 바탈은 엄마의 얼굴을 정확히 기억하지 못한다. 그런데, 왜 엄마가 떠오를까.
　"샤이마가 나를 죽일 거다."
　조타실에 함께 앉아 있던 K1이 불쑥 말했다.
　"왜 할아버지를 죽여요?"
　K1은 과거 샤이마와 있었던 일을 자세히 들려주었다.
　"샤이마를 그냥 놔두면, 나 아니면 샤이마 둘 중 한 명은 반드시 죽는다."
　K1은 잠시 말을 멈추고, 혀로 입술을 적셨다.
　"난 죽어도 상관없다. 하지만 지금은 아니다. 굶주리는 공화국 아이들이 펭귄을 배불리 먹는 모습을 보고 싶구나. 그리고 네가 공화국 청년 영웅이 되어 아버지를 만나는 모습도 말이야."
　K1은 잠깐 위를 쳐다보다가, 다시 바탈을 향해 고개를 돌렸다. K1은 바탈이 무엇을 해야 하는지 간단명료하게 말했다.

"자, 지금이다."

바탈은 머뭇거렸다.

"걱정하지 마라. 무사히 공화국에 도착하고, 네가 아버지를 만나려면 이 방법밖엔 없단다. 샤이마를 위해서도 말이야."

K1이 바탈의 어깨에 손을 올리며 말했다.

"약속하신 대로 공화국에 도착하면, 샤이마를 꼭 풀어 주셔야 해요. 알았죠?"

"알았다. 공화국 영웅 전사의 명예를 걸고 약속한다."

바탈은 일어나 배 밑으로 향하는 계단을 내려갔다. 해가 진 계단 아래는 어둡고 음산했다. 심장이 가슴을 뚫고 나올 듯이 마구 요동쳤다. 바탈은 다시 계단 위로 올라왔다. 두려움에 도저히 샤이마가 있는 창고까지 갈 수 없었기 때문이다. 식당으로 가서 커피를 내려 마셨다. 다시 계단을 내려갔다. 두려움이 한결 덜했다. 드디어 샤이마가 있는 창고 앞에 도착했다. 평소처럼 샤이마는 고양이를 안고 창고 안에 누워 있었다. 바탈은 K1이 알려 준 대로 문의 빗장을 걸고, 준비해 간 자물통을 채웠다. 문에 달린 작은 창으로 창고 바닥에 누워 있던 샤이마와 눈이 마주쳤다. 바탈은 뒤도 돌아보지 않고 계단을 뛰어 올라왔다.

"잘했어. 너는 공화국 청년 영웅이 되어 곧 아버지를

만날 거야."

　K1이 흡족한 미소를 지으며, 바탈의 머리를 쓰다듬어 주었다. 바탈은 자신이 공화국 청년 영웅이 되어 아버지를 만나는 모습을 상상했다. 가슴이 부풀어 오르는 듯했다. 하지만 그를 구해 준 샤이마를 배신한 것 같아 마음이 편치 않았다.

21

엔진을 끈 채 훔볼트 해류를 따라 북상하던 배는 드디어 남동무역풍 지대로 접어들었다. 잠시 배의 엔진을 켜고 북상하면서 적도 무풍지대를 지나, 북동무역풍 지대에서 다시 엔진을 끄고, 바람에 배를 맡겼다. 햇살이 뜨거웠다. 조금만 움직여도 땀이 줄줄 흘러내렸다. 배는 달팽이보다도 더 느리게 움직였다.

"배가 제자리에서 맴돌아요."

"걱정하지 마. 북동무역풍 지대로 접어들었으니, 지구의 자전이 멈추지 않는 한 언젠가는 태평양의 서쪽 끝에 도달할 거다."

K1은 말을 멈추고 잠시 목을 가다듬더니, 턱을 바짝

끌어당기며 말했다.

"지금부터 명심하거라. 배가 무역풍 지대를 벗어나면 태평양의 미아가 된다. 반드시 배가 북위 7에서 22도 사이에 있어야 한다. 7도 아래로 내려가도 안 되고, 22도 위로 올라가도 안 된다. 알았나?"

"네, 알겠습니다!"

바탈은 큰 소리로 대답했다.

"그리고 태평양의 동쪽 끝에서 서쪽 끝까지 항해하려면, 태풍과의 만남은 필연적이다. 다만, 자주 만나지 않기를 바랄 뿐이지."

태풍이라는 말에 바탈은 아무 말도 하지 못했다. 태풍을 경험한 적은 없지만, 위력이 얼마나 큰지는 책에서 봐서 알고 있었다.

"걱정하지 마. 무서운 건 태풍이 아니라, 인간이다. 난 그 무시무시한 인간들을 수없이 무찌른 영웅 진사야."

바탈은 K1의 말을 듣고 반가웠다. 바탈도 그 무엇보다도 인간을 가장 두려워했기 때문이다.

첫 태풍을 만난 건 무역풍 지대로 접어든 지 17일째 되는 날 새벽이었다. 바탈은 낭떠러지에서 떨어지는 꿈을 꾸다가 잠에서 깼다. 배가 요동치고 있었다. K1은 언제 일어났는지 침대 옆에 서 있었다. 새벽 5시 12분이었다.

"태풍이다. 빨리 조타실로 올라가자."

바탈의 인기척을 들은 K1이 손을 내밀었다. 바탈은 K1의 손을 잡고 계단을 올라갔다. K1은 조타실 라디오를 틀었다. 라디오에서는 잡음만 흘러나왔다. 주파수를 돌렸다. 드디어 사람의 목소리가 나왔다. 하지만 다른 나라 말이라 바탈은 알아들을 수 없었다. K1은 라디오에 귀를 바짝 들이대고 집중하더니, 바탈에게 물었다.

"현재 이곳의 위·경도는?"

"5, 14, 48.23 N. 170, 6, 12.34 E입니다."

바탈은 조타 핸들 뒤 액정 화면에 나타난 숫자와 알파벳을 읽어 주었다.

"빨리 엔진을 켜고, 남서쪽으로 조타 핸들을 돌려라."

K1의 다급한 지시에 바탈은 엔진을 켰다. 오랜만에 들어 보는 엔진 소리에 힘이 솟구쳤다. 조타 핸들을 힘껏 돌렸다.

"배가 태풍에 접근하고 있다. 이제부터는 정신 똑바로 차려야 해."

남서쪽으로 방향을 튼 건 태풍의 강도가 오른쪽보다 왼쪽이 약했기 때문이었다. 왼쪽이 약하다고는 하지만 오른쪽보다 약한 거지, 태풍은 태풍이었다. 곧바로 검은 구름과 함께 비바람이 몰아쳤다. 대기와 바다의 경계가 사라졌다. 연이어 천둥이 울리고 번개가 내려쳤다. 높은 파도에 배가 솟구쳤다가 곤두박질칠 때마다 바닷물이 갑판 위로 넘쳐흘렀다.

"배의 속도를 최대로 올려라!"

K1의 말에 바탈은 가속 레버를 힘껏 밀었다. 배가 높은 파도를 건너뛰며 앞으로 달렸다. 두껍게 하늘을 덮었던 검은 구름은 점차 하얗게 탈색되더니 옅어졌다. 태풍은 멀리 사라졌어도, 태풍에서 발생한 너울이 밀려와 배가 한동안 흔들렸다. 해가 수평선 아래로 가라앉자 그제야 파도도 잔잔해졌다.

점차 어둠이 밀려왔다. 연일 후덥지근했던 날씨가, 태풍이 지나가자 선선했다. K1이 바닷바람을 맞으며 갑판 위 의자에 앉아 있었다. 바탈은 펭귄과 북극제비갈매기에게 먹이를 주고, 샤이마의 식사를 챙겨 준 다음 K1의 곁에 앉았다. 어느새 하늘엔 주먹만 한 별들이 바로 머리 위에 떠 있었다. 공화국에서는 좀처럼 볼 수 없는 굵고 밝은 적도의 별들이었다.

"하늘의 별이 엄청나게 커요."

"태풍이 하늘을 깨끗이 씻어 내어 그렇단다. 하늘뿐만 아니라 바다도 깨끗해졌을 거야."

K1이 하늘을 향해 고개를 들었다. 그러고는 마치 하늘에 떠 있는 밝은 별을 골똘히 쳐다보는 것처럼 한참을 가만히 있더니 나직하게 중얼거렸다. 그동안 들어 보지

못한 부드러운 음성이었다.

"모든 인간과 마찬가지로, 태풍 또한 두 개의 얼굴을 가지고 있단다. 태풍은 모든 걸 파괴하기도 하지만, 지금 처럼 하늘과 바다를 깨끗하게 씻어 내기도 하지. 아마 태 풍이 발생하지 않으면 더러워진 하늘과 바다 때문에 인 간들은 지구를 떠나야 할걸?"

물고기더러 들으라는 건지, 아니면 하늘에 반짝이는 별 에게 하는 이야기인지, 그것도 아니면 지하실에 있는 샤 이마에게 하는 건지, K1은 도통 알 수 없이 중얼거렸다. 아무튼 대화의 상대는 누군지 모르겠지만, 그 상대가 바 탈이 아니라는 건 확실했다. K1은 바탈에게 지금까지 한 번도 저렇게 부드러운 목소리로 말한 적이 없었다. 혹시 K1도 태풍처럼 두 개의 얼굴을 가지고 있는 건 아닐까.

두 사람이 별로 가득한 밤하늘을 바라보는데, 어디선 가 강아지가 낑낑거리는 것 같은 소리가 들렸다. 바탈은 바다를 내려다보다가, 기이한 풍경에 깜짝 놀랐다. 양 손 바닥으로 눈을 비비고 다시 보았지만 헛것을 본 게 아니 었다. 바다가 형형색색으로 반짝거렸다. 마치 각기 다른 색으로 빛나는 별들이 가득한 우주 공간 같았다. 낑낑거 리던 소리는 그 사이로 물개 서너 마리가 지나가면서 낸 것이었다. 바탈은 난간 밖으로 고개를 더 내밀었다. 어느 새 물개는 보이지 않았고, 형광 불빛을 내는 해파리가 배

밑으로 지나가고 있었다. 해파리는 반투명 둥근 몸통을 접었다가 펴면서 바닷물을 밀어내며 천천히 앞으로 나아갔다. 수백 가닥의 가느다란 촉수가 혜성의 꼬리처럼 하얗게 나풀거리며 형형색색의 빛이 났다.

"할아버지, 바닷속에서 멋진 놈이 지나가요."

바탈은 뭐라 설명할 수 없어 감탄사만 연발했다. 배의 난간에 우두커니 앉아 있던 K1이 난간 사이로 머리를 내밀었다. 바탈은 K1의 기이한 행동을 지켜만 봤다.

"꽃모자해파리야. 꽃모자해파리의 종류는 다양하지. 그중에 저놈들이 가장 멋지단다."

K1이 일어나면서 말했다.

"맞아요. 꽃모자."

바탈은 K1의 말에 맞장구를 치다가, 멈칫했다. K1은 앞을 보지 못한다. 당연히 해파리를 볼 수 없다. 하지만 방금 본 해파리의 몸통은 분명 화사한 작은 꽃들로 장식된 차양이 넓은 모자처럼 생겼다.

"할아버지, 저 해파리가 보이세요?"

K1은 고개를 가로저으며 나직하게 읊조렸다.

"아니."

"그럼 어떻게 아셨어요?"

"눈이 보이지 않자, 신기하게도 예전엔 듣지 못한 것들이 들리고, 맡지 못한 흐릿한 냄새도 맡을 수 있단다.

당연히 꽃모자해파리가 몸통으로 물을 밀어내며 헤엄치는 소리가 내 귀에는 선명히 들려. 그리고 꽃모자해파리만의 특유의 방귀 냄새도."

방귀라는 말에 바탈은 웃었다. 그러거나 말거나 K1은 이야기를 계속 이어 갔다.

"하와이 마우나로아산 인근 바다에서 꽃모자해파리를 처음 봤지. 나같이 감정이 무딘 사람이 보아도 정신을 홀딱 빼앗길 정도로 아름다웠어. 그 이후로 바다에서 작전할 때면, 매번 꽃모자해파리를 만났단다. 아직도 미스터리야. 아주 희귀한 생명체인데 내가 바다로 작전을 나가면 항상 나타났으니. 그러다가 내가 평생 잊지 못할 꽃모자해파리 떼의 환상적인 군무를 본 건, 인류를 자본의 노예로부터 구해 내고자 적의 심장을 향해 상륙작전을 펼칠 때였단다. 생각해 보렴. 야밤에 저런 해파리 수천 마리가 수면에 떠 있는 광경을 말이다. 꽃모자해파리는 단독 생활하는 생명체인데, 그때는 떼로 몰려와 우리를 황홀하게 했지. 나는 그 광경을 보자마자 혁명이 성공하리라는 걸 직감했어. 그리고 나의 예상대로 혁명은 성공했지. 하지만 꽃모자해파리가 떼로 몰려다닌다는 걸 그 누구에게도 말하지 않았어. 어른이 되면서부터 이해할 수 없는 경험에는 침묵해야 한다는 걸 깨달았기 때문이란다. 그렇게 반백 년을 지내다가, 5년 전에 중요한 사실을 깨달았지. 이해할 수 없는 사건을 누군가에게 들려주면, 나도 이해하게 된다는 거야. 나조차 이해 못 할 이야기를 들어 줄 사람을 만나기가 하늘의 별을 따는 것보다 더 힘들어서 탈이지만 말이야."

K1은 하늘을 쳐다봤다. 바탈은 직감했다. K1에게는 지금 밤하늘이 꽃모자해파리 떼처럼 보인다는 걸 말이다.

"그럼, 이제 이해하셨겠네요?"

"그래 맞아. 네가 이해한 것처럼 나도 이제 이해했단다."

바탈은 다시 바다로 시선을 돌렸다. 어느새 화려한 꽃모자해파리는 사라지고, 바다가 새까맣게 변했다.

"젠장. 이 지독한 놈들!"

엄마가 아기에게 들려주는 것처럼 부드럽던 K1의 목소리가 다시 날카로워졌다. K1은 신발을 벗더니, 발가락 사이를 긁었다. 하얀 각질이 쏟아졌다. 그 모습을 보자 문득, 바탈도 발이 가려웠다. 바탈은 신발을 벗고 엄지발가락 사이를 긁었다. 엄지발가락 사이에서 진물이 흘러나와 찐득거렸다. K1의 무좀이 어느새 바탈에게 옮겨 간 것이다.

22

바탈의 일상은 반복되었다. 아침에 일어나면 맨 먼저 조타실 모니터로 배의 경로를 확인하여 K1에게 보고하고, 빵을 굽고 소시지와 햄을 데우며, 커피를 내렸다. 지하 창고에 있는 샤이마에게 빵, 햄, 참치 통조림, 커피를 가져다주었다. 참치 통조림은 고양이 먹이다. K1에게는 계속 수프만 주다가, 일주일 전부터 각종 곡류가 들어 있는 시리얼로 메뉴를 변경했다. 수프만 먹으면 질릴 듯했고, 무엇보다도 날이 더워져 뜨거운 수프를 먹을 때마다 땀을 많이 흘렸기 때문이었다. K1은 아무런 말도 없이 시리얼을 분유에 타서 맛있게 먹었다. 빵가루와 베이컨을 잘게 썰어 조타실 지붕에 뿌리면, 북극제비갈매기가 쪼아 먹었다. 그제야 바탈은 자신의 아침을 챙겼다. 동그란 빵에 베이컨과 치즈를 넣고 오븐에 살짝 데운 후, 갓내린 커피와 함께 먹었다. 아침을 먹고 낚시를 했다. 바탈의 하루는 일정했지만, 발가락 무좀은 하루하루가 다르게 번져만 갔다.

엄지발가락에서부터 시작된 무좀이 새끼발가락까지 번질 때쯤이었다. 평소와 마찬가지로 바탈은 펭귄에게 먹이를 주려고 어창 문을 열었다. 바탈이 어창 문을 열면 항상 어미의 품속에서 고개를 내밀던 새끼가 그날따라 보이지 않았다. 바탈은 낚싯대로 어미 펭귄의 몸을 밀쳤다. 펭귄이 뒤로 물러났다. 물에 젖은 헝겊처럼 새끼 두 마리가 얼음 위에 축 처진 채 움직이지 않았다. 어창으로 내려가서 새끼를 만져 봤다, 싸늘하게 죽어 있었다. 바탈은 조타실로 돌아와 한동안 멍하니 서 있었다.

"왜 그러냐?"

조타실 오른쪽 의자에 앉아 있던 K1이 물었다. 바탈은 망설였다. K1이 새끼 펭귄의 죽음을 알면 크게 실망할 게 뻔했다. 그렇다고 언제까지 숨길 순 없었다.

"새끼 펭귄이 죽었어요"

예상대로 K1의 얼굴에서 생기가 싹 가시는가 싶더니, 고개를 푹 숙였다. 어깨가 쪼그라들었다.

"정말이냐?"

K1의 질문에 바탈은 대답하지 않았다. 대답을 바라고 한 질문이 아니라는 것쯤은 그도 알고 있었다.

"피곤하구나. 잠시 누워야겠다."

바탈은 K1의 손을 잡고 침실로 부축해 주었다. 바탈과 K1은 침대에 걸터앉았다. 어느새 K1의 얼굴엔 하얀 수염이 덥수룩했고, 이마가 더 넓어졌다.

"또 낳겠죠?"

"그럴 수도."

K1은 천천히 침대에 누웠다. 잠시 후 K1은 약하게 코를 골았다.

그때, 바탈은 문득 샤이마가 떠올랐다. 최근에 샤이마가 잘 먹지 않았다. 새끼 펭귄처럼 굶어 죽을 수도 있다는 생각에 덜컥 겁이 났다. 바탈은 식당으로 달려가서 물과 빵을 들고 계단을 내려갔다. 작은 창문 사이로 안을 들여다봤다. 아니나 다를까 샤이마가 바닥에 엎드려 있었고, 고양이가 그녀의 등 위에 앉아 있었다.

"샤이마! 샤이마!"

바탈은 소리 질렀다. 샤이마는 꼼짝도 하지 않았다. 순간 두려움이 밀려왔다. 계단을 뛰어 올라가, 조타실로 들어갔다. 조타실 왼쪽 수납장 안에 있는 열쇠 뭉치를 들고 다시 계단을 뛰어 내려갔다. 그때, 누군가가 휘청거리며 바탈의 앞을 가로막았다. K1이었다.

"무슨 일이냐?"

"샤이마가 죽은 것 같아요."

바탈은 열쇠 뭉치를 들고 K1을 지나쳐, 계단 아래로 뛰어 내려갔다. 철문 앞에 서서 열쇠를 자물통에 넣고 돌리려는 순간, K1이 소리쳤다.

"열지 마."

바탈은 멈칫했다. 다시 철근 사이로 샤이마를 보았다. 샤이마는 여전히 움직이지 않았다.

"그렇게 쉽게 죽지 않아. 함정이야!"

K1은 계속 소리 질렀지만, 바탈은 자물통을 열고 안으로 뛰어 들어갔다. 이미 바탈의 얼굴은 눈물범벅이었다. 샤이마의 엄마 같은 눈동자가 자꾸 머릿속에 맴돌았기 때문이다.

"죽으면 안 돼요. 미안해요."

그 순간 무엇인가가 바탈의 머리를 때렸다. 바탈은 성신을 잃었다.

"애를 어떻게 한 거야?"

양손으로 난간을 잡고 조심조심 계단을 내려오던 K1이 외쳤다.

"내가 어떻게 했을 거 같아요?"

샤이마의 날카로운 말에, K1의 표정이 순간 굳었다.

213

"안 돼!"

K1이 소리를 지르며 계단을 빠르게 내려오다가, 발을 헛디뎌 계단 아래로 굴러떨어졌다. K1의 코에서 피가 흘러내렸다. K1은 벌떡 일어나 주변을 두리번거렸다. 샤이마는 창고 문 앞에서 서성이며 K1의 귀를 자극했다. K1은 양팔로 허공을 더듬으며 그녀를 향해 빠르게 걸어가다가, 바닥에 있는 쇠 파이프를 밟고 뒤로 넘어졌다. K1의 얼굴이 일그러지는가 싶더니, 밟고 넘어진 쇠 파이프를 지팡이 삼아 재빠르게 일어났다. 몸을 일으킨 K1이 쇠 파이프를 마구 휘두르면서 그녀에게 다가왔다. 하지만 앞을 보지 못하는 터라 허공만 휘두를 뿐이었다.

샤이마는 잠시 K1의 발악을 지켜보다가 문득, 허무감이 밀려왔다. 오로지 저자에 대한 복수의 일념으로 12년을 버텼는데, 그의 모습이 너무나 초라하고 우스꽝스러웠기 때문이었다. 샤이마는 뒤를 돌아봤다. 아직도 창고 바닥에 널브러져 있는 바탈을 보자, 기절하기 직전 마주친 눈물 그렁그렁한 눈동자가 떠올랐다. 바탈에게 다가가려고 하다가, 인기척에 다시 K1을 보았다. K1이 쇠 파이프를 휘두르며 그녀에게 다가오고 있었다. 샤이마는 K1을 유인하기 위해 창고 문 앞에 서서 신발 뒷굽으로 바닥을 톡톡 찼다. 샤이마의 발소리를 듣고 K1이 다가왔다. 샤이마는 그 자리에 쪼그려 앉아 계속 발소리를

냈다. 예상대로 K1이 쇠 파이프로 허공을 휘두르며 다가
오다가, 냅다 그녀의 머리를 향해 쇠 파이프를 내려쳤다.
샤이마는 오른쪽으로 몸을 기울여 쇠 파이프를 피했다.
K1이 다시 쇠 파이프를 치켜들었을 때, 샤이마는 K1의
뒤로 가서 발로 그의 등을 밀었다. K1이 철문 안으로 넘
어졌다. 곧바로 샤이마는 기절한 바탈을 창고 밖으로 끌
어내고 빗장을 걸고 자물통을 잠갔다. 잠시 후 바탈이 깨
어났다.

"철문이 열리는 순간, 당신뿐만 아니라, 펭귄과 이 아
이도 죽여 버릴 겁니다. 알았지요? 괜히 허튼수작하다가
개죽음 당하기 싫으면 당신이 이 애에게 알아듣기 쉽게
설명해 줘요."

샤이마가 갇혀 있던 창고에 K1이 갇혔다. 그제야 바탈
은 쉽게 죽지 않는다는 K1의 말이 옳았다는 길 알았다.
하지만 이미 늦었다. 샤이마는 K1과 알아들을 수 없는
말로 한참 이야기하더니, 뒤로 한 발짝 물러났다. K1은
위를 쳐다봤다가, 잠시 후 아래로 고개를 숙이더니, 뭔가
를 작심한 듯 바탈을 똑바로 바라봤다. K1의 눈빛은 읽
을 수 없었지만, 바탈은 알 수 있었다. 그가 바탈에게 뭔
가 할 말이 있다는 걸 말이다.

"날 이곳에 그냥 두어라. 그리고 샤이마와 함께 펭귄

을 꼭 살려야 한다. 너도 잘 알다시피 나는 앞을 보지 못하니, 갇혀 있으나 밖에 있으나 그게 그거야. 무엇보다도 샤이마가 저래 보여도 천성은 좋은 사람이니 걱정하지 말고, 알았지?"

너무나 단호한 말에 바탈은 고개를 끄떡였다. 무엇보다, 바탈도 알고 있었다. 샤이마가 좋은 사람이라는 걸.

K1이 지하 창고에 갇혔지만, 바탈의 일과는 변함없었다. 고양이는 샤이마의 품을 떠나지 않았다. 해가 뜨면 햇빛이 모든 걸 녹일 듯이 기승을 부리다가, 어김없이 오후 2시가 되면 소나기가 내려 오전 내내 달구어진 대기를 식히는 반복된 나날이 이어졌다.

23

에메랄드 빛 바다가 점차 검푸르게 짙어지더니, 언제부턴가 까마귀 비슷한 검은 새들이 배의 뒤꽁무니를 따라왔다. 목이 유난히 길고 발엔 물갈퀴가 있는 걸 보니 까마귀는 아니었다. 괴이한 검은 새가 나타난 이후로 물고기가 잡히지 않았다. 바탈은 지하 창고로 내려가 K1에게 이 사실을 알렸다.

"가마우지란다. 가마우지를 피해 물고기들이 물속 깊숙이 숨어서 물고기가 안 잡히는 거야. 더 깊이 낚싯바늘을 드리워라. 그러면 큰 물고기가 잡힐 거야. 그 물고기를 칼로 잘라 펭귄에게 줘."

바탈은 K1의 말대로 찌를 위로 올린 후, 낚싯대를 힘껏 휘둘렀다. 낚싯줄이 좌르륵 풀리면서 깊이 가라앉았다. 곧바로 굵은 물고기들이 낚였다. 세 마리를 낚았는데, 양동이가 가득 찼다. 바탈은 물고기 한 마리를 양동이에서 꺼냈다. 물고기가 갑판 위에서 팔딱거렸다. 물고기를 기절시켜야 했지만 곤봉을 모두 바다에 버려 아무것도 없었다. 팔딱거리는 물고기를 두고 쩔쩔매는 바탈을 옆에서 지켜보던 샤이마가 빠르게 지하실로 내려가더니, 곧바로 각목을 들고 올라왔다. 샤이마는 물고기의 머리를 향해 냅다 각목을 내려쳤다. 물고기는 그 자리에서 즉사했다. 샤이마는 한 손으로도 칼을 능숙하게 다뤘고, 칼로 물고기를 잘게 썰어 펭귄에게 주었다.

그 이후로 바탈은 물고기를 낚고, 샤이마는 물고기를 잘게 썰어 펭귄에게 주는 일을 담당했다. 펭귄들은 여전히 자기 몸무게보다 더 많은 물고기를 먹고도 더 달라고 아우성쳤다. 큰 물고기를 수시로 낚다 보니 바탈의 두 손에 물집이 잡히고 터지기를 반복했다. 그러더니 어느 날부턴가 더는 물집이 생기지 않았다. 바탈의 손에 굳은살이 박였기 때문이었다. 그리고 그즈음부터, 샤이마가 음식을 만들기 시작했다. 바탈은 한결 편해졌다.

오늘은 아침부터 갈매기가 보였다. 근처에 육지가 있다는 신호였다. 바탈은 뱃머리 난간에 올라 멀리 보았다.

예상대로 자그마한 섬이 지평선에 걸렸다. 배가 섬으로 다가갈수록 검푸르던 바닷물이 반투명하게 파랬다. 갈매기를 비롯한 온갖 새들이 배 주변을 빙글빙글 돌았다. 풍속계 위에는 북극제비갈매기가 지친 표정으로 앉아 있었다.

비록 무인도지만 섬을 보자 바탈은 반가웠다. 하지만 샤이마는 고양이를 가슴에 안고, 마치 보이지 않는 괴물이 접근하기라도 하듯이 수시로 주변을 두리번거렸다. 웬만해선 긴장하지 않던 샤이마의 눈동자가 이따금 흔들렸다. 뭔가 걱정거리가 있는 게 분명했다. 바탈은 오전에 두 양동이 가득 물고기를 잡아 펭귄에게 주고, 평소처럼 K1에게 점심을 배달했다.

"너무 싱거워."

수프를 한술 뜨더니 K1이 인상을 찌푸렸다. 바탈도 먼저 맛을 보아서 알고 있었다. 오늘 아침부디 불안해하던 샤이마가 음식도 건성건성 만든 탓이었다. 하지만 바탈은 샤이마가 이상해졌다는 걸 K1에게 말하지 않았다. K1은 투덜대면서도 금방 그릇을 비웠다.

바탈은 빈 그릇을 들고 계단을 올라갔다. 그때였다. 어디선가 걸걸한 남자들의 목소리가 들렸다. 배에는 K1과 샤이마뿐이다. 누군지 그리고 뭐라고 하는지 알 수 없었지만, 목소리를 듣자마자 반가운 손님이 아니라는 걸 직감했다. 바탈은 살금살금 계단을 올라갔다. 조타실에서는 주변 바다는 물론, 배의 웬만한 부분은 다 볼 수 있다. 조타실에 아무도 없는 걸 확인한 바탈은 안으로 들어가 주변을 살폈다. 갑판 위에 총을 들고 있는 세 명의 건장한 남자가 눈에 띄었다. 가운데 남자가 샤이마의 목에 칼을 대고 있었다. 샤이마의 시선이 조타실 출입문 쪽을 향하고 있었다. 바탈은 몸을 숙이고 출입문 쪽으로 다가갔다. 출입문을 조금 열고 밖을 보았다. 예상대로, 문이 천천히 움직이자, 샤이마가 바탈을 쳐다봤다. 서로 눈이 마주쳤다. 샤이마가 눈을 깜빡거렸다. 뭔가 신호를 보내는 게 확실했다. 하지만 바탈은 샤이마가 보내는 신호를 해석할 수 없어 답답했다. 그때였다. 오른쪽 남자의 허리에 찬 곤봉이 바탈의 눈에 띄었다. 보아서는 안 될 물건이었다. 하지만 이미 늦었다.

이마에 피를 흘린 채 끌려가던 엄마의 얼굴이 떠오르는가 싶더니 정신이 혼미해졌다. 바탈은 직감했다. 폭력 차단 회로가 작동하고 있다는 걸 말이다. 바탈은 혼미해지는 눈으로 샤이마를 바라봤다. 샤이마의 얼굴 형체가 흐릿해지더니 익숙한 얼굴로 변했다. 바탈이 자신만 살아남겠다고, 머릿속에서 지운 엄마의 참혹한 얼굴이다. 이미 겁에 질린 영혼은 바탈의 몸을 빠져나가 갑판 위를 헤매고 다녔다.

"바아아타아아알!"

엄마의 마지막 절규가 바탈의 귀를 뚫고 들어와 머릿속을 헤집었다. 두려움에 휩싸여 갑판 위를 헤매던 영혼이 뒤를 돌아봤다.

'내가 여기서 물러나면 샤이마도, 엄마처럼 내 곁을 떠날 거야.'

바탈은 웅얼거리며, 지워 버린 엄마의 얼굴을 억지로 떠올렸다.

흐르는 눈물과 콧물 사이로 피로 범벅이 된 엄마의 얼굴이 점차 선명해졌다. 참혹한 모습에 두려움이 밀려왔다. 하지만 바탈은 엄마의 얼굴을 피하지 않고 똑바로 바라봤다. 엄마가 핏물이 고인 붉은 눈으로 바탈을 쳐다보더니, 눈을 한번 깜빡였다. 그때였다. 맑은 눈물이 볼로 흘러내리는가 싶더니, 피로 얼룩진 엄마의 얼굴이 깨끗해졌다. 곧이어 엄마는 양쪽 입꼬리를 살짝 올려 포근한 미소를 지었다.

바탈은 샤이마를 다시 쳐다봤다. 흐리멍덩하던 샤이마의 얼굴이 점차 또렷하게 보였다. 샤이마는 눈을 동그랗게 뜨고 뭔가를 바탈에게 말하고 있었다. 그제야 바탈은 샤이마가 보내는 메시지를 알아챘다.

아무리 늙고 눈이 멀었어도, K1은 공화국 영웅 전사다. 바탈은 살금살금 기어서 다시 지하로 내려갔다. K1

이 있는 지하 창고 문을 열고, K1에게 갑판 위 상황을 설명했다. K1은 침착하게 바탈의 말을 듣더니, 단호하게 말했다.

"네가 오른쪽 남자를 책임져라."

K1의 말에 바탈은 오른쪽 남자를 머릿속에 떠올렸다. 수염이 얼굴의 절반을 덮었으며, 떡 벌어진 어깨는 바탈보다 두 배가량 넓었고, 앞니 두 개가 빠진 험상궂은 남자였다. 뭘 책임지라는 건지 알 수 없는 바탈은 아무런 말도 못 한 채 두려운 얼굴로 K1만 바라봤다.

"네가 그놈을 제압하지 못하면, 우린 모두 죽어."

제압이라는 말에 바탈은 K1이 정상이 아니라고 생각했다. 그자는 바탈이 감히 손가락 하나 건드릴 수 없어 보였다. 바탈은 그들의 정체가 궁금했다.

"저놈들은 대체 누군가요?"

"해적이다."

더군다나 해적이라니? 무엇보다도, 그럴 일은 없겠지만, 바탈이 초능력을 발휘하여 그 남자를 처리한다고 해도 총을 들고 있는 해적 두 명이 더 있다.

"세 명이라고요. 세 명."

"아냐."

"확실하다니깐요."

"배에 오른 해적만 세 명이고, 인근 바다 위 해적선에 또 다른 해적들이 있을 거야. 해적들은 최소 일곱 명 이상 몰려다녀."

바탈의 몸은 더 굳었다.

"전 못해요."

"그럼, 모두 죽는다니까?"

"저는 차라리 그냥 죽을래요."

"죽는 게 그리 쉬운 줄 알아? 한 생을 버리고 떠난다는 게 얼마나 고단한 일인데, 차라리 그냥 죽는다고?"

K1의 볼살이 파르르 떨렸다. 그래도 바탈은 고개를 절레절레 흔들었다.

"하긴, 기생충다운 말이긴 하다. 그래, 너는 두 눈 가리고 머리 처박고 있다가 개죽음이나 당해라. 이 기생충아."

K1이 두 손을 더듬으며 계단을 올라갔다. 바탈은 계단을 올라가는 K1을 멍하니 쳐다만 봤다. 머리는 K1을 따라가라고 했지만, 몸이 움직이지 않았다. 그때였다. 계단을 오르던 K1이 발을 잘못 디뎌 비틀했다. 바탈은 얼떨결에 계단을 뛰어 올라가 비틀거리는 K1의 손을 잡고 조타실로 들어갔다. 바탈과 K1은 조타실 문 뒤에 숨어 밖을 살폈다.

"왼쪽 놈의 정확한 위치를 말해 봐."

K1이 나직하게 말했다.

"어창 출입문 옆에 서 있어요."

"더 정확히."

"출입문 오른쪽 귀퉁이에서 두 뼘 정도 떨어진 곳에 요."

"알았다."

바탈이 조타실 문틈으로 밖을 살피고 있는데, 해적들이 뭐라고 소리 질렀다. 그러거나 말거나 K1은 태연하게 바탈에게 말했다.

"아까 말했듯이, 넌 오른쪽 남자만 책임져. 난 왼쪽 남자를 어떻게든 해결할게."

"샤이마의 목에 칼을 대고 있는 남자는요?"

"샤이마는 최고의 여전사다. 아무리 팔이 하나 없다고 해도 저런 해적 나부랭이 한 명 정도는 쉽게 해치울 거야. 그건 걱정하지 마."

"잠깐만요."

바탈은 주방으로 내려가서 분쇄한 커피 한 움큼을 쥐고 올라왔다. 양 손바닥을 코에 밀착하고 커피 향을 깊게 들이마셨다. 그때였다. K1이 후다닥 뛰쳐나갔다. 바탈도 모든 걸 포기한 채 고개를 숙이고 오른쪽 남자를 향해 돌진했다. 무언가가 바탈의 몸에 부딪혔다. 바탈은 주춤했다가, 다시 힘을 주어 밀었다. 바탈의 몸을 막고 있던 물체가 뒤로 밀려났다. 바탈은 더 힘을 냈다. 갑자기 밀

224

던 물체가 사라지면서, 바탈은 앞으로 고꾸라졌다. 무거운 뭔가가 바닷물에 빠지는 소리가 들렸다. 그제야 바탈은 눈을 떴다. 바탈의 머리가 배의 난간 밖으로 빠져나와 있었고, 바탈이 밀친 남자는 바닷물 위에서 허우적대고 있었다. 바탈은 벌떡 일어나 뒤를 돌아봤다. 샤이마의 목을 위협하던 칼은 어느새 해적의 목을 겨누고 있었고, 갑판 위에 엎드린 왼쪽 남자의 등 위에 K1이 앉아 있었다. 샤이마는 제압한 남자를 난간으로 데리고 가서, 바다에 던졌다. 바다에 빠진 해적들은 그들이 타고 온 보트 위로 올라갔다.

"기생충, 잘했어. 이놈만 처리하면 끝이야. 와서 도와줘."

바탈은 K1 곁으로 갔다.

"이놈도 바다에 던져 버려."

K1이 남자를 꼼짝 못 하게 등 뒤로 팔을 꺾고 있었다. 바탈은 남자를 그대로 넘겨받아 일으켜서 난간 쪽으로 끌고 갔다. 마침 해적들이 타고 온 보트가 바로 아래에 있었다. 바탈이 남자를 바다에 빠트리자마자 그는 곧바로 보트 위로 올라갔다. 해적들이 탄 보트가 멀리 정박해 있던 해적선에 닿자, 해적선이 빠르게 다가왔다. 샤이마는 해적에게서 빼앗은 소총의 총구를 난간에 올려놓더니, 다가오는 해적선을 향해 총을 발사했다. 그제야 해적

선은 방향을 돌려 수평선 너머로 사라졌다.

바탈은 멀어지는 해적선을 바라보며, 마음속에서 밀어냈던 피범벅 된 엄마의 얼굴을 똑바로 떠올렸다. 저절로 눈물이 흘러내렸다. K1과 샤이마에게 눈물을 들키기 싫어, 뱃머리로 걸어갔다. 두려움에 가슴속에서 밀어냈던 엄마를 14년이 흐른 지금에서야 똑바로 바라보는 바탈이었다. 바탈은 어렴풋이 느꼈다. 다섯 살 때부터 자신을 괴롭히던 그 무엇이 해적선을 따라 사라졌다는 걸 말이다.

24

해적 사건 이후로 약 열흘간 샤이마와 K1은 서로 마주치면 잡아먹을 듯이 째려보다가, 보름쯤 지난 뒤에는 소 닭 보듯 하더니, 어제부터는 힐끔힐끔 쳐다만 보았다. 그리고 샤이마가 발라 준 약 덕분에, 바탈의 발가락 무좀이 깨끗하게 나았다. 하지만 K1은 여전히 발가락 사이를 박박 긁었다. 아무리 서로 사이가 좋아진다고 해도, 샤이마가 K1에게 무좀약을 발라 줄 것 같진 않았다. 바탈은 샤이마가 그에게 했던 대로 K1의 발을 깨끗하게 씻겨 주고, 발가락 사이사이에 약을 발라 주었다.

"이놈도 나처럼 지독한 놈이라 소용없어. 발라 봐야 더 지독해질 뿐이야. 나처럼."

소용없다고는 하지만, 어느 쪽이든 그리 중요하지 않은 듯한 K1의 말투에 바탈은 기묘한 기분에 휩싸였다. 아무튼, 그 이후로 K1도 발가락을 더는 긁지 않았다.

모든 게 순조롭게 흘러갔다. 한 가지 걱정이라면, 연료 게이지 바늘이 3을 가리켰다는 것이다. 무역풍 지대에서 편서풍 지대까지 북상하려면 엔진의 힘으로 바람을 역행해야 하기에, 3만큼의 연료를 남겨야 했다. 더는 발전기를 돌릴 수 없고, 덩달아 냉동장치도 멈췄다. 어창의 얼음이 서서히 녹기 시작했다. 이 사실을 K1에게 보고하자, K1은 잠시 뭔가를 생각하더니, 진중하게 말했다.

"이제 펭귄의 털을 깎을 때가 되었구나."

K1의 말이 끝나자마자, 바탈은 K1이 공화국에서부터 애지중지 메고 다니던 배낭 안에서 사각 통을 꺼내 가져왔다. K1은 손을 더듬어 통 속에서 이발 기계를 꺼냈다. 이발 기계에서 풍뎅이 날갯짓 소리가 났다.

"한 마리를 잡아 와라."

바탈이 어창 문을 열자, 평소와 다르게 펭귄들이 꿱꿱 소리를 질렀다. 바탈은 계단을 내려가 펭귄에게 다가갔다. 펭귄이 짧은 날개를 펴더니, 갑자기 부리로 바탈을 위협했다. 바탈은 혹시나 하고 펭귄의 발을 보았다. 하얀 털 사이로 알이 보였다. 바탈은 어창에서 나왔다.

"펭귄이 알을 낳았어요. 그것도 두 개나."

바탈의 말에, K1이 하얀 이를 드러낸 채 소리 없이 웃었다.

"털을 깎으면, 알을 품지 못할 겁니다."

"아니다. 날이 더우면 알을 품지 않아도 그냥 부화한다. 한여름에 선반 위 달걀이 이따금 부화하듯이 말이다. 무엇보다도 얼음이 없으면 펭귄은 더워서 죽는다. 털은 반드시 깎아야 해."

알을 낳고 사나워진 펭귄들이다. 바탈은 침실에서 담요 한 장을 들고 다시 어창으로 들어갔다. 알을 품지 않는 펭귄 한 마리를 담요로 감싸서 밖으로 나왔다. 바탈은 한 손으로는 부리를 잡고, 다른 손으로는 다리를 잡았다. 풍뎅이 날갯소리를 내며 이발 기계가 펭귄 배의 하얀 털을 밀고 지나갔다. 하지만 펭귄의 속살은 보이지 않았다. 펭귄의 털은 추운 날씨에 적응하고자 세 겹으로 덮여 있다는 사실을 두 시간가량 털을 자르면서 알게 되었다.

그리고 마침내 촘촘한 세 겹의 털을 다 잘라 내자, 바탈은 절망을 보았고, K1은 손바닥으로 절망을 느꼈다.

그 통통하던 펭귄의 몸이, 족히 한 달은 굶은 깡마른 메추리의 몸처럼 앙상했다. 무엇보다도 기이한 건 껑충하게 드러난 펭귄의 다리였다. 털이 없는 펭귄의 다리는 닭보다 더 길었다. 바탈은 이제껏 살면서 털이 없는 펭귄처럼 안쓰러운 생명체는 보지 못했다. K1도 손으로 앙상한 펭귄의 몸을 더듬더니 한숨을 푹 쉬면서 그 자리에 털썩 주저앉았다.

"저놈도 깎아 보자."

K1은 믿을 수 없다는 듯이 한동안 멍하니 앉아 있다가 어창을 가리키며 나직하게 말했다. 바탈과 K1은 점심도 먹지 않고, 다시 두 시간 동안 남은 한 마리 펭귄의 털을 깎았다.

바탈은 더 큰 절망을 보았고, K1은 더 큰 절망을 만지작거렸다.

앞의 펭귄보다 더 말랐기 때문이었다. K1은 갑자기 죽음을 목전에 둔 사람처럼 얼굴에 주름이 자글자글해졌고, 낯빛이 어두워졌다. 닭보다 더 긴 다리로 서 있던 펭귄이 자기 몸을 이리저리 살폈다. 졸지에 털이 사라진 펭귄도 그들처럼 난감해하는 건 마찬가지였다.

"펭귄이 굶어서 저렇게 말랐을 겁니다. 제가 물고기를 열심히 잡아서 잘 먹이면 통통해질 겁니다. 할아버지, 힘내세요."

바탈은 배 갑판에 넋 놓고 앉아 있는 K1의 손을 잡아 일으켰다. 그냥 놔두면 K1의 몸이 금방이라도 먼지로 흩어져 사라질 것만 같았기 때문이다. K1은 바탈의 손을 잡고 천천히 일어나 식당으로 들어갔다. 샤이마가 거하게 음식을 차려 놓았다. 점심도 거르며 펭귄의 털을 깎았기에 바탈은 배가 고팠다. 바탈은 빵을 집어 들었다. 하지만 K1은 아무것도 먹지 않은 채 침실로 내려갔다.

25

바람 한 점 불지 않았다. 바다는 유리처럼 매끈했다. 맑은 하늘이 바다에 고스란히 담겼다. 물고기 대신, 물속에 뭉게구름이 떠다녔다. 샤이마조차 종일 바다만 바라볼 정도로 화창한 날씨지만, 배 안의 분위기는 침울했다. 펭귄의 털을 깎고 실망감에 계속 누워만 있던 K1은 사흘째 되는 날 아침에 드디어 일어났다. 바탈이 K1의 아침식사를 가지고 침실로 내려가자마자 침대에 걸터앉아 있던 K1이 물었다.

"펭귄의 알은 어떻게 되었냐?"

바탈은 죽을 것처럼 누워 있던 K1이 너무나 반가워 그의 손을 덥석 잡았다.

"펭귄 알!"

K1이 바탈의 손을 뿌리치며 버럭 소리 질렀다. 바탈은 K1의 신경질적인 말투조차 반가웠다. 바탈은 그가 본대로 K1에게 말했다. 털을 깎아 앙상한 발 위에 알을 올려놓고 어찌할 바를 몰라 부리로 계속 알만 굴리고 있다고.

"부화기를 만들자."

"네!"

바탈은 K1이 알려 준 대로 나무판을 잘라 상자를 만들었다. 겨울옷 속에 있는 솜을 꺼내 상자 안에 넣었다.

"약품 보관실에 체온계가 있을 거야."

바탈은 침실 옆 약품 보관실로 뛰어갔다. K1의 말대로 체온계가 있었다. 체온계를 나무 상자 안에 넣었다. 바탈은 K1의 지시에 따라 뜨거운 물을 물병에 담아 부화 상자에 넣었다. K1은 38도가 되면 알려 달라고 했다.

"38도입니다."

K1의 미간 주름이 굵어졌다. 바탈은 K1의 표정을 보고 알았다. K1이 38도의 감각을 손에 각인했다는 걸 말이다. 눈을 잃은 이후로 촉각이 몰라보게 발달한 K1이었다. 상자 안 온도를 38도로 일정하게 유지하는 일은 K1이 맡았다. 부화 상자를 가슴에 품은 K1의 얼굴엔 점차 생기가 돌았다.

"자, 엔진을 켜고, 북북서로 조타 핸들을 돌려라."

K1이 턱을 바짝 끌어당기고 소리 질렀다. 목소리는 여전히 우렁우렁했다.

드디어 아껴 둔 비상 연료로 편서풍 지대까지 북상한다. 공화국이 멀지 않았다는 의미이기도 하다. 바탈은 엔진 키를 돌렸다. 배가 부르르 떨더니 선미에 하얀 물보라가 일어났다. 북북서로 조타 핸들을 돌렸다.

배가 오른쪽으로 선회하더니 맞바람을 뚫고 거침없이 파도를 넘었다. 파도가 부서지면서 발생한 물거품이 조타실 창문을 적셨다.

"할아버지, 엔진이 멈췄어요."

"연료가 모두 바닥났기 때문이다. 다행히 편서풍 지대에 들어왔어. 이젠, 바람에 맡기는 수밖에 없다."

구름은 점차 높아졌고, 바다는 흑청색으로 진해졌다. 다행히 물고기는 잘 잡혔다. 그렇다고 무턱대고 물고기를 잡지 않았다. 태평양의 물고기를 다 잡아 주어도, 배고파할 펭귄들이다. 바탈은 꾀를 냈다. 9일 동안 펭귄에게 물고기 양을 달리하여 최적의 음식량을 알아낸 것이다. 하루에 1.3킬로그램의 물고기가 적당했다. 1.3킬로그램보다 적으면 살이 빠지다가, 1.3킬로그램이 넘어가면서부터는 아무리 많이 주어도 몸무게가 늘지 않았다. 고등어로 환산하면 일곱 마리다. 물고기 잡는 시간이 줄어

들자 바탈은 한결 여유로워졌다. 북상할수록 바다는 사나워졌다. 바람에 파도가 높아졌고, 바람이 없는 날도 멀리서 밀려온 파랑에 배가 수시로 흔들렸다.

바탈은 여느 날과 마찬가지로 물고기 일곱 마리를 잡아 어창으로 가다가 조타실 지붕을 쳐다봤다. 그런데 풍속계 위에 항상 앉아 있던 북극제비갈매기가 보이지 않았다. 펭귄에게 물고기를 던져 주고, 난간과 조타실 사이의 좁은 틈 안을 살폈다. 전에도 몇 번 북극제비갈매기가 그곳에 떨어져 파닥거리는 걸 바탈이 구해 준 적이 있었다. 그림자가 드리워 아무것도 보이지 않았다. 바탈은 좁은 틈 안으로 몸을 들이밀었다. 하지만 웬일인지 안으로 들어갈 수 없었다. 몇 달 전까지만 해도 어렵지 않게 드나들던 틈이었다. 이상했다. 틈이 좁아질 리 없다.

'그렇다면, 내 몸이 두꺼워진 건가?'

바탈은 속으로 혼자 중얼거리며 자기 몸을 내려다봤다. 낯설었다. 무릎 오금이 앞으로 휘어 똑바로 서서 보면 무릎만 보였는데, 이제는 그의 가슴이 가장 먼저 눈에 띄었기 때문이다. 거북이처럼 앞으로 내밀었던 목이 펴지고, 가슴이 두꺼워졌다는 걸 그제야 알았다. 배에 힘을 주어 최대한 몸통의 두께를 줄이고, 좁은 틈으로 몸을 밀어 넣었다. 서너 걸음 옮기다가 그 자리에 멈췄다. 몸이 끼어 더는 들어갈 수 없었기 때문이다. 주변을 살폈다. 틈 안 깊숙이에 뭔가 흐릿한 것이 보이긴 하는데, 어둠 때문에 형체를 알아볼 수 없었다. 눈이 어둠에 익숙해질 때까지 기다렸다. 그러자 흐릿한 형체가 점차 선명해졌다. 토실토실한 고양이 엉덩이였다.

바탈은 고양이를 불렀다. 하지만 고양이는 뒤도 돌아보지 않고 뭔가를 먹고 있었다. 바탈은 바닥에서 각목을 주워 고양이의 엉덩이를 건드렸다. 그제야 고양이가 뒤를 돌아봤다. 고양이 얼굴 수염에 하얀 털이 붙어 있었다. 그 순간, 바탈의 머릿속에 참혹한 모습이 스쳐 지나갔다. 제발 아니기를 바라면서 고양이의 엉덩이를 각목으로 때렸다. 고양이가 난간으로 펄쩍 뛰어 올라가더니, 바탈을 힐끔 쳐다본 후 조타실 지붕 위로 사라졌다. 고양이가 앉아 있던 곳에 하얀 털이 수북했고, 가운데 붉은 살점 같은 게 보였다. 바탈은 각목을 뻗어 붉은 살점을 앞으로 끌어왔다. 언제나 그렇듯이 예감은 틀리지 않았다. 고양이가 북극제비갈매기의 가슴을 열고 내장을 파먹고 있었던 거였다. 바탈은 북극제비갈매기의 날개를 접어 붉게 벌어진 가슴을 가린 후 틈에서 빠져나왔다. 조타실 지붕 위에서 고양이가 고개를 내밀고 분홍색 혀를 날름거렸다.

"이 나쁜 놈."

바탈은 북극제비갈매기를 마저 먹지 못해 아쉬워하는

고양이를 향해 각목을 휘둘렀다. 고양이는 잽싸게 각목을 피해 바탈의 시야에서 사라졌다. 고양이의 얍삽한 행동에 바탈은 더 화가 났다. 사다리를 타고 조타실 지붕 위로 올라갔다. 고양이는 이미 조타실 지붕에서 내려가 뱃머리 쪽 밧줄 뭉치 뒤로 숨었다. 바탈은 조타실 지붕에서 고양이를 향해 뛰어내렸다. 고양이는 바탈을 피해 도망쳤다. 하지만 갑판 위에는 숨을 곳이 그리 많지 않았다. 바탈에게 쫓기던 고양이는 뱃머리 난간 아래 틈으로 들어가 몸을 웅크렸다. 더는 도망갈 곳이 없다. 독 안에 든 쥐 꼴이다. 바탈은 각목을 양손으로 부여잡고 고양이에게 다가갔다. 고양이의 큰 눈이 더 커졌다. 바탈은 눈을 질끈 감고 고양이를 향해 각목을 내려쳤다. 그 순간, 각목이 무언가에 걸린 것처럼 움직이지 않았다. 바탈은 감았던 눈을 떴다. 샤이마가 한 손으로 각목을 잡고 있었던 거였다.

"이거 놔요. 저 자식이 북극제비갈매기를 잡아먹었다고요."

바탈은 소리 지르며, 그녀가 잡고 있던 각목을 빼앗으려고 힘껏 당겼다. 하지만 샤이마는 각목을 놓지 않았다.

"무슨 일이냐?"

K1이 버럭 소릴 지르는 바람에 바탈은 뒤를 돌아봤다. 그 순간, 샤이마에게 각목을 뺏겼다. 바탈은 너무나 억

울했다. 바탈은 K1에게 고양이의 만행을 큰 소리로 일러바쳤다. 바탈의 말을 들은 K1은 샤이마와 잠시 이야기를 나눴다. 이야기를 마치고, 샤이마는 각목을 들고 조타실 쪽으로 걸어갔다.

"고양이는 아무 잘못 없어."

"북극제비갈매기를 잡아먹었다니까요."

"고양이가 새를 잡는 건, 네가 새벽에 그 짓 하는 거랑 똑같아."

"그 짓이라뇨?"

"정말 몰라서 묻는 거냐? 그럼 내가 샤이마도 다 알아듣게 말해 볼까? 으이구, 꼴에 남자라고."

바탈은 그제야 얼굴이 화끈거렸다. 고양이는 난간 틈에서 몸을 바짝 웅크린 채, 눈을 동그랗게 뜨고 바탈을 쳐다봤다.

바탈은 잠시 고양이와 눈싸움을 하다가, 획 돌아서서 조타실을 향해 걸어가며 일부러 K1의 어깨를 밀쳤다. K1이 주춤하더니 바탈의 팔을 붙잡았다.

"이놈 근육 좀 봐. 이젠 장정이 다 됐네."

6

계획대로 끝나는
작전은 드물다

26

조타실 지붕 위 풍속계도 거의 멈춘 듯 천천히 돌았
다. 마치 바다가 기나긴 일과를 마치고 침대에 누워 잠든
것처럼 적막했다.

"라디오를 틀어 봐라."

조타실 창문 밖으로 고요한 바다 풍경을 바라보고 있
는데, K1이 계단을 뛰어오르며 말했다. K1의 이마에 새
겨진 주름 세 개가 V자로 꺾였다. 고요한 바다 풍경과 어
울리지 않는 K1의 심각한 표정에 바탈도 덩달아 긴장했
다. 바탈은 라디오를 틀고 채널을 천천히 돌렸다.

"멈춰."

라디오에서 공화국 말이 흘러나왔다. 바탈은 무척 반

가웠다. 한동안 여자의 카랑카랑한 목소리가 들리는가 싶더니, 빠른 노래가 흘러나왔다. 노래라기보다는 누가 더 빠르게 말하나 내기라도 하는 것처럼, 숨을 쉬지도 않고 계속 지껄였다. 노래가 끝나자, 잠이 덜 깬 듯한 남자의 목소리가 흘러나왔다. 남자의 목소리는 입 밖으로 빠져나오지 못하고 입안에서 웅얼거리는 듯했다. 고기압이 어떻고 저기압이 어떻고 한참을 웅얼거리더니, 암호처럼 긴 숫자를 불러 주었다. 어느새 K1은 라디오에 바짝 귀를 들이대고 있었다.

"지금 현재 위·경도가?"

K1의 떨리는 목소리에, 바탈은 모니터 위 숫자를 불러 주었다.

"태풍이 접근 중이다."

K1의 말에 바탈은 고개를 갸우뚱했다. 태풍하고는 전혀 어울리지 않게 바다가 고요했다.

"할아버지, 태풍은커녕 풍속계조차 움직이지 않아요. 하늘도 맑고요."

"태풍이 모든 기운을 빨아들여서 그래."

바탈은 태평양 한가운데에서 태풍을 만났을 때가 생각났다.

"저번처럼 태풍을 피해 가면 되잖아요."

"그땐 소형 태풍이었고, 이번엔 초대형이다. 그리고 연

242

료가 없잖느냐. 연료가."

K1은 한숨을 푹 내쉬며 머리를 떨구었다. 공화국 영웅 전사이며, 치열한 전투 현장에서 평생을 바친 K1도 두려워하는 태풍이다. 바탈도 K1의 두려움이 전염되었는지 긴장되었다.

K1은 잠시 뭔가를 골똘히 생각하더니 샤이마를 불렀다. 난간에서 바다를 바라보던 샤이마가 조타실 안으로 들어왔다. K1이 샤이마에게 뭐라고 말을 하자 평소와는 다르게 샤이마는 곧바로 침실로 향하는 계단을 내려갔다. K1은 바탈에게 구명보트 두 개를 갑판 위에 펼치라고 지시했다. 바탈은 K1의 지시에 따라 난간에 붙어 있는 둥근 구명보트 보관함을 갑판 위로 끌어내렸다. 도끼로 구명보트 보관함 입구를 내려쳤다. 갑판 위에 두 개의 팔각형 구명보트가 활짝 펴졌다. 그리고 구명보트 하나를 뒤집어 바닥에 있는 구명보트를 덮었다.

"보트의 손잡이를 서로 겹치게 해서 밧줄로 단단하게 묶어라."

바탈이 K1의 지시대로 열여섯 개의 손잡이를 다 묶자, 안에 아늑한 공간이 생겼다. 구명보트를 침실로 옮겼다. 샤이마가 미리 보트를 찌를 수 있을 만한 침실 안 날카로운 물건을 모두 치우고, 모서리마다 이불로 감싸 두었다. 바탈은 그제야 왜 구명보트를 서로 묶었는지 알았다.

구명보트를 포개어 그 사이로 들어가 태풍을 피하려는 것이었다.

드디어 배가 출렁거리기 시작했다. 어느새 하늘이 검은 구름으로 덮였다. K1은 알이 움직이지 않게 부화 상자를 헝겊으로 채우더니, 구명보트 사이에 넣었다.

"밖에 나가서 날씨를 살펴봐라."

K1의 말에, 바탈은 밖으로 나왔다. 남동쪽 하늘에서 검은 절벽이 빠르게 다가왔다. 잠시 후 검은 절벽이, 수많은 검은 기둥으로 갈라졌다. 마치 거대한 용 수천 마리가 하늘로 올라가는 것 같았다. 침실로 내려와 K1에게 본 대로 말했다.

"예상보다 강력하구나. 안으로 들어가라."

K1의 말에 바탈은 보트 사이로 들어갔다. 곧바로 K1도 보트 안으로 들어오더니 부화 상자를 가슴에 안았다. 배가 기우뚱했다.

"샤이마!"

K1이 다급히 샤이마를 불렀다. 바탈은 보트 틈 사이로 밖을 보았다. 샤이마가 계단을 뛰어 올라가고 있었다. 샤이마의 모습이 시야에서 사라지자마자, 계단으로 바닷물이 쏟아져 들어왔다.

샤이마는 고양이를 쫓아 계단을 뛰어 올라갔다. 배가

기우뚱하자, 가슴에 안겨 있던 고양이가 놀라 뛰쳐나간 것이었다. 갑판 위에는 돌풍이 몰아치고 있었다. 허리를 숙이고 주변을 살폈다. 강풍에 하얀 물거품이 날아다닐 뿐 고양이는 보이지 않았다. 그때였다. 배 왼편에서 높은 파도가 밀려왔다. 샤이마는 동아줄을 묶어 놓은 기둥에 다리를 감고 몸을 웅크렸다. 배의 난간을 넘어온 파도가 그녀를 휩쓸고 지나갔다. 파도에 몸이 밀려 기둥을 감고 있던 다리가 풀렸다. 다시 높은 파도가 밀려왔다. 그와 동시에 조타실 창문에 앉아 있는 고양이의 뒷모습이 눈에 들어왔다. 샤이마는 조타실로 뛰어갔다. 고양이를 안고 조타실 창밖을 보았다. 뱃머리를 넘어오는 검은 파도가 창을 가렸다. 샤이마는 곧바로 계단을 내려갔다. 하지만 계단 중간쯤 내려왔을 때, 바닷물이 샤이마를 덮치고 말았다.

높은 파도가 배의 오른쪽 측면을 때렸다. 배가 옆으로 기울면서, 침실로 바닷물이 들이쳤다. 순식간에 침실이 바닷물에 잠겼다. 침실 안에서 구명보트가 둥둥 떠다녔다. 바탈은 K1의 손을 꼭 잡았다. 파도가 밀려올 때마다 배가 위로 솟구쳤다가, 아래로 곤두박질쳤다. 반복되는 배의 요동에 바탈은 속이 울렁거렸고, 머리가 어지러웠다. 눈을 감았다. 번개가 치고 천둥이 울렸다. 배는 계속 위로 솟구쳤다가, 떨어지기를 반복했다.

얼마쯤 시간이 흘렀을까. 요란스럽게 아우성치던 바다가 갑자기 고요해졌다. 마치 악몽을 꾸다가 깨어난 것처럼 기이한 분위기에 바탈은 한동안 정신을 차리지 못했다.

"태풍의 눈에 들어왔다. 시간 없어. 빨리 샤이마를 찾아봐."

K1의 말에 바탈은 보트 사이로 고개를 내밀었다. 한 줄기 햇살이 침실로 스며들었다. 갑자기 비친 햇살에 마치 천상계에 있는 것처럼 몽환적인 풍경으로 변했다. 여전히 속이 울렁거렸고 머리가 어지러웠지만, 샤이마가 걱정되었다. 바탈은 보트에서 빠져나왔다. 침실은 바탈의 가슴까지 잠길 정도로 바닷물로 가득했다. 바탈은 계단 위로 간신히 올라갔다. 갑판 위는 넓은 운동장처럼 평평하게 변했다. 조타실을 비롯해 갑판 위로 솟아 있던 모든 것이 태풍에 날아갔기 때문이었다. 그때였다. 갑자기 태양이 구름 속으로 사라지는가 싶더니, 어디선가 번쩍 했다. 바탈은 깜짝 놀라 뒤를 돌아봤다. 검은 절벽이 빠르게 다가오고 있었다. 바탈은 다시 계단으로 뛰어 내려왔다. 보트 안으로 들어가려는 순간, 어디선가 고양이 울음소리가 들렸다. 바탈은 침실에 둥둥 떠 있는 보트 위를 보았다. 샤이마가 보트 맨 위에 엎드려 있었고, 샤이마의 등에 고양이가 앉아 있었다. 바탈은 샤이마를 보트 안으

246

로 끌고 들어왔다. 그 순간, 고양이는 침실 밖으로 뛰쳐나갔다.

"곧 태풍의 눈에서 벗어나면, 더 강한 돌풍이 몰아칠 거야. 단단히 잡아."

K1은 양팔로 기절한 샤이마와 바탈을 꼭 안아 주었다. 그들의 가슴에 부화 상자가 있었다. 문득, 어창에 있는 펭귄이 생각났다.

"펭귄들은요?"

"혹독한 남극에서 사는 짐승이다. 이까짓 태풍쯤이야."

K1은 무슨 말을 계속했지만, 바람과 파도 소리에 묻혀서 들리지 않았다. 천둥이 치고 번개가 사납게 번쩍거렸다. 배가 다시 요동치기 시작했다. 귀를 찢는 듯한 날카로운 휘파람 소리가 빠르게 다가왔다. 배가 비행기 이륙할 때처럼 하늘로 치솟는가 싶더니, 굉음과 함께 보트가 망망대해로 튀어 나갔다. 강한 태풍에서 생긴 높은 파도마루 위로 배가 솟구치는 바람에 허공에 뜬 뱃머리가 중력을 이기지 못하고 배의 허리가 잘린 거였다. 밀려오는 파도에 보트가 널뛰었다. 바탈은 배 속의 음식을 모두 게워 냈지만, 위장의 근육들이 계속 뒤틀렸다. 끝내는 시큼한 위산이 역류했다. 바탈은 정신을 잃었다.

천둥과 번개는 멈췄지만, 파도는 여전히 높았다. 샤이

마는 정신을 잃은 바탈을 가슴에 안았다. 온몸을 쥐어짜며 괴로워하더니, 정신을 잃은 바탈이다. 얼마나 고통스러웠을까. 샤이마는 바탈의 파리한 얼굴을 쓰다듬어 주었다.

삼십여 분이 지나자, 바탈이 눈을 떴다. 바탈의 입가에 미소가 번졌다. 샤이마도 같이 미소 지었다. 샤이마는 바탈을 보트 바닥에 누이고, 그제야 보트 안을 뒤졌다. 고양이가 보이지 않았다. 그 순간 숨이 턱 막혔다. 물의 공포가 다시 밀려왔기 때문이었다. 샤이마는 가슴을 움켜쥐고 기도했다. 간절한 기도에도, 아버지의 손에 이끌려 떨어진 깊고 어두운 우물 속에서 맡았던 쾌쾌한 물비린내는 계속 그녀를 괴롭혔다. 팔이 잘리고 낭떠러지로 떨어져 급류에 휩쓸려 떠내려갈 때 맡았던 그 물비린내였다. 그녀가 발작을 일으키자, K1이 그녀를 꼭 껴안았다. 호흡이 점차 안정을 찾아갔다. 샤이마는 K1의 품 안에서 후회했다. 태풍이 오기 전에 이자를 죽여야 했는데, 아니 남극에서 죽여야 했는데, 한 번 미루다 보니 이 모양 이 꼴이 되었다.

"고양이는…… 고양이는……."

샤이마는 중얼거리며 고양이를 찾았다. 그러나 정신이 점차 혼미해졌다. 흐려지는 의식 속에서 열다섯 살 때의 악몽이 머릿속을 휘젓고 다녔다. 우악스럽게 그녀를 짓

누르던 남자와 그녀를 향해 돌을 던지던 마을 사람들. 악몽이 무서운 건 깨기 전까지는 그것이 현실이라고 여기기 때문이다.

27

바다는 다시 잔잔해졌다. 포개어 묶었던 구명보트의 한쪽 끈을 풀자, 지붕처럼 덮고 있던 보트가 열렸다. 자연스럽게 보트 두 개가 땅콩처럼 연결되었다. 태풍이 지나간 하늘은 맑았다. 바탈은 일어나서 주변을 둘러봤다. 아무것도 없었다.

"밤이 되면 추울 거다. 옷을 말려라."

K1이 부화 상자의 비닐을 벗기며 말했다. 다행히 펭귄 알은 깨지지 않았다. 샤이마는 영혼이 빠져나간 표정으로 보트 한쪽 귀퉁이에 누워 있었다. 고양이는 여전히 보이지 않았다.

"보트가 제자리에서 맴돌아요."

바탈의 말에 K1은 뭔가를 골똘히 생각했다.

"돛을 만들자꾸나. 편서풍 지대에 진입한 지 한참 되었다. 기약할 수 없지만 한 가지 확실한 건, 바람에 밀려가다 보면 언젠가는 공화국에 도착한다는 사실이지. 태풍이 우리를 도왔다면 공화국이 멀지 않을 수도 있어."

바탈은 자기 옷과 K1의 옷을 넓게 찢어 이어 붙였다. 돛이 바람에 부풀어 올랐다. 제자리에서 빙글빙글 돌던 보트가 물살을 가르며 움직이기 시작했다. 십오 분쯤 지나자 바다 위에 시커먼 쓰레기들이 보였다. 가까이 가 보니 배가 부서진 파편이었다. 혹시나 쓸 만한 물건이나, 먹을 만한 음식이 있나 일일이 파편들을 들춰 보았다. 하지만 음식은 이미 물고기가 먹어 치웠고, 필요한 물품은 가라앉아, 떠다니는 건 쓰레기뿐이었다.

"우우……우우."

그때였다. 보트 한쪽 귀퉁이에 누워 있던 샤이마기 벌떡 일어나더니 짐승 같은 소리를 냈다. 바탈은 샤이마가 쳐다보는 곳으로 눈길을 돌렸다. 고양이가 검은 엉덩이를 보인 채 나무판자 위에 앉아 있었다. 샤이마는 손으로 보트를 저어 고양이에게 다가갔다. 샤이마가 고양이를 가슴에 안았다. 고양이는 아무런 일도 없었다는 듯이 태연하게 혀로 젖은 털을 핥았다. 샤이마는 소리 내어 울었다. 다시 주변을 둘러보는데 바다에 떠 있는 희끄무레한 둥근 물체가 눈에 띄었다. 바탈은 보트를 저어 물체에 다가갔다. 물에 퉁퉁 불어 죽은 펭귄 두 마리였다. 바탈은 죽은 펭귄을 멍하니 쳐다만 봤다. 그때 샤이마가 죽은 펭귄을 보트 위로 건져 올렸다.

"할아버지, 펭귄이 죽었어요. 어떻게 펭귄이 바닷물에 빠져 죽을 수 있죠?"

"미안하구나. 그만 털을 깎아 버려서……."

K1은 죽은 펭귄의 몸을 만지면서 울먹이는 소리를 냈지만, 눈물은 흘리지 않았다. 참는 건지, 아니면 눈물을 흘릴 수 없는 건지 알 수 없었다.

모든 걸 게워 내어 바탈의 위장이 텅 비었지만, 배고픔보다는 갈증이 더 심했다. K1의 입술도 하얗게 타들어 갔다. K1은 아무런 의욕도 없는 표정으로 앉아 있었다. 반면, 샤이마는 고양이와 함께 바지런히 움직이며 뭔가를 했다.

태양이 머리 위로 떠오르자 정신이 혼미해졌다. 샤이마가 주변에 떠 있는 헝겊을 주워 지붕을 만들더니, 헝겊 안쪽에 비닐을 덧씌웠다. 보트에 그늘이 생겼다. K1이 그늘에 힘없이 누웠다. 바탈도 그 옆에 누웠다. 그때였다. 어디선가 새 지저귀는 소리가 들렸다. 바탈은 주변을 둘러봤다. 아무것도 보이지 않았다. 헛것을 들었다고 생각한 바탈은 다시 눈을 감았다. 다시 쨱쨱거리는 소리가 들렸다. 바탈은 소리에 집중했다. 가까이에서 나는 소리가 분명했다. 바탈은 좁은 보트 안에 널브러진 물건들 사이를 살펴보다가 부화 상자에서 나는 소리라는 걸 알았다. 잠들어 있던 K1을 깨웠다. K1이 몸을 일으키면서 오른쪽으로 귀를 기울였다. K1의 양쪽 입꼬리가 천천히 위로 올라갔다. K1은 부화 상자를 열었다. 눈도 제대로 뜨지 못하는 회색 털 뭉치 같은 새끼 펭귄 두 마리가 상자안에서 꼬물거렸다. K1이 조심스럽게 새끼 펭귄을 쓰다듬었다. K1의 감긴 눈에서 이제야 혼탁하고 진득한 눈물이 주르르 흘러내렸다. 눈은 멀었어도, 눈물은 진했다.

"샤이마."

그날 오후 K1이 샤이마를 불렀다. 샤이마는 K1의 곁으로 다가갔다. K1이 샤이마의 손을 잡더니, 바탈이 알아들을 수 없는 이야기를 한참 동안 했다. 처음에는 샤이마가 눈동자의 절반가량을 위 눈꺼풀 안으로 숨긴 채 K1을 매섭게 쳐다보더니, 이야기가 길어질수록 눈동자가 점차아래로 내려왔다. 이야기를 마치고 K1은 더는 앉아 있을힘조차 없는지 바닥에 누웠고, 샤이마는 다시 바다를 바라보며 깊은 생각에 빠졌다.

바탈은 둘이 오랫동안 주고받은 이야기가 궁금했지만, 물어볼 분위기가 아니었다. 쩍쩍거리던 새끼 펭귄들도 지쳤는지, 배를 깔고 부화 상자 바닥에서 꼼짝하지 않았다. 해가 수평선 아래로 떨어졌다. 붉은 노을이 온 바다를 물들이는가 싶더니, 싸늘한 바람이 불었다. 목이 말라 정신이 혼미해졌다.

바탈은 꿈을 꾸었다. 엄마가 부엌에서 도마에 무언가를 올려놓고 두드리는 소리가 들렸다. 비릿한 냄새가 부엌에서 흘러나왔다. 생선 요리를 하는 게 분명했다. 바탈은 부엌 문을 열고 들어갔다. 하지만 부엌 안에는 펭귄들만 바글거릴 뿐, 엄마의 모습은 보이지 않았다. 곧바로 펭귄들이 바탈의 머리 위로 날아왔다.

바탈은 깜짝 놀라 눈을 떴다. 다행히 꿈이었다. 하지만 꿈속에서 들었던 엄마의 도마 소리는 계속 들렸다. 바탈은 상체를 일으켜 소리가 들려오는 곳으로 고개를 돌렸다. 샤이마가 보트 바닥에 비닐을 깔고, 죽은 펭귄의 살점을 으깨고 있었다. 꿈속에서 들려온 도마 소리의 정체는 펭귄의 살을 으깨는 소리였다. 샤이마는 으깬 살들을 졸고 있는 새끼 펭귄에게 주었다. 하지만 눈을 반쯤 뜬 새끼 펭귄은 먹이를 먹지 못했다. 샤이마는 잠시 당황한 표정으로 두리번거리다가 바탈과 눈이 마주쳤다. 샤이마가 손짓했다. 바탈은 샤이마 곁으로 다가갔다. 샤이마는 펭귄의 부리를 벌리는 시늉을 했다. 바탈은 새끼 펭귄을 가슴에 안고 부리를 강제로 벌렸다. 샤이마는 잘게 으깬

살을 새끼 펭귄의 부리 안으로 밀어 넣었다. 바탈은 잡고 있던 부리를 놓았다. 새끼 펭귄이 얼떨결에 살점을 삼켰다. 먹이를 맛본 새끼 펭귄은 반쯤 감았던 눈을 번쩍 뜨더니, 더 달라고 대들었다. 샤이마가 살점을 손가락 끝에 올려놓으면, 새끼들은 곧바로 쪼아 먹었다. 어느새 바다인지 육지인지 분간할 수 없는 어둠이 주변을 덮었다. 다시 누웠다. 지쳐 있던 바탈은 금방 잠들었다.

K1은 시력을 잃은 이후로 고양이가 그의 곁에 다가오면, 소리보다 공기의 떨림을 먼저 감지했다.

"왜 날 죽이지 않는 거야? 저 기생충 때문에 망설이는 거지? 천하의 샤이마가 감상에 빠지다니."

K1은 잔뜩 비웃는 투로 말했다.

"당신은 지금 지옥에 있어요. 당연히, 당신에게 지금 죽음은 구원이지요. 설마 내가 당신을 구원해 줄 거라고 여기는 건 아니겠지요?"

"여기가 지옥이라고? 그럼 곧 천국으로 가겠네."

"아니, 더 참혹한 지옥의 밑바닥으로 떨어질 겁니다."

"나는 그 누구보다도 치열하게 살았어. 나보다 더 치열하게 존재했던 그 무엇만이 날 지옥의 밑바닥으로 떨어트릴 자격이 있지. 그런데, 과연 그런 존재가 있기나 한 걸까? 있다면 난 그 존재의 손을 잡고 기꺼이 지옥의 밑바닥으로 들어가겠네만."

"치열했지요. 하지만 알라의 말씀을 곡해하여 고향을 지옥으로 만든 내 고향 남자들처럼, 당신의 무지가 당신의 공화국을 지옥으로 만들었지요."

"아니야!"

K1은 목동맥으로 빠르게 흐르는 혈액 소리가 불편했다. 머리가 뜨거워지더니, 어지러웠다. 샤이마는 잠시 침묵하고 있다가 입을 열었다.

"로메로가 정말 죽었다고 생각하는 건 아니겠지요?"

"그만해!"

K1의 외침에도 샤이마는 떨리는 목소리로 그가 듣고 싶지 않은 이야기를 이어 갔다.

"로메로는 살아 있어요. 당신이 쿠바에 간다는 걸 내가 어떻게 알았을까요?"

"로메로는 배신자가 아니야. 우리는 공화국 전사 동지야. 그따위 헛소리 집어치워."

"두 눈 똑바로 뜨고 공화국의 처참한 상황을 보고도 믿지 않는 당신이니, 로메로의 배신을 차마 받아들이지 못하겠지요. 그런다고 진실은 변하지 않아요. 당신이 아무리 부정해도 로메로는 당신을 배신했고, 당신 공화국 백성은 비참하게 살고 있다고요."

"비참? 천만에. 공화국 인민은 평등해. 당연히 그 누구보다도 행복한 삶을 살고 있어. 난 똑똑히 봤어. 채울 수 없는 욕망의 노예로 불지옥에서 살아가는 그들을 말이야. 희번덕거리는 눈으로 틈만 나면 득달같이 달려들어 남의 물건을 뺏는 게 정의며, 강한 자가 약한 자의 자본을 수탈하길 권장하는 불지옥을 분명히 봤다고."

"그래요. 당신 말대로 당신 공화국은 그 어느 나라보다 평등하지요. 아주 평등하게 모두 굶주림에 시달려서 탈이지만요. 그리고 당신도 알고 있어요. 당신이 평생 우러러 떠받드는 그 신념이 얼마나 헛된 망상이었는지. 다만, 그 현실을 받아들이기가 싫은 거지요. 안 그래요?"

"아냐. 공화국 이념은 완벽해. 단지 지금은 과도기이기에 굶주림과 같은 아주 사소한 문제가 있을 뿐이야. 시간이 지나면 다 해결될 문제들이지."

"굶주림이 사소한 문제라고요?"

샤이마가 태평양의 모든 생명체에게 들릴 정도로 큰 소리로 웃었다.

"당신은 굶주려 본 적 없지요? 굶주림은 모든 이념을 삼키고도 남아요. 굶주림에 비하면 당신이 추구하는 이념은 껍데기에 불과해요."

"그따위로 정신이 나약하니 지금 그 모양 그 꼴이지."

샤이마가 다시 웃었다. 이번엔 비웃음이 확실했다. 하지만 K1은 못 들은 척했다.

"당신에게 마지막으로 기회를 주고 싶어요. 당신만 원한다면, 당신이 저지른 죄를 조금이나마 용서해 달라고 내가 믿는 신에게 기도해 줄게요."

K1은 자기도 모르게 헛웃음이 나왔다. 그녀가 믿는 신은 둘째치고, 바닷물에 떠다니는 꽃모자해파리에게라도 용서를 구할 수 있다면 지금 당장 기꺼이 지옥의 불구덩이에 들어갈 용의가 있다. 그가 죽인 사람들의 영혼을 치렁치렁 달고 저승에 가고 싶지 않았기 때문이었다. 하지만 그는 공화국을 버릴 수는 없었다. 공화국은 그의 전부였기 때문이었다.

"지금 내 몰골을 봐. 두 눈을 잃은 나를. 언제 죽을지 모르는 다 늙어 빠진 나를 말이야. 지금 와서 공화국을 버리라고? 너무 잔인하다는 생각은 안 드나? 너무 잔인해. 잔인하다고."

K1은 샤이마의 팔을 자른 건 자신이 아니라고, G3가 그런 거라고 말하려다가 그만두었다. 지금 상황에서 그게 누구이든 그리 중요하지 않다고 여겼기 때문이었다.

누군가가 바탈의 어깨를 흔들었다. 곧이어 차가운 무언가가 이마에 닿았다. 바탈은 억지로 눈을 떴다. 샤이마가 손을 이마에 대었던 거였다. 어느새 날이 밝았다. K1은 아직도 누워 있다. 잠을 자는지 아니면 그냥 누워 있는지 알 수 없었다. 샤이마는 바탈을 일으키더니, 고개를 뒤로 젖히고 입을 벌리라는 시늉을 했다. 바탈은 샤이마처럼 입을 벌리고 고개를 뒤로 젖혔다. 샤이마는 벌린 입에 대고 헝겊을 쥐어짰다. 물이 쪼르르 흘러내렸다. 바탈은 입안에 고인 물을 삼켰다. 물이 식도를 따라 내려가다가 위장에 도착하기 전에 온몸으로 퍼지는 듯했다. 물 한 모금에 정신이 번쩍 났다. 샤이마는 헝겊으로 보트 덮개 안쪽을 다시 닦았다. 그제야 어젯밤 샤이마가 왜 비닐로 덧씌웠는지 알았다. 새벽의 찬 공기가 스쳐 지나가면서 비닐에 맑은 이슬이 맺혔던 거였다. 샤이마는 누워 있는 K1을 가리켰다. 바탈은 K1의 상체를 일으켰다. K1은 깨어 있었다.

"고개를 뒤로 젖히고, 입을 벌려 보세요."

샤이마는 헝겊을 짜서 K1의 입에 물을 떨어트렸다. K1은 물을 꿀꺽 삼키더니, 혀로 입술을 핥았다.

"참말로 달구나."

그때였다. K1이 고개를 갸웃거리며 바탈을 쳐다봤다.

"네 이름이 뭐라고?"

생뚱맞은 질문에 바탈은 조금 짜증 섞인 목소리로 대답했다.

"바탈요. 바탈."

"이놈, 이제는 커피를 마시지 않는데도, 말을 더듬지

않네."

바탈은 곰곰이 생각해 봤다. 정말로 태풍이 덮친 이후로 커피를 마시지 않았는데도, 말을 더듬지 않았다. 항상 가슴 한쪽에 웅크리고 있던 두려움도 사라진 듯했다. 그런데 자신을 그렇게 괴롭혔던 말더듬증과 두려움이 사라졌는데도, 바탈은 뭔가 허전한 마음이 들었다. 왜 그런지는 알 수 없었다.

샤이마는 고양이에게 펭귄 살점을 주었다. 며칠을 굶어 배가 고팠을 텐데도 고양이는 서두르지 않고 천천히 먹었다. 구명보트는 바람에 밀려 어딘가로 흘러갔다. 샤이마는 바다에 떠다니던 방수포를 건져 구멍을 촘촘하게 뚫었다. 한낮이 되자 바람이 멈췄다. 샤이마는 방수포를 바다에 가라앉히고, 그 위에 으깬 펭귄 살들을 뿌렸다. 곧바로 손바닥 절반 크기의 작은 물고기들이 방수포 위로 모여들었다. 샤이마는 재빠르게 방수포를 끌어 올렸다. 뚫린 구멍으로 물이 빠져나가자, 방수포 위에서 물고기들이 파닥거렸다. 길쭉한 물고기, 넓적한 물고기 등 여러 종류가 잡혔다. 샤이마는 K1의 손에 종류별로 물고기를 쥐여 주었다. K1은 넓적한 물고기를 주물럭거리더니, 바다에 던졌다. 그러자 샤이마는 길쭉한 물고기를 K1의 손에 올려놓았다. K1은 잠시 물고기를 쥐고 있더니, 입에 넣고 오래 씹었다.

"학꽁치야. 아주 맛나고 고소하단다. 너도 먹어 보아라."

K1의 말에 바탈은 눈을 질끈 감고 길쭉한 물고기 머리를 잡아, 입안에 넣었다. 천천히 씹었다. 신기하게도 비린내가 전혀 나지 않았다. 오히려 씹으면 씹을수록 고소하니 단맛이 났다. 인상을 찌푸리고 바탈을 지켜보던 샤이마도 작심한 듯 물고기 한 마리를 입안에 넣었다. 일그러졌던 샤이마의 미간 주름이 펴졌다.

28

무더웠던 날씨가 점차 선선해졌다. 여전히 한낮의 태양은 뜨거웠지만, 해가 기울면 급격하게 열기가 식었다. 바탈이 따뜻한 한낮의 햇볕에 밀려오는 졸음과 싸우고 있을 때였다. 갑자기 회오리바람이 불었다. 보트가 출렁하면서 뭔가가 날아와 바탈의 얼굴을 덮었다. 어딘가 달랐지만 공화국 문자로 발행된 신문이었다. 오랜만에 인쇄 글을 보니 반가웠다. 바탈은 주변을 둘러봤다. 아무것도 보이지 않았다. 어디서 날아왔을까. 한쪽 귀퉁이가 찢겨 나갔을 뿐, 그런대로 읽을 만한 상태였다. 바탈은 신문을 펴 들고 훑어보다가 귀퉁이의 기사 제목에 눈길이 멈췄다. 펭귄이라는 단어가 눈에 띄었기 때문이었다. 바탈은 천천히 기사를 읽어 내려갔다. 신문을 들고 있는 바탈의 손이 미세하게 떨렸다.

"기생충, 왜 그래?"

옆에서 우두커니 앉아 있던 K1이 물었다.

"아무것도 아니에요."

바탈의 목소리가 샤이마의 품에 안겨 있는 고양이처럼 떨렸다. K1이 알게 되면, 모든 걸 포기할 수도 있다는 생각이 들었다.

"내가 수많은 작전을 성공시켜 혁혁한 공을 세웠다는 걸 너도 알고 있을 거야. 그런데 말이야. 수많은 성공을 위해서는 반드시 거쳐야 하는 과정이 있단다. 수많은 실패지. 당연히 나도 수많은 실패를 겪었어. 하지만 너도 알다시피 나는 지금까지 살아 있잖아. 이 세상에서 나를 좌절시킬 수 있는 건 없단다. 나 이외에는. 알겠니? 그러니 어서 말해 보렴."

바탈의 속마음을 읽기라도 한 것처럼 K1의 목소리는 나직하지만, 또렷했다. 그제야 바탈은 신문 기사를 또박또박 읽어 주었다.

남극 서쪽 무인도에 서식하던 펭귄 19만 2,000마리가 적색 백선균에 감염되어 전멸했다. 펭귄이 집단 폐사하자, 펭귄을 잡아먹고 살던 웨델 바다표범 2만 5,000마리도 참혹한 최후를 맞이했다. 웨델 바다표범이 절멸한 이유는 그들의 먹이인 펭귄이 사라지자 배고픔에 서로 잡아먹었기 때문이었다.

바탈은 여기까지 읽고 다시 몸을 부르르 떨었다. 웨델 바다표범이 그 순진한 눈으로 동료를 잡아먹는 모습을 상상했기 때문이었다. 바탈은 잠시 멈췄다가 다시 기사를 읽어 내려갔다.

죽은 펭귄을 발견한 과정과 죽은 원인을 밝히고자 UN에서 임시로 만든 전문가 집단 등의 활동을 상세하게 나열한 내용이 이어졌다. K1은 가만히 듣고 있다가 덧붙이는 기사 내용을 읽어 주자, 그제야 고개를 푹 숙였다.

덧붙여, 무인도에서 절멸한 턱끈펭귄은 수명이 15년에서 20년이며, 몸무게는 약 6킬로그램이다. 턱을 가로지르는 검은색의 얇은 띠무늬 때문에 턱끈펭귄이란 이름이 붙여졌다. 턱끈펭귄은 매우 공격적이어서 지구에 생존하는 18종의 펭귄 중에 유일하게 사람을 공격하는 아주 사나운 종이라고 위원회는 밝혔다.

"순하디순한 웨델 바다표범이 왜 그런 끔찍한 짓을 했을까요?"

K1이 엄지발가락 사이를 만지작거리며 말했다. 이미 무좀이 다 낫고 새살이 돋아나 발가락 사이가 갓난아기 볼살처럼 새하얗다.

"다 내 탓이구나. 무고한 생명을 다 죽였어."

K1의 얼굴이 어두워졌다. 그는 적색 백선균이 곰팡이균의 일종으로 자신을 오래 괴롭힌 무좀과 같은 균임을 알고 있었다. 그 사실을 모르는 바탈은 그저 K1이 숨을 멈추고 죽어 버리지는 않을까 걱정되었다. 바탈은 K1을 안아 주었다. 딴딴하던 K1의 몸이 말린 대추처럼 쭈글쭈글했다.

그 순하디순한 웨델 바다표범이 동족을 잡아먹었다는 게 도저히 믿기지 않는다는 듯이 바탈은 울먹였지만, K1은 그 누구보다도 잘 알고 있었다. 아무리 순한 생명체라고 해도 배고픔 앞에서는 비일비재한 일이라는 걸. 그리고 믿기 싫지만, 샤이마의 말대로 배고픔은 그 어떤 불행보다도 끔찍하다는 걸 말이다. 그가 전사가 되기 전, 할아버지와 시베리아 사냥을 떠나기 전, 어린 시절 도토리로 배를 채우던 그때보다도 더 오래전, 그러니까 엄마의 젖을 막 뗐을 때 보았던 굶어 죽은 형의 앙상한 갈비뼈를 그는 아직도 선명하게 기억했다. 그 기억은 K1이 영웅 전사로 치열하게 살아갈 수 있는 에너지의 원천이며,

무모함을 알면서도 남극 펭귄 생포 작전을 수행했던 이유였다.

어디선가, 흐릿한 디젤 엔진 소리가 들렸다. 이 해역은 나라 간의 영토 분쟁 지역이라 군함 이외는 출입 금지 구역이다. 동칸쿠 신문이 날아왔다는 건 인근에 동칸쿠 군함이 작전 중이라는 뜻이었다. K1은 온 신경을 청각에 집중했다. 그의 예상대로 동칸쿠 군함이었다.

K1은 수많은 작전을 수행하면서 깨달았다. 처음 계획대로 끝나는 작전은 드물다. K1은 머릿속에서 작전을 대폭 변경하고 작전명도 새로 지었다. '남극 펭귄 생포 작전'에서 '남극 펭귄 동칸쿠 백성 구출 작전'으로.

'남극 펭귄 동칸쿠 백성 구출 작전'은 간단했다. 지금 천천히 다가오는 군함에 새끼 펭귄을 태워 육지로 간다. 동칸쿠는 새끼 펭귄이 사악한 턱끈펭귄이란 걸 모른 채, 단지 귀엽다는 이유로 펭귄을 보살필 게 확실하다. 당연히 펭귄의 개체 수는 기하급수적으로 늘어날 테고, 무엇보다도 겉모습과는 다르게 지구상의 어떤 맹수보다도 사나우며 조직적으로 움직이는 턱끈펭귄은 끝내, 동칸쿠의 생태계를 교란시켜 파괴할 것이다. 그리하여 동칸쿠는 자연스럽게 서칸쿠 공화국으로 흡수 통일될 것이다.

K1은 15년 전 동칸쿠 우두머리 제거 작전 시 보았던

욕망에 불타는 도시가 펭귄으로 인해 암흑으로 변한 모습을 상상하자, 말할 수 없는 행복감이 밀려왔다. K1은 바탈을 불렀다.

"지금부터 내 말을 명심해."

K1은 잠시 말을 멈추고 침을 삼켰다.

"펭귄의 진실을 그 누구에게도 말하지 마라. 저 귀여운 펭귄이 사자보다 더 무섭다고 하면 누가 믿겠니? 펭귄의 다리가 닭보다 길고, 몸이 삭정이처럼 빼빼하게 말랐다고 하면 너를 이상하게 여길 게 뻔해. 무엇보다도 하루에 자신의 몸무게 대여섯 배가 되는 물고기를 먹는다고 하면 미친놈이라고 손가락질할 거야. 무슨 뜻인지 알겠지?"

바탈은 고개를 끄떡였다. 잠시 멈췄던 K1의 말이 계속되었다.

"새끼 펭귄을 살려서 저들을 따라가면 니는 공화국 영웅 전사가 되고, 곧 아버지를 만날 거야."

누구를 따라가라는 걸까, 바탈은 고개를 갸우뚱하더니 아버지란 말에 눈이 반짝 빛났다.

"정말요?"

"난 공화국 영웅 전사다. 내가 너에게 왜 거짓말을 하겠니. 안 그래?"

"할아버지는 저와 같이 안 가요?"

"난 공화국으로 가야지. 넌 꼭 펭귄을 데리고 저들을 따라가야 한다. 그러면, 아버지를 만날 거야."

군함이 가까이 다가왔다. 저들에게 그의 신상이 알려지면 이번 작전은 실패다. K1은 곧바로 바닷속으로 뛰어들었다.

"할아버지!"

"걱정하지 마. 난 공화국 영웅 전사야. 공화국까지 충분히 헤엄쳐 갈 수 있어. 쿠바에서 기절한 너를 데리고 그 넓은 바다를 건너는 거 너도 봤잖니."

K1은 바탈에게 손을 한 번 흔들어 주었다.

"바탈!"

그는 처음이자 마지막으로 소년의 이름을 불렀다. 바탈이 멀어져 가는 그를 쳐다봤다.

"너는 바탈이야. 잊지 마."

그의 외침에 바탈이 고개를 끄떡였다.

K1은 고개를 돌려, 힘차게 바닷물을 가르며 보트에서 멀어졌다. 하지만 채 오 분도 지나지 않아 지쳐 버렸다. 더는 팔다리를 움직일 수 없었다. 정신도 몽롱해졌다. 그래도 다행인 건, 가만히 물 위에 떠 있어도 점차 보트와 멀어졌다. 보트가 바람에 밀려가는 건지, 아니면 그의 몸이 해류에 실려 멀어지는 건지 알 수 없었다. 정신이 아득해진다. 얼마나 시간이 흘렀을까. 북극제비갈매기의

울음소리에 K1은 흩어졌던 정신을 가다듬었다. 햇살에 눈이 부셨다. 하늘이 하얗게 변했다. 햇살로 부풀어 오른 새하얀 하늘에 북극제비갈매기 한 마리가 날아간다. 하늘이 쉼터인 새다. 지상에서 벗어난 삶을 살아가는 새다. 날개를 펴고 하늘에 떠 있을 때가 가장 편안한 새다.

북극제비갈매기가 아득한 하늘로 사라졌다. 점차 정신이 몽롱해지는 가운데 K1은 마지막 모든 힘을 모아 혀로 어금니에 붙어 있는 천국의 문을 떼었다. 이번에는 성공했다. 어금니로 천국의 문을 꽉 깨물었다. 50년 가까이 작전 때마다 그의 입안에 붙어 있던 천국의 문을 지금에서야 맛볼 수 있게 되었다. 천국의 문은 예상과는 달리 쓰지 않았다. 시큼하면서도 달콤했다.

'공화국 영웅 전사를 죽일 수 있는 자는 오직, 영웅 전사뿐이다.'

K1은 눈을 감고 수평선으로 사라지는 북극세비갈매기를 따라갔다.

29

바탈은 K1이 시야에서 사라진 이후에도 한동안 바다
를 바라봤다. K1은 공화국으로 돌아간다고 했지만, 바탈
은 그의 말을 믿지 않았다. 그렇다고 바다에 빠져 죽을
거라는 생각도 하지 않았다. 그냥 그의 곁에서 사라진다
고 여겼다.

'곧 아버지를 만날 거야. 그리고 너는 바탈이야. 잊지
마.'

바탈은 K1의 말을 되새기며, 주변을 둘러보았다. 망망
대해다. 아버지와의 만남은 둘째치고, 살아서 육지에 발
을 디디는 것조차 쉽지 않은 곳이다. 그래도 공화국보다
이곳이 훨씬 좋다. 공화국으로 돌아가 배고픔에 괴로워

하며 긴긴밤을 뒤척이느니, 이곳에서 죽는 게 낫다.

아버지가 떠난 이후로 가장 괴로웠던 건, 무서움도 외로움도 아니었다. 배고픔이었다. 바탈은 학교에서 주는 점심 급식으로 하루를 버텼다. 밤새 바탈을 괴롭히던 배고픔은 아침에 눈을 뜨면 지치지도 않고 새롭게 다가왔다. 배고픔에 다른 생각은 할 수 없었다. 아버지가 떠난 이후로 책에만 집착했던 이유이기도 하다. 바탈을 더 난감하게 했던 건, 허기로 늘 머릿속은 안개가 낀 것처럼 몽롱한 상태인데도, 키는 대책 없이 자랐다는 것이다.

"굶주림은 상태이고 배고픔은 느낌이란다. 푸른 궁전에서는 굶주린 상태만 볼 뿐, 배고픔을 느끼지 못하는 것 같구나."

헤어지기 전날 밤, 아버지가 한숨을 내쉬며 바탈에게 해 준 말이다. 당시에는 그 말을 정확히 이해하지 못했다. 그러다가 "굶주림은 사소한 문제."라는 K1의 말을 듣고 그제야 아버지의 말씀을 이해했다. 급식이 부실한 날에는 산속에서 쓰디쓴 송진으로 허기를 달래야만 잠을 잘 수 있는 그 참혹함을 그들은 느껴 보지 못한 거였다.

배고픈 기억을 떠올리자, 문득 자신의 몸무게보다 더 많이 먹는 펭귄이 생각났다. 혹시 펭귄의 조상이 배고픔에 몹시 시달려, 펭귄의 몸속에 각인된 배고픔이 새끼에서 새끼로 대대로 이어져 저렇게 식탐이 생겨난 건 아닐까?

뿌우우웅ㅡ

몽롱한 상태에서 이런저런 생각에 빠져 있는데 어디
선가 뱃고동 소리가 길게 들렸다. 바탈은 보트에서 일어
나, 소리가 들려오는 쪽으로 고개를 돌렸다. 포신이 길게
솟구친 거대한 군함이 다가왔다. 군함의 난간에 하얀 제
복을 입은 군인들이 줄지어 서 있었다. 샤이마도 고양이
를 안은 채 바탈 옆에 서서 군함을 바라봤다.

군함은 천천히 속도를 줄이더니 멈췄다. 군함 난간에
서 붉은색 보트가 내려왔다. 붉은 보트 위에는 다섯 명이
타고 있었다. 검은색 옷에 총을 든 남자 세 명과 하얀색
옷에 빈손인 남자 두 명이었다. 가까이 다가온 붉은 보트
가 바탈이 타고 있는 보트를 한 바퀴 돌면서 유심히 살
피더니, 총을 든 검은색 옷 남자 두 명이 보트 위로 올라
왔다. 남자들은 보트의 이곳저곳을 잠시 훑어보더니 붉
은색 보트를 향해 손짓했다. 10미터가량 조류에 밀려갔
던 붉은색 보트가 다가왔다. 바탈은 부화 상자를 가슴에
안고, 샤이마는 고양이를 가슴에 안은 채 그들의 부축을
받아 붉은색 보트로 옮겨 탔다. 곧바로 보트는 군함 쪽으
로 다가갔다.

모두 군함 위로 오르자 덩치 큰 중년 남자가 바탈을
데리고 군함 뒤쪽으로 걸어갔다. 샤이마도 고양이를 안

고 바탈을 뒤따랐다. 철제 계단을 내려가서, 한동안 좁은 복도를 걸어갔다. 중년 남자가 멈춰서더니, 문을 열었다. 바탈은 안으로 들어가려다가 멈칫했다. 뒤따라오던 샤이마가 그의 팔을 잡았기 때문이었다. 샤이마는 살며시 고개를 숙이고 입술을 달싹거리며 알아들을 수 없는 혼잣말을 했다. 하지만 바탈은 짐작할 수 있었다. 샤이마가 믿고 있는 신에게 그를 위해 기도한다는 걸.

잠시 후 샤이마는 고개를 들더니 환한 미소로 그를 쳐다봤다. 바탈도 같이 미소 지었다. 샤이마는 돌아서서 복도를 걸어갔다. 그제야 그도 문 안으로 들어갔다.

"뭐 마실래요?"

문 안으로 들어가자, 바탈을 안내한 중년 남자는 어딘가로 사라지고, 하얀색 옷을 입은 여자가 살짝 미소 지으며 바탈에게 물었다. 치아가 유난히 새하얀 여자였다. 바탈은 주변을 두리번거렸다. 어색한 존댓말과 너무나 친절한 여자의 행동에 혹시나 다른 사람이 있나 해서였다. 하지만 아무도 없었다. 그제야 바탈은 자기에게 말했다는 걸 알았다.

"커피요."

바탈은 눈치를 보다가, 겨우 입을 뗐다. 여자는 환하게 웃더니, 친절하게 물었다.

"따뜻한 것으로 드릴까요. 아니면, 차가운 것으로 드릴까요?"

차가운 커피도 있나? 순간 바탈은 고민에 빠졌다. 차가운 커피는 무슨 맛일까.

"오랫동안 바다 위에 있었으니, 따뜻한 커피가 좋겠네요."

바탈이 차가운 커피의 맛을 상상하고 있는데, 여자가 싱긋 웃으며 말하더니 밖으로 나갔다가 곧바로 커피잔을 들고 들어왔다. 바탈은 커피를 호호 불면서 천천히 마셨다. 그동안 바다에서 마시던 커피보다 고소한 향은 옅었고, 신맛은 강했다. 신맛에서 풍성한 향이 퍼졌다. 너무나 황홀했다. 커피의 신맛에 빠져 있는데, 여자가 쿠키와 빵도 내주었다. 바탈은 빵을 허겁지겁 입안에 넣었다.

"더 드릴까요?"

바탈이 먹는 모습을 보고 여자가 물었다. 바탈은 격하게 고개를 끄떡였다. 여자는 바구니 가득 빵을 가지고 왔다. 바탈은 금방 바구니를 비웠다. 여자가 흐뭇한 표정으로 빵을 먹는 바탈을 바라봤다. 잠시 후 여자는 바탈을 데리고 계단을 내려갔다. 깨끗한 침대가 여러 개 있는 방이었다.

"편히 쉬세요. 자세한 얘기는 나중에 나누기로 하죠."

"혹시…… 물고기 으깬 거 있어요?"

바탈이 부화 상자를 쳐다보며 말했다. 여자가 싱긋 웃

으며 잠시만 기다리라고 하더니 잠시 후 고등어 통조림을 가지고 왔다. 바탈은 고등어를 으깨어 새끼 펭귄에게 주었다. 맛나게 잘 먹었다. 바탈은 침대 옆에 부화 상자를 놓고, 침대에 누웠다. 침대는 작았지만, 푹신했다. 침대에 눕자 갑자기 불안감이 밀려왔다. 어린 그에게 극존칭을 하면서 과하게 친절하고, 무엇보다도 공화국 말을 하는데 공화국 사람 같지 않았기 때문이었다.

불안하여 잠이 오지 않을 것 같았지만, 곧바로 죽을 듯 잠들었다가 일어나 보니 아침이었다. 침대에서 일어나, 부화 상자를 들고 밖으로 나오자 기다렸다는 듯이 치아가 새하얀 여자가 바탈의 손을 잡고 어제 커피를 마신 방으로 데려갔다. 바탈은 신맛이 나는 커피와 바구니 가득한 빵을 먹었다. 바탈이 커피와 빵을 먹는 동안에 여자는 바탈의 이름, 나이, 태어난 곳, 그리고 어쩌다가 표류하게 되었는지 등 이것저것을 물었다. 바탈은 커피 석 잔을 마시면서 여자의 질문에 최대한 자세히 대답했다. 다만, K1과의 약속대로 펭귄의 진실은 숨겼다.

저녁때가 되자 군함이 항구에 도착했다. 바탈은 여자를 따라 군함에서 내렸다. 곧바로 군청색 양복을 입은 남자가 그들을 맞이했다. 남자를 따라 부둣가 납작한 건물 안으로 들어갔다.

"필요한 절차이니, 가지고 계신 물건 이곳에 다 꺼내 놓으세요."

바탈은 부화 상자를 내려놓고, 주머니에서 지폐 두 장과 유리 조각을 꺼내 푸른색 바구니에 넣었다. 남자는 유리 조각을 요리조리 살피더니, 책상을 덮고 있던 유리에 대고 힘껏 문질렀다. 날카로운 소리를 내며 유리에 홈이 파였다.

"다이아몬드 원석입니다. 세관에 신고해야 합니다."

"그건 다이아몬드가 아니라 유리 조각이라고요."

바탈의 말에 남자가 그를 쳐다보며 왜 그렇게 생각하는지 이유를 물었다. 바탈은 알베르토 아저씨 보석 가게에서 있었던 사건을 상세히 들려주었다.

"다이아몬드도 망치로 내려치면 깨집니다."

남자가 바탈의 반응이 재밌다는 듯이 싱긋 웃었다.

"다이아몬드는 경도가 강하다는 거지, 강도는 보통입니다. 결만 잘 맞게 내려치면, 돌처럼 쉽게 깨지지요."

바탈이 여전히 머리를 갸웃거리자, 남자는 좀 더 쉽게 설명해 주었다. 다이아몬드는 지구상의 그 어떤 물질로도 흠집을 낼 수 없지만, 망치로 내려치는 것처럼 순간적으로 강한 힘을 가하면 쉽게 쪼개졌던 거였다. 그제야 왜 알베르토 주니어가 그리 미안한 표정을 지었는지 알았다.

"일단 지폐와 다이아몬드는 저희가 보관하고 있다가

세관 절차가 끝나면 다시 돌려드리겠습니다."

바탈은 돈과 다이아몬드는 중요치 않았다. 다행히 펭귄에 대해서는 아무런 말도 없다. 바탈은 부화 상자를 가슴에 안았다.

"펭귄도 가지고 가실 수 없습니다."

바탈은 부화 상자를 더 꼭 껴안았다.

"펭귄과 같이 있어야 해요."

"무슨 이유라도?"

옆에서 계속 지켜보던 여자가 물었다. 바탈은 입을 꾹 다물고, 여자를 노려봤다. 절대 이유를 말할 수 없다. K1과의 약속이다.

"이러시면 곤란합니다."

중년 남자가 나직하지만 단호하게 말했다. 바탈의 몸이 얼음처럼 굳어 갔다. 여자는 쪼그려 앉더니, 부드럽게 말했다.

"펭귄의 건강 상태를 점검하고, 꼭 돌려드릴게요. 혹시 나쁜 병균이 있으면, 아주 위험하거든요."

바탈은 문득 남극에서 절멸한 펭귄과 웨델 바다표범이 생각났다.

"정말로 죽이지 않을 거죠?"

"죽이다뇨. 이처럼 귀여운 생명체를 왜 죽여요."

그제야 바탈은 여자에게 부화 상자를 내밀었다. 죽이

지만 않으면 돌려주지 않아도 된다고 하면서 말이다. 남극에서 펭귄에게 혹독하게 당한 이후부터, 솔직히 바탈은 펭귄을 그리 좋아하지 않았다.

새끼 펭귄을 중년 남자에게 넘기자, 너무나 홀가분했다. 어쨌든 K1과의 약속을 지켰다. 펭귄들은 이곳에서 살아남을 것이다. 바탈은 펭귄이 이곳을 초토화시킬 거라는 K1의 말을 반신반의했다. 하지만 K1과의 약속은 지키고 싶었다.

바탈은 건물 사이를 요리조리 빠져나와 승용차를 탔다. 부드러운 흔들림에 오랜만에 깊은 잠에 빠져들었다. 꿈도 꾸지 않았다. 누군가가 바탈의 어깨를 흔들었다. 바탈은 눈을 떴다. 드높은 건물 앞이었다. 차에서 내려 엘리베이터를 타고 한참을 올라가 방 안으로 들어갔다. 여자는 방 안 곳곳을 안내하며 침대, 전화기, 전등, TV 등의 사용법을 알려 주었다.

"편히 쉬세요."

바탈은 여자가 나가자마자 옷을 벗고 화장실로 들어갔다. 거울을 보았다. 거울 속에 낯선 사람이 서 있었다. 얼굴이 검게 그을렸고, 코 밑 솜털 사이로 거뭇거뭇 수염이 났으며, 어깨가 떡 벌어진 청년이었다. 바탈은 손바닥으로 거울을 만져 봤다. 거울 속 남자도 손바닥을 내밀어 그의 손바닥에 대었다. 바탈은 억지로 미소를 지어 봤다.

거울 속 남자도 어색한 미소를 지었다. 바탈은 오른쪽 팔에 힘을 주면서 안으로 굽혔다. 이두박근이 불룩 튀어나왔다. 그제야 이들이 왜 자신에게 존댓말을 했는지 알았다. 어느새 바탈은 가녀리고 메마른 소년에서 건장한 청년으로 변해 있었다.

눈이 부셔 잠에서 깼다. 창문으로 들어온 햇살이 바탈의 얼굴에 닿았다. 바탈은 침대에서 일어나자마자 시계를 봤다. 자그마치 열여섯 시간을 잤다. 조심스럽게 출입문을 살짝 열었다. 치아가 하얀 여자가 바탈을 반갑게 맞이했다.

"자, 이제 반가운 분을 만나러 가시지요."

반가운 분이 누구일까, 바탈은 설레는 마음으로 그녀를 따라가 건물 밖에 대기 중이던 승용차에 올랐다. 바닷가를 삼십여 분 달리다가, 낮은 언덕을 넘었다. 소나무 가지마다 눈이 쌓여 축 늘어진 곳에 승용차가 멈췄다. 소나무 숲 사이로 눈이 소복이 쌓인 드넓은 들판이 보였다. 차에서 내렸다. 발걸음을 옮길 때마다 뽀드득 소리가 났다. 잘 다져진 눈이었다. 오늘 내린 눈이 아니었다. 하늘은 맑았다. 새하얀 눈에 햇빛이 반사되어 눈이 부셨다. 바탈은 눈을 가늘게 뜨고 눈벌판을 천천히 걸었다.

"바탈."

그때 누군가가 그의 이름을 불렀다. 바탈은 오른쪽으로 고개를 돌렸다. 태양을 등지고 있어서 얼굴의 윤곽은 볼 수 없었지만, 바탈은 그가 누군지 금방 알아봤다. 아버지였다. 바탈은 아버지에게 달려갔다. 아버지가 바탈을 가슴에 안았다. 아버지의 품에서 고소한 커피 향이 났다.

"꼬마 영웅 바탈, 훌륭하게 자랐네."

아버지의 말에 바탈은 나오려는 눈물을 참았다. 아버지는 바탈의 손을 잡고 눈벌판을 걸어갔다.

"그래, 커피를 좋아한다고. 저기 커피가 일품이지."

바탈은 아버지가 가리키는 곳을 봤다. 태양에서 내려온 햇살과 하얀 눈에서 반사된 햇살이 서로 엉켜 들끓었다. 바탈은 손 그늘을 만들어 햇살을 가렸다. 그제야 아버지가 가리킨 건물이 보였다. 한쪽 벽면을 통유리로 만든, 비룡 국제공항에서 보았던 커피 전문점이었다.

아버지와 나란히 커피 전문점을 향해 걸어갔다. 신발에 묻은 눈을 털어 내고, 안으로 들어갔다. 앞뿐만 아니라 뒷벽도 통유리였다. 따뜻한 실내에서 바라보는 새하얀 눈벌판은 또 다른 아름다움을 자아냈다. 창밖에서 통통한 비둘기 한 마리가 걸어가다가 고개를 돌려 바탈을 쳐다보았다. 살찐 비둘기의 눈이 붉었다. 그때, 눈 위에 납작 엎드린 채 비둘기를 향해 기어가는 고양이가 눈에 띄었다. 익숙한 뒷모습이다. 하지만 엉덩이에 검은 점이 없었다. 고양이를 보자 문득, 군함에서 마지막으로 보았던 환한 미소의 샤이마가 생각났다. 샤이마는 아마 알고 있었을 것이다. 그게 그들의 마지막이라는 걸. 그렇기에 그리 환한 미소를 지었겠지.

'샤이마는 어디에 있을까?'

잠시 샤이마에 대한 생각에 빠져 있는데, 아버지가 쟁반에 두 잔의 음료를 가지고 오더니, 한 잔을 바탈 앞에 내려놓았다. 바탈은 잔을 보고, 문득 실망했다. 아버지가 내려놓은 건 커피가 아니었기 때문이다. 밤새 컵 위로 눈이 내려 쌓인 것처럼 새하얀 무언가가 소복이 쌓여 있었다. 그런데 어디서 본 듯 익숙한 느낌은 뭘까.

"자, 마셔. 카페 모카야."

아버지는 포근한 미소로 바탈을 바라보며 커피를 마셨다. 그제야, 바탈은 생각났다. 비룽 국제공항에서 쿠비로 날아가는 비행기 안에서 보았던 사진. 맛이 궁금했다. 바탈은 잔을 들어 조심스럽게 입에 대었다. 부드러운 거품이 입술에 묻는가 싶더니, 하얀 거품 속에서 고소하고 진한 커피 향이 코를 자극했다. 바탈은 잔을 조심스럽게 기울여 부드러운 거품 속 커피를 마셨다. 한번도 맛보지 못한, 달콤하면서도 부드럽고 고소한 맛에 모든 감각이 깨어나 입안에 집중되는가 싶더니, 화사한 꽃모자해파리가 광활한 우주를 가득 채웠다. 바탈은 마음속에 황홀하게 밀려오는 새로운 향과 맛을 만끽하고자 지그시 눈을 감았다.

글을 쓰는 내내 '개인의 신념'과 '나만의 것 찾기'를 머릿속에 담고 있었다.

'개인의 신념'은 인간이 살아가는 힘의 근원이다. 자기만의 신념이 없다면, 삶은 너무나 공허할 것이다. 그러나 시간이 흐르면서 변하지 않는 건 없다. 역사를 되돌아봤을 때, 어제의 정의가 오늘의 불의가 되는 경우는 부지기수였다. 정의는 역사의 물결에 그냥 흘러 다닐 뿐이다.

넓은 강을 건너기 위해서는 배가 필요하다. 강을 건너려는 자에게 배는 그 무엇보다도 소중하다. 그렇다고 강을 건너서 그 배를 짊어지고 여행하는 건 어리석은 짓이다. 인간이 살아가려면 반드시 필요한 신념도 배와 같은

것이다. 강을 건넜으면, 낡은 신념인 배를 과감히 버릴
줄도 알아야 한다.

'나만의 것 찾기'는 곧 삶의 전부나 마찬가지다. 모든
생명체는 자기만의 독특한 능력 하나를 가지고 있다. 그
렇지 않았다면, 38억 년의 진화 과정에서 살아남지 못
했을 것이다. 인간 개개인도 마찬가지다. 하지만 현재를
살아가는 인간은 꿈이 획일화되는 경향이 있다. 부모는
아이들이 현실적인 꿈을 꾸길 바라고, 아이들은 유행에
쫓기며 자신이 진정 원하는 것이 무엇인지 찾길 어려워
한다.

나는 늦은 나이에 글쓰기를 시작했다. 이제야 나만의
꿈을 찾았고, 당연히 글을 쓰는 내내 즐거웠다. 진작부터
글을 쓸걸, 후회해 봤자 소용없었다. 그냥 지금부터라도
열심히 글을 쓰는 수밖에.

기성세대가 '엄마 친구 아들과 딸'과 비교하며 현재의
신념을 강하게 주입해도, 바탕처럼 태어나면서부터 지닌
소중한 능력을 발휘하여 나만의 신념으로 행복하고 멋
진 삶을 살기를, 나처럼 늦더라도 꿈을 찾는 사람이 이
소설을 읽고 한 명이라도 생긴다면 작가로서 더는 바랄
나위가 없겠다.

무슨 일이든 처음은 두렵다. 글을 쓰는 내내 걱정과
두려움이 장마철 구름보다 더 두껍게 나를 덮고 있었

다. 걱정과 두려움을 없애 준 건 뜻밖에도 청소년 심사단 100명이었다. 너무나 고맙다.

짧지 않은 글을 처음부터 끝까지 꼼꼼히 읽고, 쓴 심사평은 감동이었다. 작품을 집필하면서 청소년에게는 좀 어렵지 않을까 걱정했는데, 기우였다. 내가 쓰면서 느꼈던 그 즐거움이 청소년 심사단 심사평에 고스란히 녹아 있었다. 이들의 심사평을 읽으며 나도 작가 해도 되겠구나, 하는 용기를 얻었다.

그리고 어디서부터 손봐야 할지 난감한 작품을 정교하고 매끈하게 깎고 다듬어 멋진 작품으로 만들어 준 장은혜 차장님을 비롯한 비룡소 편집부 여러분과 단점이 수두룩한 나의 작품 속에서 뜨문뜨문 박혀 있는 장점을 찾아내 주신 구병모 작가님과 김지은 교수님에게 감사드린다.

마지막으로 집필 과정에서 자기 일처럼 열성적으로 도와준 이재환 디자이너, 말썽 없이 어느새 훌쩍 자라 의젓한 군인이 된 아들 현무, 늘 든든한 버팀이 되어 주는 누나(허선옥)에게 고맙다.

허관

블루픽션 85

남극 펭귄 생포 작전

1판 1쇄 찍음 2024년 10월 31일
1판 1쇄 펴냄 2024년 11월 5일

지은이 허관
펴낸이 박상희
편집주간 박지은
편집 장은혜
디자인 이지선

펴낸곳 (주)비룡소
출판등록 1994년 3월 17일 제16-849호
주소 06027 서울시 강남구 도산대로1길 62 강남출판문화센터 4층
전화 02)515-2000 팩스 02)515-2007
홈페이지 www.bir.co.kr
제품명 어린이용 반양장 도서 제조자명 (주)비룡소 제조국명 대한민국 사용연령 3세 이상

ISBN 978-89-491-2357-8 44800
     978-89-491-2053-9 (세트)

※ 이 책은 경기도, 경기문화재단의 지원을 받아 발간되었습니다.

| 블루픽션 시리즈

1. 스켈리그 데이비드 알몬드 글/ 김연수 옮김
안데르센 상, 엘리너 파전 문학상, 카네기 상, 휘트브레드 상, 마이클 L.프린츠 상,
어린이도서연구회 권장 도서, 책교실 권장 도서, 중앙독서교육 추천 도서

2. 운하의 소녀 티에리 르냉 글/ 조현실 옮김
소르시에르 상, 어린이도서연구회 권장 도서

5. 희망의 섬 78번지 우리 오를레브 글/ 유혜경 옮김
안데르센 상 수상 작가, 밀드레드 L. 배첼더 상, 머더카이 상, 아침햇살 선정 좋은 어린이 책,
중앙독서교육 추천 도서, 책교실 권장 도서, 책따세 추천 도서

6. 뢱스 극장의 연인 자닌 테송 글/ 조현실 옮김
프랑스 '올해의 청소년 책', 소르시에르 상, 어린이도서연구회 권장 도서, 열린 어린이가 뽑은 좋은 책

7. 시인 X 엘리자베스 아체베도 글/ 황유원 옮김
카네기상, 내셔널 북 어워드, 마이클 L. 프린츠 상, 보스턴 글로브 혼 북 상, 골든 카이트 어워드,
아침독서 추천 도서

9. 이매지너리 프렌드 매튜 딕스 글/ 정회성 옮김

10. 초콜릿 전쟁 로버트 코마이어 글/ 안인희 옮김
미국 도서관 협회 선정 도서, 뉴욕타임스 선정 도서, 어린이도서연구회 권장 도서

11. 전갈의 아이 낸시 파머 글/ 백영미 옮김
뉴베리 상, 국제 도서 협회 선정 도서, 마이클 L. 프린츠 상, 책교실 권장 도서, 어린이도서연구회 권장 도서

13. 나의 산에서 진 C. 조지 글/ 김원구 옮김
뉴베리 상, 미국 도서관 협회 선정 도서, 어린이도서연구회 권장 도서,
열린 어린이가 뽑은 좋은 책, 책교실 권장 도서

15. 우리 형은 제시카 존 보인 글/ 정회성 옮김
줏대있는 어린이 추천 도서

18. 킬리만자로에서, 안녕 이옥수 글
학교도서관저널 추천 도서

20. 기억 전달자 로이스 로리 글/ 장은수 옮김
뉴베리 상, 보스턴 글로브 혼 북 명예상, 어린이도서연구회 권장 도서,
열린 어린이가 뽑은 좋은 책, 교보문고 추천 도서

22. 내 인생의 스프링캠프 정유정 글
세계청소년문학상, 문화관광부 교양 도서, 어린이도서연구회 권장 도서,
교보문고 추천 도서, 학도넷 추천 도서

23. 줄무늬 파자마를 입은 소년 존 보인 글/ 정회성 옮김
아일랜드 '오늘의 책', 행복한 아침독서 추천 도서, 교보문고 추천 도서

25. 파랑 채집가 로이스 로리 글/ 김옥수 옮김
어린이도서연구회 권장 도서, 전국학교도서관담당교사모임 추천 도서,

26. 하이킹 걸즈 김혜정 글

블루픽션상, 한국문화예술위원회 우수문학도서, 책따세 추천 도서, 학도넷 추천 도서

27. 지구 아이 최현주 글

제11회 블루픽션상 수상작

28. 나는 브라질로 간다 한정기 글

황금도깨비상 수상 작가, 소년조선일보 추천 도서, 중앙일보 추천 도서

29. 키싱 마이 라이프 이옥수 글

한국문화예술위원회 우수문학도서, 어린이도서연구회 권장 도서, 교보문고 추천 도서,
전국독서새물결모임 추천 도서, 학교도서관저널 추천 도서

30. 꼴찌들이 떴다! 양호문 글

블루픽션상, 행복한 아침독서 추천 도서, 교보문고 추천 도서, 책따세 추천 도서,
경기도학교도서관사서협의회 추천 도서, 중앙일보 북클럽 추천 도서

31. 우연한 빵집 김혜연 글

문학나눔 선정 도서, 학교도서관저널 추천 도서, 책따세 추천 도서, 아침독서 추천 도서,
어린이도서연구회 추천 도서

33. 두 개의 달 위를 걷다 샤론 크리치 글/ 김영진 옮김

뉴베리 상, 미국 어린이 도서상, 스마티즈 북 상, 영국독서협회 상 수상작,
경기도학교도서관사서협의회 추천 도서, 학도넷 추천 도서

36. 서쪽 마녀가 죽었다 나시키 가오 글/ 김미란 옮김

소학관 문학상, 일본 아동문학기협회 신인상, 한국간행물윤리위원회 청소년 권장 도서,
어린이도서연구회 권장 도서, 아침독서 추천 도서, 책따세 추천 도서

37. 닌자걸스 김혜정 글

전국학교도서관담당교사모임 추천 도서, 아침독서 추천 도서

38. 첫사랑의 이름 야노스 보스 글/ 설외성 옮김

안데르센 상, 제브 상

39. 하니와 코코 최상희 글

블루픽션상, 사계절문학상 수상 작가, 학교도서관저널 추천 도서

40. 파랑 치타가 달려간다 박선희 글

제3회 블루픽션상 수상작, 학교도서관저널 추천 도서, 아침독서 추천 도서,
어린이도서연구회 권장 도서, 책따세 추천 도서, 문화체육관광부 우수교양도서

41. 나는, K다 이옥수 글

학교도서관저널 추천 도서

42. 어쩌자고 우린 열일곱 이옥수 글

한국도서관협회 우수문학도서, 학교도서관저널 추천 도서

43. 앉아 있는 악마 김민경 글

44. 최후의 Z 로버트 C. 오브라이언 글/ 이진 옮김

뉴베리 상 수상 작가

46. 줄리엣 클럽 박선희 글

제3회 블루픽션상 수상 작가, 대한출판문화협회 선정 올해의 청소년 도서,
한국도서관협회 선정 우수문학도서

47. 번데기 프로젝트 이제미 글

제4회 블루픽션상 수상작

49. 파랑 피 메리 E. 피어슨 글/ 황소연 옮김

미국학교도서관저널, 미국도서관협회 선정 청소년 분야 '최고의 책',
학교도서관저널 추천 도서, 책따세 추천 도서

50. 판타스틱 걸 김혜정 글

제1회 블루픽션상 수상 작가, 대한출판문화협회 선정 올해의 청소년 도서,
고래가 숨쉬는 도서관 선정 도서, 한국도서관협회 선정 우수문학도서,
경기도학교도서관사서협의회 추천 도서

51. 어쨌거나 스무 살은 되고 싶지 않아 조우리 글

제12회 블루픽션상 수상작, 아침독서 추천 도서

52. 우리들의 팝조름한 여름날 오채 글

마해송 문학상 수상 작가, 한국도서관협회 선정 우수문학도서,
국립어린이청소년도서관 추천 도서, 경기도학교도서관사서협의회 추천 도서,
2017 순천시 One City One Book 선정 도서

53. 웰컴, 마이 퓨처 양호문 글

제2회 블루픽션상 수상 작가, 대한출판문화협회 선정 올해의 청소년 도서,
경기도학교도서관사서협의회 추천 도서

56. 메신저 로이스 로리 글/ 조영학 옮김

뉴베리 상, 보스턴 글로브 혼 북 명예상 수상 작가, 경기도학교도서관사서협의회 추천 도서

61. 개 같은 날은 없다 이옥수 글

2013 서울 관악의 책, 목포시립도서관 추천 도서, 울산남부도서관 올해의 책,
책따세 추천 도서, 한국간행물윤리위원회 청소년 권장 도서, 한국도서관협회 우수문학도서,
국립어린이청소년도서관 추천 도서

63. 명탐정의 아들 최상희 글

제5회 블루픽션상 수상 작가, 문화체육관광부 우수교양도서

68. 반드시 다시 돌아온다 박하령 글

제10회 블루픽션상 수상작, 학교도서관저널 추천 도서, 세종도서 문학나눔 선정 도서

69. 원더랜드 대모험 이진 글

제6회 블루픽션상 수상작, 국립어린이청소년도서관 추천 도서, 아침독서 추천 도서

71. 칸트의 집 최상희 글

제5회 블루픽션상 수상 작가, 아침독서 추천 도서, 세종도서 문학나눔 선정 도서

72. 태양의 아들 로이스 로리 글/ 조영학 옮김

뉴베리 상, 보스턴 글로브 혼 북 명예상 수상 작가

73. 마법의 꽃 정연철 글

푸른문학상 수상 작가, 세종도서 문학나눔 선정 도서, 학교도서관저널 추천 도서

74. 파라나 이옥수 글

학교도서관저널 추천 도서, 사계절문학상 수상 작가, 책따세 추천 도서, 국립어린이청소년도서관
추천 도서, 세종도서 문학나눔 선정 도서, 아침독서 추천 도서

75. 그 여름, 트라이앵글 오채 글

마해송 문학상 수상 작가, 국립어린이청소년도서관 추천 도서, 아침독서 추천 도서

76. 밀레니얼 칠드런 장은선 글

제8회 블루픽션상 수상작, 학교도서관저널 추천 도서, 아침독서 추천 도서

77. 아르주만드 뷰티 살롱 이진 글

블루픽션상 수상작가, 한국출판문화진흥원 우수 콘텐츠 제작 지원 당선작

78. 굿바이 조선 김소연 글

80. 당첨되셨습니다 – SF 앤솔러지 길상효 오정연 전혜진 정재은 홍준영 곽유진 홍지운
이지은 이루카 이하루 글

81. 순례 주택 유은실 글

2021 중구민 한 책 선정, 2022 광주시 동구 올해의 책, 2022 미추홀구의 책,
2022 양주시 올해의 책, 2022 원 북 원 부산 올해의 책, 2022 원 북 원 포항 올해의 책,
2022 원주시 한 도시 한 책 읽기 선정 도서, 2022 익산시 올해의 책,
2022 전남도립도서관 올해의 책 추천 도서, 2022 전주시 올해의 책, 2022 평택시 올해의 책,
국립어린이청소년도서관 추천 도서, 문학나눔 우수문학 도서,
서울시 교육청 어린이도서관 추천 도서, 아침독서 추천 도서, 2022 대구 올해의 책,
2023 청주, 구미, 금산군 올해의 책, 2024 음성군, 수원시, 제주시 올해의 책

82. 녀석의 깃털 윤해연 글

학교도서관저널 추천 도서, 문학나눔 우수문학 도서

83. 모두의 연수 김려령 글

2023년 올해의 청소년 교양 도서, 문학나눔 우수문학 도서, 학교도서관저널 추천 도서,
아침독서 추천 도서, 어린이도서연구회 추천 도서

84. 최초의 아이 로이스 로리 글/ 강나은 옮김

뉴베리 상, 보스턴 글로브 혼 북 명예상 수상 작가

85. 남극 펭귄 생포 작전 허관 글

⊙ 계속 출간됩니다.